周本淳
著

周本淳集

第二卷

蹇斋论文集粹

下

人民文学出版社

《苕溪渔隐丛话前集》成于孝宗初年说

宋代诗话总集中《苕溪渔隐丛话》允推杰构,以其体例之善、取材之博、辨析之专及影响之深广,均远过于《诗话总龟》及《诗人玉屑》也。故成书之后,即有川本、麻沙本等刻(见方回《桐江集·渔隐丛话考》)。其书《前集》六十卷,《后集》四十卷,各有自序。《前集》序末称"戊辰春",则当绍兴十八年(1148),郭绍虞先生《宋诗话考》遂云"《前集》成于高宗绍兴十八年",人多从之。予曩亦持此说,近日细校全书,方知大谬不然,盖《前集》属序于前而成书于后,非若《后集》书成始为序也,请以内容证之。

《苕溪渔隐丛话前集》引及洪迈《夷坚志》十条之多,计卷十八、三十三、四十、四十六、五十三、六十各一条,五十八、五十九各二条。《夷坚志》成书之年,钱大昕《洪文敏公年谱》订为"绍兴二十九年",实不足据。以《丛话》五十八所引"陈甲为成都守李西美璆馆客"而言,见《夷坚甲志》卷十七,题为《孟蜀宫人》,末云:"甲以绍兴三十年登乙科。"以故《夷坚甲志》成书不得早于绍兴三十年(1160)之前。《夷坚甲志》序久佚,而《乙志》字云:

《夷坚初志》成,士大夫或传之。今镂板于蜀、于婺、于临安,盖家有其书。人以予好奇尚异也,每得一说,或千里寄声。于是五年间又得卷帙多寡与前编等,乃以《乙志》名之……乾道二年十二月十八日番阳洪迈景卢叙。

按乾道二年为公元1166年,上推五年,古人习惯多以首尾计,则《夷坚甲志》当成于绍兴三十二年(1162)。若其间间隔实足五年,则成于绍兴三十一年。《苕溪渔隐丛话前集》既引及《夷坚志》中绍兴三十年之条目,则成书不得早于绍兴之末。予前为《读校随感录》以为所引《夷坚志》为《后集》误入者(见《徐州师范学院学报》1981年第2期),实属粗疏,盖错简不至有十处之多,涉及八卷,且胡氏之书尚有内证可明也。

《前集》卷十一云:

闽中近时又刊《诗话总龟》,此集即阮阅所编《诗总》也,予于《渔隐丛话序》中已备言之。

观此可知胡氏书此条时,《序》已成文久矣,故疑《序》写于经始之时,且《序》中未言卷数,而于《后集序》中始追言之,并述《前集》编纂之过程曰:

予丁年罹于忧患,投闲二十载,杜门却扫于苕溪之上,心无所事,因网罗元祐以来群贤诗话,纂为六十卷,自谓已略尽矣。比官闽中,及归苕溪,又获数书,其间多评诗句,不忍弃之,遂再采撷,因而攟收群书旧有遗者,及就予闻见有继得者,各附益之,离为四十卷。噫,前后集共一百卷,亦可谓富矣。

《后集序》写于成书之后,故卷数明甚。《前集序》又言:

> 考(阮)编此《诗总》,乃宣和癸卯,是时元祐文章,禁而弗用,故阮因以略之。予今遂取元祐以来诸公诗话,及史传小说所载事实可发明诗句及增益见闻者,纂为一集。凡《诗总》所有,此不复纂集,庶免重复。

《四库全书总目·集部·诗文评类一》遂信胡氏所言云:

> 其书继《诗话总龟》而作,前有自序,称阮所载者皆不录,二书相辅而行,北宋以前之诗话,大抵略备矣。

然对读两书,相同者不可胜数。近人缪荃孙《艺风堂文漫存》卷五《诗话总龟跋》已见及此,云:

> 又元任序云《诗总》所载皆不录,是元任撰书在散翁之后,何以两书相同者甚多?并直标"苕溪渔隐"云云,又似互相采撷,殊不可解。疑此集残缺,后人取《渔隐丛话》补之。

按《诗话总龟》前集成于胡书之前,后集则在胡书之后(详见拙文《校点〈诗话总龟〉三题》,载《淮阴师专学报》1982年第1期),缪氏未注意此点,遂有互相采撷之疑问。而致两书重复之因,实由胡氏《前集序》中之言为原订之计划,而编纂之时已大加改动矣。何以明之?

如前所引,《前集序》写于成书之前,已可论定。而《序》中初述编纂原则"凡《诗总》所有,此不复纂集,庶免重复",实为主观设想,而事实上无法贯彻。如《诗话总龟》大量采集《古今诗话》、《王直方诗话》等书,胡氏亦复大量引用。或者疑为书贾所增,非阮书之旧,其实似是而非。盖《苕溪渔隐丛话后集》卷三十六所载阮阅宣和五年十一月朔所为《诗总》之序已云:"得一千四百餘事,二千四百餘诗",而今本《诗话总龟前集》范围亦大致相同,故知胡氏"庶免重复"之说,并未实行。不特此也,胡氏编纂伊始,即已放弃避免重复之主张而仅以人为宗,不取阮书分门之体例,可于书中得其佐证。如卷十四云:

> 苕溪渔隐曰:"余纂集《丛话》,盖以子美之诗为宗,凡诸公之说,悉已采摭,仍存标目,各志所出。"

此言可信,盖六十卷中子美已占九卷。若信"庶免重复"之说,则阮书中不当有杜甫之名,岂非梦呓?子美断不涉及元祐文字之禁也。故两书避复之说,不攻自破。且胡氏编至子美有九卷即云以子美为宗,而继续编至宋代时,东坡材料不逊于子美,故又发展为唐之子美,宋之子瞻为大宗。盖子瞻《前集》中与子美同为九卷,而《后集》反多出子美一卷为五卷。故胡氏于《后集序》中既不言避与《诗总》重复之说,复变通子美为宗之旨,而云:

> 予尝谓开元之李、杜,元祐之苏、黄,皆集诗之大成者,故群贤于此四公尤多品藻;盖欲发扬其旨趣,俾后来观诗者,虽未染指,固已能知其味之美矣。

《后集序》写于全书纂竟之际,故所言与全书内容无牴牾。而《前集序》写于经始之时,故随内容而变改,除自述编纂动机及"以年代人物之先后次第纂集"之原则外,其与《诗总》避复之说,实未贯彻而不足信。然自《四库提要》以来言及两书者率信避复之说,以讹传讹,皆因误认《前集序》为写于自成之后也。故不可不辨。然则《前集》成书当在何时?予以为成于孝宗初年而非高宗季世,请举两证:

《前集》卷五十九引及"鳌山彩构蓬莱岛"一句,于"构"字空六格之多,而《明钞本》则注云:"字犯太上皇御名。"可见写至第五十九卷时,高宗已为太上皇矣。按《宋史》高宗于绍兴三十二年禅位孝宗而为太上皇,此则可与前引《夷坚志》成书之年相吻合,此一证也。

　　《后集序》云:"予丁年罹于忧患,投闲二十载,杜门却扫于苕溪之上,心无所事,因网罗元祐以来群贤诗话,纂为六十卷。"按胡氏所云"丁年罹于忧患",当指其父舜陟之冤死。胡舜陟绍兴十三年(1143)"死于静江府狱中"。"投闲二十载"此当为实数,则当在孝宗隆兴之际。其后赴官闽中,复收各书而成《后集》,实为乾道三年。考之《前集》"太上皇"之证,若合符契,故予谓《前集》必成于孝宗初年也。

　　惟自绍兴十三年网罗材料,十八年经始编纂作序,至孝宗初元,前后二十年之久,纂成《前集》,复加数年,至乾道三年(1167)成《后集》,前后二十馀年成此巨帙,亦可见用力之勤。且《后集》中又复时有订正《前集》之说,益见治学之严谨。其书一出,遂使同类之书相形见绌,不亦宜乎?

(原载《考辩与评论与鉴赏》)

从《白石道人诗说》论白石之诗

南宋诗家除尤、杨、范、陆及萧千岩外,后进当以白石、南湖为巨子。《杨诚斋集·进退格寄张功甫、姜尧章》:

尤、萧、范、陆四诗翁,此后谁当第一功?新拜南湖为上将,更推白石作先锋。可怜公等皆痴绝,不见词人到老穷。谢遣管城侬已晚,酒泉端欲乞移封。

姜张虽齐名,而面目迥异。盖张为循王之孙,以贵游子弟而放情山水,绝不脱冠带之习。且生平于诗倾倒乐天,其园林中有景白轩,又集中《读乐天诗》云:

诗到香山老,方无斧凿痕。目前能转物,笔下尽逢源。学博才兼裕,心平气自温。随人称白俗,真是小儿言。

祈向既尔,故所作语多宽缓。集中五律特多,至其得意处,如"有时将客到,随意看花开"之类,往往摩中唐人壁垒。若夫白石则不然。白石以布衣困踬场屋,浪迹江湖间,其后依张平甫以活。其《昔游诗序》云:"夔早岁孤贫,奔走川陆。数年以来,始获宁处。"《齐东野语》卷十二载其自序生平,并云:"同时黄白石景说之言曰:'造物者不欲以富贵浼尧章,使之声名焜耀于无穷,此意甚厚。'"杨诚斋"以为于文无所不工,甚似陆天随"。今观其诗,亦有"三生定是陆天随"(《除夜自石湖归苕溪》)及"沉思只羡天随子,蓑笠寒江过一生"之句,可征也。至于为诗,《鹤林玉露》称其学诗于萧千岩。而且《自叙》云:"异时泛阅众作,已而病其驳如也,三沐三薰师黄太史氏。"今观集中五古短者,往往洗炼精净,如食蟳蚌江瑶柱。而七绝《寄俞子二首》:"此郎都无子弟气,夜对黄妳笼青灯。君今落脚堕鸢外,欲往从之叹未能。""郎罢才名今白发,佐州亦复如穷边。甚欲出手相料理,东南风高难寄笺。"造语生瘦,使事僻切,而音节峭拗,真得山谷法乳者。沈伯时《乐府指迷》谓"白石清劲知音,亦未免有生硬处"。良以白石沉浸山谷者久,虽为长短句,亦时有生涩之累耳。至于前人评白石之诗,如:陈藏一称其"意到语工,不期于高远而自高远";《齐东野语》载白石自述生平:"内翰梁公爱其诗似唐人,待制杨公以为于文无所不工,甚似陆天随。"王士禛《带经堂集》:"白石词家大宗,其诗亦能深造自得。其诗初学黄太史,正以不深染江西派为佳。"吴乔《围炉诗话》称其:"温润为江西派所不能及。"《四库提要》称其诗"运思精密,而风格高秀"。诸家所论虽善,而语涉笼统,初学未易领悟。今案白石除诗词集外,尚有《诗说》三十条,脍炙人口。其序虽诡托若士、轩辕弥明之俦,实自述作诗宗旨。今以《诗说》证其诗,则其生平所诣自较然矣。《诗说》曰:"沉着痛快,天也。自然与学到,其为天一也。"又曰:"不知诗病,何由能诗?不观诗法,何由知病?"又曰:"法度不可乱。"是其为诗主学力法度之旨也。今析为琢句、属对、谋篇、造境、韵度、隶事、疵病七目言之。

一曰琢句。《鹤林玉露》称其"琢句精工"。《诗说》曰:"诗之不工,只是不精思耳。不思而作,虽多亦奚为? 雕刻伤气,敷衍露骨。若鄙而不精,是不雕琢之过;拙而无委曲,是不敷衍之过。"又曰:"人所易言,我寡言之;人所难言,我易言之;自不俗。"又曰:"意格欲高,句法欲响。"凡此足见白石雕肝镂肾、戛戛独造之旨。夫积字成句,积句成篇。句既赘剩,篇何由美?此琢句之工,所以尤要也。诗家琢句之工,首重字法,古人所谓句眼。如皇甫冉"暝色赴春愁"之"赴"字,王荆公"春风又绿江南岸"之"绿"字皆是。盖古体重在气象浑融,而雕琢足以伤气。惟近体自中晚唐以来,字法特进,所谓月锻季炼者。杨诚斋评白石《除夜自石湖归苕溪十绝》"有裁云缝雾之妙思,敲金戛玉之奇声",则其运思之奇琢句之精也。今就其中字法之特出者,随举数例,如:"细草穿沙雪半消"之"穿"字,"舟尾春风飐客灯"之"飐"字(案柳子厚诗有"惊风乱飐芙蓉水"之句,然白石置于第五字便觉警拔),"自琢新词韵烛看"之"琢"字,"玉峰重叠护云衣"之"护"字及"云衣","古苔留雪卧墙腰"之"留"字"卧"字,及《次韵武伯》"杨柳风微约暮寒"之"约"字等。白石绝句中如此类字不可遍举。正如其长短句"数峰清苦,商略黄昏雨"之"商略"二字也。盖白石词坛巨擘,以词中字法入之小诗,如山谷谓后山"顾影徘徊,炫耀已甚"者也。至于其妙不专于一字者,则贵融情于景。《诗说》曰:"意中有景,景中有意。"又曰:"意有馀而约以尽之,善措辞者也。乍叙事而间以理言,得活法者也。"集中如:"美人台上昔欢娱,今日空台望五湖。残雪未融青草死,苦无麋鹿过姑苏。"(《除夜自石湖归苕溪》)"夜暗归云绕柁牙,江涵星影鹭眠沙。行人怅望苏台柳,曾与吴王扫落花。"(《姑苏怀古》)伤今吊古,一往情深,直可与小杜《金谷园》诗争席矣。又如:"纷纷铁马小回旋,幻出曹公大战年。若使英雄知国事,不教儿女戏灯前。"(《观灯口号》)四句之中,开合动荡,写尽兴衰之感,然又只是观灯。《诗说》云"难处见作者",良有以也。又如:"箭在的中非尔力,风行水上自成文。"(《送〈朝天续集〉归诚斋》)看似叙事,而概尽文字意到语工之妙。"自觉此心无一事,小鱼跳出绿萍中。"状恬静自然之趣如画,非所谓得活法者耶。王士禛称其"能参活句"(《香祖笔记》),此之谓也。

　　二曰属对。古体自康乐以来,属对之风已盛,渐开齐梁俳俪之习。其后东野、昌黎能以单气运乎其中,语虽偶对而气则动荡,且能一洗秾丽字面,真足睥睨千古。而律体作对,亦忌粘滞,如石曼卿"认桃无绿叶,辨杏有青枝"之类,久为士林所讥。《诗说》曰:"花必用柳对,是儿曹语。若其不切,亦病也。"今观集中,五古如"上书云雨迥,还舍笋蕨老"(《奉别沔鄂亲友》),"云深野径黑,石乱湍水吼""老烹茶味苦,野斲琴形丑"(《昔游诗》),颇得昌黎遗意,然此犹不足为白石道也。七律属对,唐人多表实字重叠,而神满意足,如"万里伤心严谴日,百年垂死中兴时""五更鼓角声悲壮,三峡星河影动摇"之类。宋贤中如山谷"桃李春风一杯酒,江湖夜雨十年灯",几成绝响矣。自杜公有"幸不折来伤岁暮,若为看去乱乡愁""更为后会知何地,忽漫相逢是别筵"及"旧来好事今能否,老去新诗谁与传"等句,专以虚字转折。其后江西七律,多从此途,而简斋尤为擅场,皆清新有馀,而浑厚不足。白石集中,除"水有秋容莲渐少,树含凉气鸟慵飞"(《乍凉寄朴翁》)可厕诸晚唐外,他如:"别后无书非弃我,春前会面却它乡。"(《京口留别张思顺》)"悬知征棹云边集,大有吟情雪里生。"(《次韵胡仲方因杨伯子见寄》)"欲向江湖行此语,可无朋友托斯文。"(《陈君玉以小集见归》)"一路好山思共看,半年有酒不同倾。吾侪正坐清贫累,各自而今白发生。"(《寄时父》)"别路苦无青柳折,到家应有小桃开。"(《送李万顷》)如此等句,皆纯以虚字腾挪,而清空蕴藉,真可入简斋之室矣。

三曰谋篇。《诗说》曰:"小诗精深,短章蕴藉,大篇有开合,乃妙。"盖是诗境最忌浅直,篇法亦尔,虽小诗亦必深折,宋人尤致力于此。白石集中小诗,如古乐府:"今我歌一曲,曲终郎见留。万一不当意,恐作平生羞。"四句之中,千回百折。此所谓精深也。至于大篇,《诗说》又云:"作大篇尤当布置首尾匀停,腰腹肥满。多见人前面有馀,后面不足;前面极工,后面草草。不可不知也。"此则谋篇之通法。盖诗能名家,法必不乱,此不仅白石如此也,故略而不论,论其独造者。《诗说》曰:"一篇全在尾句。"又曰:"篇终出人意表,或反终篇之意,皆妙。"故知白石谋篇,所尤致意者,结处也。今观其诗,如《赤松图》"山东隆准公,未语心已解。按剑堂下人,成事汝应退。非无带砺约,政尔有恩害。"结处忽云:"平生三寸舌,松间漱寒濑。"《昔游诗》第七:"扬舲下大江,日月风雨雪。留滞鳖背洲,十日不得发。岸冰一尺厚,刀剑触舟楫。岩雪一丈深,屹如玉城堞。同舟二三士,颇壮不恐慑。蒙毡闭篷卧,波里任倾侧。晨兴视毡上,积雪何皎洁。欲上不得梯,欲留岸频裂。扳援始得上,幸有人见接。荒村两三家,寒苦衣食缺。买猪祭波神,入市路已绝。"结处忽云:"如今得安坐,闲对妻儿说。"皆于篇终跳过数层,至对面作结,所谓出人意表者。又如《昔游诗》第十二:"濠梁四无山,坡陀亘长野。吾披紫茸毡,纵饮面无赭。自矜意气豪,敢骑雪中马。行行逆风去,初亦略沾洒。疾风吹大片,忽若乱飘瓦。侧身当其冲,丝鞚袖中把。重围万箭急,驰突更叱咤。酒力不支吾,数里进一罘。燎茅烘湿衣,客有见留者。徘徊望神州,沉叹英雄寡。"初看结处忽发奇想,及细绎之,只从"意气豪"及"重围万箭急"等处伏根。盖初本借以写雪中意气,后即由此想及时世,乃以感叹作结,便觉出人意表。《诗说》曰:"波澜开合,如在江湖中,一波未平,一波已作。如兵家之阵,方以为正,又复是奇;方以为奇,忽复是正。出入变化,不可纪极,而法度不可乱。"惟此诗差可当之。至如《昔游诗》第八首"白湖辛巳岁"以下,全用直叙,乃昌黎《谢自然诗》及东坡《黄鹤楼诗》之法,览者自知,故不赘述。七言古体,如杜甫《缚鸡行》:"小奴缚鸡向市卖,鸡被缚急相喧争。家中厌鸡食虫蚁,不知鸡卖还遭烹。虫鸡于人何厚薄?吾叱奴人解其缚。鸡虫得失无了时,注目寒江倚山阁。"前七句句句转折,而结处一语扫荡,觉无限烟波,笔力真如"骏马下注千丈坡"者,在篇法之中,尤为奇特。白石集七古,如《送陈敬甫》:"十年所闻溢吾耳,去年诵君书一纸。古人三语得奇士,况此磊落数百字。相逢千岩万壑里,有客如君请兄事。才高自古人所忌,论高不售反惊世。好诗取客如卷契。我无三者犹至是,如君之贫不可避。呼舟径渡寒潮外。"颇师《缚鸡行》之意。虽笔力不能如老杜之注坡腾涧,然结处一语荡开,庶乎梅宛陵所云"含不尽之意见于言外"矣。

四曰造境。白石身世既似陆龟蒙,而又取径山谷,故诗境多寒峭。其自序云:"余之诗,余之诗耳。穷居而野处,用是陶写寂寞则可。"盖实录也。如云:"平生三寸舌,松间漱寒濑。"(《赤松图》)"呼舟径渡寒潮外。"(《送陈敬甫》)"夜深吹笛移船去,三十六湾秋月明。"(《过湘阴寄千岩》)"已拚新年舟上过,倩人和雪洗征衣。""长桥寂寞春寒夜,只有诗人一舸归。"(《除夜自石湖归苕溪》)"游人去后无歌鼓,白水青山生晚寒。""夜凉一舸孤山下,林黑草深萤火飞。"(《湖上寓居杂咏》)"沉思只羡天随子,蓑笠寒江过一生。"(《三高祠》)"牛渚矶边渺渺秋,笛声吹月下中流。"(《牛渚》)"老觉淡妆差有味,满身秋露立多时。"(《同朴翁咏牵牛》)"天寒远挂一行雁,三十六峰生玉壶。"(《雪中六解》)"冰魂寂寞无归处,独宿鸳鸯沙水寒。"(《女郎山》)造境喜用"孤"、"独"、"寒"等字,刻意清瘦而出语隽永,正如其长短句"淮南皓月冷千山,冥冥归去无人管"者。朱竹垞称其"尽洗铅华,极萧散自得之趣",要为得之。

五曰韵度。陈藏一称白石"襟期洒落,如晋宋间人"。由其人可想见其诗,而前人推其为江西派所不能及者,尤在此也。《诗说》曰:"韵度欲其飘逸,其失也轻。"又曰:"说景要微妙。"又曰:"语贵含蓄……清庙之瑟,一唱三叹,远矣哉……若句中无馀字,篇中无长语,非善之善者也;句中有馀味,篇中有馀意,善之善者也。"又曰:"一家之语,自有一家之风味。如乐之二十四调,各有韵声,乃是归宿处。模仿者语虽似之,韵亦无矣。"此白石重韵之说也。盖韵生于境,境成于语。然语非韵也。惟舍语则韵亦无存。正如美人风姿,不在五官,然舍五官,则妙亦无存也。诗之妙处,端在韵度。然此不可执象以求,吟咏往复,久则得之。白石大抵以虚字转折,开合动荡,神虚而韵逸。绝句尤足见之。若夫叙事则化实为虚,善用活法,则情韵自足。如:"细草穿沙雪半消,吴宫烟冷水迢迢。梅花竹里无人见,一夜吹香过石桥。""笠泽茫茫雁影微,玉峰重叠护云衣。长桥寂寞春寒夜,只有诗人一舸归。""少小知名翰墨场,十年心事只凄凉。旧时曾作《梅花赋》,研墨于今亦自香。"(《除夜自石湖归苕溪》)"夜暗归云绕柁牙,江涵星影鹭眠沙。行人怅望苏台柳,曾与吴王扫落花。"(《姑苏怀古》)"我家曾住赤阑桥,邻里相过不寂寥。君若到时秋已半,西风门巷柳萧萧。"(《送范仲讷往合肥》）"杨柳风微约暮寒,野禽容与由波间。道人心性如天马,可爱青丝十二闲？"(《次韵武伯》)"镜里山林绿到天,春风只在禹祠前。一声何处提壶鸟？猛省红尘二十年。"(《陪张平甫游禹庙》)凡此一片伤今吊古之情,及身世飘零之感；只于若干虚字及实景中,传神写照,风流蕴藉,一唱三叹,令人悠然神往。至如："老去无心听管弦,病来杯酒不相便。人生难得秋前雨,乞我虚堂自在眠。"(《平甫见招不欲往》)则神清而气厚,于集中最为上乘矣。

六曰隶事。杜子美云："读书破万卷,下笔如有神。"故为诗尤重学养。至于宋人,使事殆成风气。王介甫、苏子瞻、黄山谷、陈后山辈,用事繁富精审,而尤喜生僻。如苏子瞻《雪后书北台壁》"玉楼"、"银海"用《道藏》事是也。陈藏一称白石"图史翰墨之藏,汗牛充栋"。学养既深,又承宋人炫博之风,则诗中使事,势所必然矣。《诗说》曰："学有馀而约以用之,善用事者也。"又曰："僻事实用,熟事虚用。"今观集中,如："单侯出机杼,岂是剑舞得？"(《奉别沔鄂亲友》)用杜诗张旭事。"士无五羖皮,没世抱枯槁。"(《奉别沔鄂亲友》)用百里奚事。"乌鹊不可噵,论功当坐上。"(《待千岩》)用《霍光传》事。"问君本是山阴人,何不扁舟剡溪去！"(《送王孟玉归山阴》)用王子猷事等。不胜枚举,皆熟事而虚用者也。盖其事既熟,若仍实用,则陈陈相因,奄奄如九泉下人矣；若化实为虚,则反足传神也。至如"中散平生七不堪"(《次韵千岩杂谣》)用《绝交书》,则熟事而实用矣。至于僻事之实用者,如"问信千岩及阿灰"(《送李万顷》),公自注："张祜侄张曙,小字阿灰。"今按孙光宪《北梦琐言》："张祜侍郎有爱姬早逝,犹子曙代为《浣溪纱》一阕置几上,祜见之哀痛,曰'此必阿灰作也。'阿灰,曙小字。"又"楚渡食萍应甚美。"(《次韵胡仲方因杨伯子见寄》)用《说苑·辨物篇》"小儿谣曰:楚王渡江得萍实,大如拳,赤如日,剖而食之美如蜜"。又"夜对黄妳笼青灯"(《寄俞子》)用《金楼子》"有人把卷即睡,因呼黄卷为黄妳"。又如:"如飞鹅车炮,乱打睢阳城。"(《昔游诗》)公必有所本,而于今无考矣。盖用事者,所以借故事之有同于今日者,传今日之事。若其事已僻,而更虚用,则意失晦涩矣,故僻事宜实用也。

七曰疵病。《诗说》曰:"名家各有一病,大醇小疵差可耳。"则公诗之病,可得而言也。一曰琢句之过,往往失于纤弱。盖白石以词坛宗匠,移其字法于绝句,则觉婀娜动人,若入于古体则所谓"雕刻伤气"矣。如:"红雨洒溪流,下濑仍小驻。鱼队猎残香,故故作吞吐。"(《赋千岩曲水》)"红雨"及"猎残香"等字面,入于古诗,几于王渔洋"雨丝风片"之讥矣。二曰韵度飘逸,往往失于轻露。词人之诗,大率如此。如:"自作新词韵最娇,小红低唱我吹箫,曲终过尽松陵路,回首烟波十四桥"(《过垂虹》)之类,虽韵度飘逸,然较之晚唐,已嫌其轻,况中盛乎?三曰体物之细,或易邻于寒乞,如"白天碎碎如拆绵"(《丁巳七月望湖上书事》)之类。然此犹白璧微瑕,不足为白石病也。姚惜抱称"右丞五律具三十二相",余谓大家之诗,莫不皆然。涉乐必笑,言哀已叹,斯为上乘。白石集中诗百七十首,其妙可一言而尽也,曰刻炼精密。且诗体各殊,而七古尤见才力。白石集中七古只十一首,而结处意多重复。如:"何以赠君濯炎热,雪即是诗诗是雪。"(《送王孟玉归山阴》)"囊中唯有转庵诗,便当掬水三咽之。"(《潘得久字余曰白石道人》)"荷叶摆头君睡去,西风急送敲窗句。"(《丁巳七月望湖上书事》)"更呼白石老居士,来倚云根吟七字。"(《生云轩》)"六条察吏安用许,幸有千岩作诗侣。"(《送项平甫倅池阳》)五首皆用吟诗意作结,手法全同。前人称小谢"思锐才窄",此则白石之大病也。吴乔谓"山谷专意出奇,已得成家,终是唐人之残山剩水"。余谓白石之于宋贤亦尔。然其洗炼之功,初学所不当忽也。

淳学殖浅陋,何足衡量白石!且丧乱之馀,典籍载缺,罣漏良多。夫吟咏之道,端在性灵。白石自谓:"文以文而工,不以文而妙,然舍文无妙,圣处要自悟。"是知古人论诗,惟重悟入。今欲取便初学,妄意雌黄,强聒不休,知难免佛头着秽之讥。博雅君子,尚祈教之。

(原载《文化先锋》1946 年 11 月,
2006 年收入《解放前重要古典文学论文集》)

辛文房的文学观和《唐才子传》的得失

一

《唐才子传》十卷,是辛文房在文学领域留下的主要业绩。文房字良史,元代西域人。因为载籍残缺,他的具体经历,已经很难弄清楚。(元贡奎《云林集》卷一《送良史》题下注云:"西域人,尝学于江南,除翰林编修,今省归豫章。"但遍检方志查不出其上世于豫章为官,疑为经商。)只有根据《唐才子传》和他同时或稍后一些人的一鳞半爪的记述,还可对他的思想、创作等略知一二。

在《唐才子传》序引里,辛文房自称"异方之士,弱冠斐然",知道他青年时代就很有文采("斐然成章")和有著述的志向(曹丕《与吴质书》:"德琏常斐然有述作之意")。他特别向往承平则文墨议论,警急则櫜鞬矢石……草檄于盾鼻,勒铭于山头"那样能文能武"光烈垂远"的"通方之士"(《唐才子传》卷六《畅当传》,以后凡引此书不再注书名)。他鄙视徒以门阀富贵而无足称道的寄生虫:"又若以位高金多,心广体胖而富贵骄人,文称功业黯黯,则未若腐草之有萤也。"(卷七《陈上美传》)像赵光远那种"仰荫承荣"、"骄侈不期而至"的"千金之子",他认为"区区凉德,徒曰贵介",不值得多费纸墨,"不暇录尚多"(卷九《赵光远传》)。

对于出身卑贱而能在文学上奋发有为的人,他赞不绝口:

> 汪遵,泾之一走耳。拔身卑污,奋发文苑。家贫借书,以夜继日,古人闯市偷光,殆不过此。昔沟中之断,今席上之珍。丈夫自修,不当如是耶?(卷八《汪遵传》)

> 邺,素有英资,笔端超绝,其气宇亦不在诸人下。初无箕裘之训,顿改门风,崛兴音韵,驰誉当时,非易事也。(卷八《罗邺传》)

对于为官,他反对幸进,"登庸成忝,贻笑于多士","先达者未足喜,晚成者或可贺",认为"古人不耻能治而无位,耻有位而不能治"(卷六《元稹传》)。他认为居高位就应该像令狐楚那样勇于举贤,反对元稹那样嫉能(卷六《张祜传》)。至于贪恋禄位,掊克聚敛,像王涯那样,他更深恶痛绝,认为后世应引以为戒:

> 《否》、《泰》递复,盈虚消息,乃理之常。夫物盛者,衰之渐也;散者,积之极也。有能终满而不覆者乎?况图书入变化之际,神物所深忌者焉!前修耽玩成癖,往往杀身,犹非剥削而至也。王涯掊克聚敛,以邀穹爵;逼孤凌弱,以积珍奇;知己之利,忘人之害;至于天夺其魄,鬼瞰其家,一旦飘零,殊可长叹。孟子曰:"盆成括死矣。"传曰:"货悖而入者,亦悖而出。"不亦宜哉!庶来者之稍戒云。

这里反映出他对人生仕宦的基本态度。所以那种能深明祸福,急流勇退,而又有文章足以传世的人,他特别欣赏,全书以《王绩传》为第一篇(《六帝》只是官样文章)就有深义。而第十卷《王贞白传》他又发挥这种思想:

> 贞白学力精赡,笃志于诗,清润典雅,呼吸间两获科甲,自致于青云之上,文价可知矣。深惟存亡取舍之义,进而就禄,退而保身,君子也。

元代诗人张雨(1277—1348)《句曲外史贞居先生诗集》卷四有一首《元日雪霁早朝大明宫和辛良史省郎二十二韵》的五言排律,我们得以知道辛曾位至"省郎",那诗结尾说:"怜君守华省,琢句废春宵。"又知道他酷好吟咏。另一诗人马祖常(1279—1338)《石田先生文集》卷二有首《辛良史披沙集诗》:

> 未可披沙拣,黄金抵(疑当为抵)自多。悠悠今古意,落落短长歌。秋塞鸣霜铠,春房剪画罗。吟边变徐发,萧飒是阴、何。

依靠《石田集》这首诗,我们知道辛文房有诗集叫《披沙集》,取"披沙拣金,往往见宝"的意思。诗集题材风格,丰富多采。"秋塞鸣霜铠",指高、岑式的激昂;"春房剪画罗",又有温、李式的柔丽。而作诗是"颇学阴、何苦用心",以致头发都变色了,这和张雨称他"琢句废春宵"的态度是一致的。

元代陆友仁(《读书敏求记》卷三作"陆友")《研北杂志》卷下叙述元代人王执谦时也提到辛能诗。

> 王伯益,名执谦……为诗简淡萧远……同时有辛文房良史,西域人,杨载仲弘,浦城人,卢亘彦威,大梁人,并称能诗。

王执谦是元代四大家之首的虞集(1272—1348)所肯定的诗人,陆友仁这段关于王执谦的叙述,就是根据虞集《道园学古录》卷二十《王伯益墓表》写的。杨载(1271—1323)也是四大家之一。虞集称其诗如"百战健儿"。在元代唐诗研究中卓有成就,他的《诗法家数》和选的《唐音》对后代影响较大。陆友仁把辛的名字排在杨前,和马祖常的诗对参,可见在元代前半期的诗坛上,辛文房应有一席之地。(《读书敏求记》云陆书晚年成于元统二年,1334年,去《唐才子传》成书仅三十年,时代相接,言必有据。)可惜《披沙集》久已佚去,我们只能从元代苏天爵《国朝文类》中读到辛的两首小诗:

苏小小歌

东流水底西飞鱼,衔得钱塘纹锦书。几回错认青骢马,著处闲乘油壁车。鹦鹉杯残春树暗,葡萄衾冷夜窗虚。莲子种成南北岸,苦心相望欲何如?(卷四)

清明日游太傅林亭

隔水园林丞相宅,路人犹记种花时。可怜总被风吹尽,不许游人折一枝。(卷八)

这首七绝,很有点晚唐风神。

辛文房生长西域,游踪曾到桐庐,对他的思想和写作都起了很大的作用,在卷六《徐凝传》后写道:

余昔经桐庐古邑,山水苍翠,严先生钓石,居然无恙。忽自星沉,千载寥邈,后之学者,往往继踵芳尘,文华伟杰,义逼云天,产秀毓奇,此时为冠。至今有长吟高蹈之风,古碑石刻题名等,相传不废。揽辔彷徨,不忍去之。胜地以一人兴,先贤为来者重,固当相勉而无倦也。

辛文房的诗作虽然只有两首流传，但是他在人生和文学道路上"相勉而无倦"的刻苦追求，赖有《唐才子传》这部著作，我们还可以从中窥探出他的人生态度和对诗歌的一些主要观点。

二

辛文房官曾至"省郎"，他向往王贞白"进而就禄，退而保身"的态度，也许在"省郎"之后就退出官场专心著述《唐才子传》了，他在序引里说到对唐诗的喜爱，对唐诗人的向往和写这部书的动机：

> 唐几三百年，鼎钟挟雅道，中间大体三变。故章句有焦心之人，声律至穿杨之妙。于法而能备，于言无所假。及其逸庙高标，馀波遗韵，临高能赋，闲暇微吟。旧格、近体、古风、乐府之类，芳沃当代，响起陈人。淡寂无枯悴之嫌，繁藻无淫妖之忌，犹金碧助彩，官商自协，端足以仰绪先尘，俯谢来世。清庙之瑟，熏风之琴，未或简其沉郁，两晋风流，不相下于秋毫也。余遐想高情，身服斯道，穷其梗概行藏，散见错出，使览于述作，尚昧音容；洽彼姓名，未辨机轴：尝切病之。

又谈到这时有了写作的条件和书的体例：

> 顷以端居多暇，害事都捐。游目简编，宅心史集。或求详累帙，因备先传，撰拟成篇，班班有据。以悉全时之盛，用成一家之言。各冠以时，定为先后。远陪公议，谁得而诬也？

所谓"端居多暇，害事都捐"，是对脱离官宦生活的委婉说法。序写于"大德甲辰(八年,1304)春",着手著述总在这年以前。这部书,辛文房倾注了大量心血,也很有几分自信。但他并不以为这部书已经完美无缺。他强调的是开创之功,希望同志之士继续努力,使这部唐代诗人的传记完备起来:

> 异方之士,弱冠斐然。狃于见闻,岂所能尽?敢倡斯盟,尚赖同志,相与广焉。庶乎作九京于长梦,咏一代之清风。

这本书元代就有刻本,并且流传到日本(见《佚存丛书》本天瀑山人跋),但今天却未见到当时对这部书的评介。国内最早评这部书的是明朝杨士奇《东里文集》卷十《书唐才子传后》:

> 《唐才子传》,西域辛文房著,十卷,总三百九十七人,皆有诗名当时。其见于《唐书》者共百人,盖行事不关大体,不足为劝戒者不录,作史之体也。而读其诗欲知其人,于辛所录,宜有所取。然唐以诗取士,三百年间,以诗名者,当不止于辛之所录。如郭元振、张九龄、李邕之徒,显于时矣,而犹遗之,况在下者乎?而辛所录,又间杂以臆说,观者当择之。

杨士奇指出这本书读唐诗欲知其人,"于辛所录,宜有所取",但指出两大缺点,一是漏掉一些重要诗人,二是"所录又间杂以臆说",所以不可尽信。这个估价,是这部书的题跋中最低的。清末四大藏书家之一的丁丙,收藏了一部日本正保四年刻的《唐才子传》(书存南京图书馆古籍部)题识中说:

> 录凡二百七十八篇,因而附录不泯者又一百二十家。皆以时代为次;时代之中,又以科目先后为断。始大业初,

终五季末。继往开来,别具微旨;伸真黜妄,雅具体裁;评论得失,好而知恶,非徒知诵诗而不知尚论者。

丁氏的评论,大为溢美。这部书编排大体以初盛中晚为次,但时代之中,并不一定"以科目先后为断",只要看一看卷五卢仝、马异、刘叉、李贺、贾岛等人都放在韩愈的前面,就可知丁氏之粗疏。至于"伸真黜妄"那些话,更是言过其实,这一点留待后文再加分析。

《四库全书·史部传记类》从《永乐大典》辑出《唐才子传》分八卷,评论先抑后扬,较为折衷:

是书原本凡十卷,总三百九十有七人,下至妓女、女道士之类,亦皆载入。其见于新、旧《唐书》者仅百人,馀皆从传记说部各书采辑。其体例因诗系人,故有唐名人非卓有诗名者不录。即所载之人,亦多详其逸事及著作之传否,而于功业行谊,则只撮其梗概。盖以论文为主,不以记事为主也。大抵于初盛稍略,中晚以后渐详。至李建勋、孙鲂、沈彬、江为、廖图、熊皎、孟宾于、孟贯、陈抟之伦,均有专传,则下包五代矣……按杨士奇跋,称是书凡行事不关大体、不足为劝戒者不录,又称杂以臆说,不尽可据。今考编中,如《许浑传》称其梦游昆仑,《李群玉传》称其梦见神女,杂采孟棨《本事诗》、范摅《云溪友议》荒唐之说,无当史裁。又如储光羲污禄山伪命,而称其养浩然之气,尤乖大义。他如谓骆宾王与宋之问倡和灵隐寺中,谓《中兴间气集》为高适所选,谓李商隐曾为广州都督,谓唐人效杜甫者惟唐彦谦一人,乖舛不一而足。盖文房抄撮繁富,或未暇检详,故谬误抵牾,往往杂见。然较计有功《唐诗纪事》叙述差有条理,文笔亦秀润可观。传后间缀以论,多掎摭诗家利病。亦足以津逮艺林,于学诗者考订之功,固不为无补焉。

《四库提要》把杨士奇话的前一半理解错了。"盖行事……作史之体也"是指《唐书》而说,不是指辛氏选人的标准。《提要》提出《唐才子传》的缺点是史实"乖舛不一而足",这一点汪继培、伍崇曜等续有补充,留待下文再说。《提要》认为这部书比《唐诗纪事》叙述差有条理,这是因为《唐诗纪事》以收诗为主,不是以人为传,不好比较。"文笔亦秀润可观"的优点,一读自明,不劳赘述。《提要》认为主要优点是"传后间缀以论,多掎摭诗家利病,亦足以津逮艺林"。这一点是本书最值得肯定的地方,本文打算就辛氏文学特别是诗歌的观点略加阐述,供读《唐才子传》的同志参考。

三

辛文房对文学特别是诗的观点,深受曹丕《典论·论文》的影响,全书第一句话就引述"魏帝著论,称'文章经国之大业,不朽之盛事'"云云作为全书的宗旨,中间也多次引用曹丕此论。辛氏对《乐记》和《诗序》的观点也很信奉,主张诗道的盛衰"盖系于得失之运"。在具体评论诗人时,辛氏服膺《河岳英灵集》和《中兴间气集》的意见。如《河岳英灵集》二十四人,仅李嶷一人,《中兴间气集》二十六人仅郑丹、李希仲、杜诵、刘湾四人,辛氏未予立传,其馀四十五人辛氏不但立了传,而且还把殷璠、高仲武的评论采入传中。《四库提要》提的储光羲,伍崇曜提的对贺兰进明(见《粤雅堂丛书》本《唐才子传》跋)的溢美之词,全是袭用殷璠的说法,可见辛氏对上两选本的重视。

我们认真读一下书中的评论,不难找出辛氏论诗在许多方面和严羽《沧浪诗话》一脉相承。

> 尝谓禅家者流,论有大小乘,有邪正法。要能具正法眼,方为第一义,出有无间,若声闻辟支四果,已非正也,况又堕野狐外道鬼窟中乎?言诗亦然。宗派或殊,风义必合。品则有神妙,体则有古今。才则有圣凡,时则有取舍。自魏晋以降,递至盛唐,大历,元和以下逮晚年,考其时变,商其格制,其邪正了然在目,不能隐也。

如果粗心一点,简直怀疑是《沧浪诗话》呢,而这却是卷八《周繇传》后辛氏的一段评论。不妨引一段《沧浪诗话·诗辨》对照下:

> 禅家者流,乘有小大,宗有南北,道有邪正;学者须从最上乘,具正法眼,悟第一义。若小乘禅,声闻辟支果,皆非正也。论诗如论禅,汉魏晋与盛唐之诗,则第一义也;大历以还之诗,则小乘禅也,已落第二义矣。晚唐之诗,则声闻辟支果也。

严氏于唐诗主盛唐,尤尊李杜,他说:

> 夫学诗者以识为主,入门须正,立志须高,以汉魏盛唐为师,不作开元、天宝以下人物。

> 诗之极致有一,曰入神。诗而入神,至矣尽矣,蔑以加矣。惟李杜得之。(同上)

辛文房对李杜也评说:

> 昔谓杜之典重,李之飘逸,神圣之际,二公造焉。观于海者难为水,游李杜之门者难为诗,斯言信哉!(卷二《杜

甫传》)

对唐诗发展的看法,以盛唐为顶峰,大历为分界,每下愈况:

　　大历以前,分明别是一副言语,晚唐,分明别是一副言语。(《沧浪诗话·诗评》)

辛文房叙述"大历十才子"时说:"唐之文体,至此一变矣。"(卷四《卢纶传》)

对于晚唐,他说:

　　唐季,文体浇漓,才调荒秽,稍稍作者,强名曰诗。南郭之竽,苟存于众响,非复盛时之万一也。(卷十《殷文圭传》)

严沧浪重视诗的题引:

　　唐人命题,言语亦自不同。杂古人之集而观之,不必见诗,望其题引而知其为古人今人矣。(《沧浪诗话·诗评》)

辛文房在卷三《独孤及传》末阐述这个论点,他先列举《文选》中沈、谢一些诗题说:

　　皆奇崛精当,冠绝古今,无曾发其韫奥者,逮盛唐沈、宋、独狐及、李嘉祐、韦应物等诸才子集中,往往各有数题,片言不苟,皆不减其风度,此则无传之妙。逮元和以下,佳题尚罕,况于诗乎?立题乃诗家切要,贵在卓绝清新,言简而意足。句之所到,题必尽之。中无失节,外无馀语。此可与知者商榷云。

严沧浪反对次韵,《诗评》说:

　　和韵最害人诗。古人酬唱不次韵,此风始盛于元、白、皮、陆。本朝诸贤，乃以此而斗工，遂至往复有八九和者。

辛文房在卷八《皮日休传》说：

> 夫次韵唱酬，其法不古。元和以前，未之见也。暨令狐楚、薛能、元稹、白居易集中，稍稍开端。以意相和之法渐废。渐作逮日休、龟蒙，则飙流顿盛，犹空谷有声，随响即答。韩偓、吴融以后，守之愈笃、汗漫而无禁也，于是天下翕然，顺下风而趋，至数十反而不已，莫知非焉。夫才情致之不盈握，散之弥八纮，遣意于词（依三间草堂本）间，寄兴于物表，或上下出入，纵横流散，游刃所及，孰非我有？本无沾滞之忌也。今则限以韵声，莫违次第。得佳韵则杳不相干，龃龉难入；有当事则韵不能强，进退双违；必至窘束长才，牵接非类，求无瑕片玉，千不遇焉，诗家之大弊也。更以言巧称工，夸多斗丽，足见其少雍容之度。然前修有恨，其迷途既远，无法以救之矣。

至于个别作者的评论，如戎昱、冷朝阳：

> 戎昱在盛唐为最下，已滥觞晚唐矣。
>
> 冷朝阳在大历才子中为最下。（《沧浪诗话·诗评》）
>
> 昱诗在盛唐，格气稍劣，中间有绝似晚作。（卷三《戎昱传》）
>
> 朝阳工诗，在大历诸才子法度稍弱。（卷四《冷朝阳传》）

还可以举出薛逢等人为例，这些都可看到严羽对辛文房的影响，虽然《唐才子传》未提严羽之名，但以禅论诗，推尊盛唐，尤重李杜，鄙薄晚唐，以至重视诗题，反对次韵等等，辛和严羽的观点一脉相承。不过辛文房论诗和严羽也有原则的区别。严沧浪论诗以禅为喻,强调兴象和妙悟,不重视诗的社会功能。辛文房却恪守儒家的诗教,注意诗歌要干预教化。譬如同是推尊李杜,严羽用"如金鹍擘海,香象渡河"来比象其气概,而辛文房却首先强调两人的忠孝之心:

> 能言者未必能行,能行者未必能言。观李杜二公,崎岖板荡之际,语语王霸,褒贬得失,忠孝之心,惊动千古,骚雅之妙,双振当时。兼众善于无今,集大成于往作。历世之下,想见风尘。惜乎长辔未骋,奇才并屈。竹帛少色,徒列空言,呜呼哀哉!

正是由于重视诗歌要能裨补造化,在晚唐诗人中,他不像严沧浪那样一概抹煞,而是区别对待,对于濆、聂夷中这批关心民生疾苦的诗人,特别欣赏。在卷八《于濆传》后论曰:

> 观唐诗至此间,弊亦极矣。独奈何国运将弛,士气日丧,文不能不如之。嘲风戏月,刻翠粘红,不见补于采风,无少裨于化育。徒务巧于一联,或伐善于只字。悦心快口,何异秋蝉乱鸣也?于濆、邵谒、刘驾、曹邺等,能返棹下流,更唱瘖俗。置声禄于度外,患大雅之凌迟,使耳厌郑卫,而忽洗云和;心醉醇酎,而乍爽玄酒。所谓清泠泠,愈病析酲,逃空虚者,闻人足音,不亦快哉!

他称赞聂夷中:"古乐府尤得体,皆警省之词,裨补政治,乐而不淫,哀而不伤,正《国风》之义也。"(卷九)他赞成唐备:"工古诗,多涵讽刺,颇干教化,非浮艳轻裴(疑为斐)之作。"除了强调诗歌要有裨造化继承《国风》以来的诗教传统外,辛文房自己

309

"琢句废春宵",也主张作诗不能只凭天才和学力,而应该严肃认真,月锻季炼,反对率然命笔:

逢天资本高,学力亦赡,故不甚苦思。豪逸之态,长短皆率然而成,未免失浅露俗,亦当时所尚,非离群绝俗之谓。(卷七《薛逢传》)

他还强调大器晚成,要涵养德性,增加阅历。他在卷五《李贺传》后感慨说:

贺天才俊拔,弱冠而有极名……若少假行年,涵养盛德,观其才,不在古人下矣。今兹惜哉!

这些观点,《四库提要》所说的"足以津逮艺林"也许就在于此。今天研究唐诗以及诗歌创作都还可以借鉴。特别是元代文学批评方面理论较为薄弱,辛文房的这些观点,确实如丁丙所说,"继往开来,别具微旨",这是《唐才子传》值得肯定的重要方面。

四

辛文房的长处在对诗歌的理论方面,而另外《唐才子传》中也逃不出当时流行的观点,比如认为王勃"才长而命短"是由于"相",任涛是"有才无命",郑良士"亦命之所为,诗何能与"(卷十),以及一些神仙无稽之谈,采入传中,这些当然是不足取的。而《唐才子传》更主要的问题是在材料的失实,也就是杨士奇说的"又间杂以臆说",《四库提要》说的"谬误抵牾,往往杂见"。《提要》举出七条谬误,汪继培(三间草堂本跋)、伍崇曜又加补充。但凭心而论,辛氏写传有他的难处。其中一百人虽见于

《唐书》,而事迹又复详略不一,而且多数人无传可凭,只有旁搜博采,难免真伪混杂,前后矛盾。计有功《唐诗纪事》以诗为主,体例因人而异。辛氏一律写成"传",体例不可不一。有人虽负盛名而传记未见,如常建,《唐诗纪事》仅记其及第后为盱眙尉,《河岳英灵集》但评其诗,辛氏为了搜集材料,将常建有关诗作写入传中,伍崇曜所指责的遇秦宫女事的荒诞,实际是据常建诗写的。邵谒死后降神赋诗事是据胡宾王跋写的(《见直斋书录解题》卷十九)。

张采田《玉溪生年谱会笺》把《唐才子传》的《李商隐传》附在书前,而逐条予以辨证,然后说:

案辛氏杂采《唐书》、《唐诗纪事》诸家诗话而成,虽亦有可补本传处,然不胜其误之多也。

这个说法虽专对《李商隐传》说的,实际可说是辛氏通病。归纳起来,错误主要有这几方面。

一是时间失次。如卷二《高适传》已经根据《唐书》说"永泰初卒",又因为晁公武《郡斋读书志》说高适又字"仲武",于是辛氏把高适与高仲混为一人,说"所选至德迄大历作者二十六人为《中兴间气集》",不思大历时高适已经作古。陆游在《渭南文集》卷二十七《跋中兴间气集》已经加以辨正,指为两人,辛氏竟未之见。

又如邢君牙《旧唐书》卷一百四十四明言"贞元十四年(798)卒",而卷十《褚载传》说:"乾宁五年(898),礼部侍郎裴贽知贡举,君牙又荐之遂擢第。"这个错误是《诗话总龟前集》卷五引《诗史》而误,辛氏仍而不察。

再如卷五《杨衡传》说:"天宝间,避地西来,与符载、李群、李渤同隐庐山"。而李渤大历六年才出生,李群的时代更晚。

二是地理讹舛。如白居易祖籍山西太原,祖父白温移陕西下邽。卷六《白居易传》说"太原下邽",就把下邽当成太原属县。

又如陈陶籍贯有"岭南"、"鄱阳"、"剑浦"三说,分在今天广东、江西、福建三省。卷十《陈陶传》说是"鄱阳剑浦人",把剑浦移到江西。

再如卷三《岑参传》说:"出为嘉州刺史,杜鸿渐表置安西幕府。"按这是根据《唐诗纪事》卷二十三:"出为嘉州刺史,副元帅杜鸿渐表公兼侍御史,列于幕府。"《新唐书》卷一百二十六《杜鸿渐传》代宗广德二年蜀中乱,"命鸿渐以宰相兼成都尹、山南西道剑南东川副元帅、剑南西川节度副大使往镇抚之"。辛氏加上"安西"二字,安西都护府在新疆,安西府在甘肃酒泉,辛氏遂将西北西南混为一体。

三是误甲为乙。如卷一《张子容传》"十年多难与君同"七律乃刘长卿诗,辛氏既将此诗误为张子容,又据此诗说张子容"后值乱离,流寓江表",愈说愈支离。

又如卷五《张登传》前后都是根据《权载之文集》卷三十三《唐故漳州刺史张君集序》,中间忽然插入宋人张士逊入宜春门题诗事。因张士逊封邓国公,《湘山野录》卷中称"张邓公",《诗话总龟前集》卷十七引《古今诗话》抄写脱误变成"张登",辛氏遂采入《张登传》,但是稍微留心一点"三曾身到凤池来"的身分和终于漳州刺史的张登怎么合得来呢!

再如卷六《殷尧藩传》,采用《云溪友议》卷上《舞娥异》条内容,范氏注明是韦夏卿,辛氏却误成韦应物,于是想当然地加上"初游韦应物门墙分契莫逆"的说法,实际上是张冠李戴。

四是褒贬失实。如《唐摭言》卷一《进士归礼部》条叙述李昂知贡举与李权矛盾事说：

> 初，昂强复，不受嘱请。及有请求，莫不先从。由是庭议以省郎位轻，不足以临多士，乃诏礼部侍郎专之矣。

卷一《李昂传》却说："天宝间，仕为礼部侍郎。知贡举，奖拔寒素甚多。"

又如《新唐书》卷一百三十一《李程传》说：

> 子廓，第进士，累迁刑部侍郎。大中中，拜武宁节度使，不能治军。补阙郑鲁奏言："新麦未登，徐必乱。"既而果逐廓，乃擢鲁起居舍人。

卷六《李廓传》却称"仕终武宁节度使，政有奇绩"。

《唐摭言》卷八《放老》云：

> （曹）松，舒州人也，学贾司仓为诗，此外无他能，时号松启事为送羊脚状。

卷十《曹松传》却说"尤长启事，不减山公"。

这些褒美之词，显然违背史实。类似上述四类的错误可以说是"遽数之不能终其物"。错误的原因《四库提要》指出是因为"抄掇繁富，未暇检详"，是符合实际的。一是沿袭诗话等的错误，除上面已经提到的以外，比如贯休入蜀依王建，《鉴戒录》等均无异说，而《诗话总龟前集》（月窗本卷三十一，明抄本卷三十三）误为"孟知祥"，卷十《贯休传》也就照抄为"孟知祥"。二是本书前后矛盾，如卷九《温宪传》明说："宪，庭筠之子也。"而在卷二《包融传》里却说两人是"公孙"。卷六《清塞传》说清塞"竟往依名山诸尊宿自终"，而卷八《李郢传》又说"时塞还俗"。

都说明"未暇检详"。

我以为还有一条重要原因是辛氏读书粗枝大叶,往往误会原意。举几个典型例子

晁公武《郡斋读书志》卷四上讲到陈子昂的文学成就说:

> 柳仪曹曰:张说以著述之馀攻比兴而莫能极,张九龄以比兴之暇穷著述而不克备。唐兴以来称是选而不作者,子昂而已。

辛氏显然根据晁氏的话在卷一《陈子昂传》里说:

> 柳公权评曰:能极著述,克备比兴,唐兴以来,子昂而已。

晁氏指的是柳宗元,因为柳宗元做过尚书礼部员外郎,所以称柳仪曹。这段话是根据《柳河东集》卷二十一《杨评事文集后序》:

> 唐兴以来,称是选而不作者,梓潼陈拾遗,其后燕文贞以著述之馀,攻比兴而莫能极;张曲江以比兴之隙,穷著述而不克备。

辛氏却将柳宗元变成了柳公权。

李肇《国史补》卷中说:

> 越僧灵澈,得莲花漏于庐山,传江西观察使韦丹。初,惠远以山中不知更漏,乃取铜叶制器,状如莲花;置盆水之上,底孔漏水,半之则沉。每昼夜十二沉,为行道之节。虽冬夏短长,云阴月黑,亦无差也。

卷三《灵澈传》却说:

> 性巧逸,居沃州寺,尝取桐叶剪刻制器为莲花漏,置盆

水之上,穿细孔漏水,半之则沉,每昼夜十二沉,为行道之节。

把惠远的发明当成灵澈了,《国史补》明明说是灵澈得到的而非制造的。

《唐摭言》卷九《芳林十哲》条说:

> 咸通中自云翔辈凡十人……皆交通中贵,号芳林十哲。芳林,门名,由此入内故也。

《唐摭言》卷十又说:

> 张乔……同时有许棠与乔,及俞坦之、剧燕、任涛、吴罕、张蠙、周繇、郑谷、李栖远、温宪、李昌符,谓之十哲。

卷九《郑谷传》却说郑谷等"号芳林十哲"。

卷十《韦庄传》云"尝选杜甫、王维等五十二人诗为《又玄集》",实际五十二人是卷上,还有卷中、卷下近百人。

更严重的是传后的"其集今传"等的话,实际是照抄《新唐志》、《郡斋读书志》和《直斋书录解题》等书,不足置信,有时误读便成大错。《新唐志》著录《雍陶集》十卷,晁公武时只剩五卷,所以《郡斋读书志》卷四中《雍陶集》五卷说:"《唐志》集十卷,今亡其半。"卷七《雍陶传》竟然说有"《唐志》集五卷,今传"。

五

上面举出辛文房此书史实上的舛误和分析致误的原因,意思在证明杨士奇说的"观者当择之"是十分客观的。因为这是最早存在的唐诗人的传记,被许多人所沿用,以致影响到今天。

譬如卷五《戴叔伦传》说他是"贞元十六年(800)陈权榜进士"。根据《文苑英华》卷九百五十二权德舆《朝散大夫容州刺史戴公墓志铭》云卒于贞元五年(789)。徐松《登科记考》卷十四沿用辛氏的错误，以致前几年人民文学出版社的《唐诗选》也照抄，变成死后十一年登科。再如王维《旧唐书》云开元九年及第，张彦远《历代名画记》卷十也说他"年十九，进士擢第"，辛氏却云"开元十九年擢进士第"，《登科记考》就据辛氏之说以为《旧唐书》"九"上脱了"十"字，高步瀛《唐宋文举要》也就信奉辛氏之说。可见《唐才子传》一些史实讹误影响之深远。

辛文房"异邦之士，弱冠斐然，狃于见闻，岂所能尽"，有这样那样的失误，原不足怪。我不惜举例分析，在于引起读者在使用这本书时的注意。我觉得这本书的开创之功，在文学史上应该有其地位。在文学特别是诗歌理论的继承和阐发方面，成绩很大，可以说以"得"为主，而在材料的网罗组织方面，贪多务得，"未暇检详"，以致泥沙俱下，真伪混淆，得失参半。这本书如果当成文学作品读，饶有兴味；当诗歌理论批评看，发人深思；但如果作为历史材料看，则庞杂寡要。《四库提要》结语说："于学诗者考订之功，固不为无补焉。"我认为《唐才子传》的弱点正在"考订"方面欠缺工夫，伍崇曜跋语说："千虑一失，容或有之，读者录其瑜而略其瑕可已。"但要做到这一点，首先要分清瑕瑜，因此当做材料引用时，千万不能掉以轻心。这也是我写这篇评论的用意所在。

(原载《考辩评论与鉴赏》)

胡震亨的家世生平及其著述考略

明朝后期研究唐诗之学者,当推海盐胡震亨为巨擘。他以个人一生精力,搜集评定唐人诗集,成《唐音统签》一千三十三卷。后来清朝官修《全唐诗》,即以《唐音统签》及季沧苇《全唐诗》合校而成。胡氏于学术方面贡献很广,自己校刻并帮助汲古阁主人毛晋编定校刻大量书籍,"凡海虞毛氏书多震亨所编定也"(光绪本《海盐县志》卷十五《人物传》)。当时人称其"抱经济之长才,作文章之巨手"(樊维城《海盐县图经序》);稍后则有人誉之为"淹雅而饶著作,为江表学府"(陈光缯《读书杂录序》);到近人张元济先生推崇为海盐县"第一读书种子"。这些都非溢美之词。但令人遗憾者,除有关方志外,胡氏竟无传状志铭传世。《明史》无传,《列朝诗集》、《天启崇祯两朝遗诗》未收其诗。《明诗综》仅收诗二首,传则寥寥数语。其子胡夏客《谷水集》无"行状"等类文字,陈光缯为胡夏客作《胡宣子先生传》,于其父则语焉不详。推原其故,胡氏死当易代之际,其后文字狱罗织尤烈,对其生平有欲言而不敢言之隐。淳既为上海古籍出版社校点《唐音癸签》,欲求胡氏之事迹,乃钩稽各书,得其家世梗概及生平,著述之大略,爱著此文供读胡氏书者知人论世之一助。惜乎胡氏所著《赤城山人稿》,海内存者,仅上海图书馆藏残本九至十一凡三卷，南图仅存残抄第九卷，其馀北图、故宫、浙图、天一阁以至台湾、日本均未见其目。上图所存三卷之中，十与十一又皆系《邑乘序说谱考文》，无关胡氏生平。而与胡氏晚年唱酬论学过从甚密之朱大启，曾为《李杜诗通》写序，然朱名虽见于《明史》及《国榷》，其诗《曼寄轩集》则亦遍访无着。载籍既缺，见闻未广，疏漏之讥，无所逃责，抛砖引玉，以期引起对胡氏研究之兴味而已。

一、家世情况

胡震亨世居浙江海盐县城虹桥里（陈光绰《胡宣子先生传》），家世为塾师，自曾祖起，天启本《海盐县图经》有传，略述如下：

曾祖胡颜，字希仁，"布衣，教授里中，独好吟咏，晚而性益豪"（天启本《海盐县图经》卷十四《文苑》）。胡颜淡泊自守，五十岁时，儿子中举，他为诗自若，并不觉得特别荣耀；儿子成进士，不幸病死，他仍然为诗如故。到八十五岁病危时，还要孙子扶他上新楼"预题登高诗"。可谓嗜诗如命。在举世醉心科举之明代社会，胡颜安于淡泊，不慕荣利，极其难能可贵。胡震亨一生于利禄不大热衷，与胡颜不无渊源。胡颜生卒年据推分别为弘治元年戊申（1488）、隆庆六年壬申（1572）。

祖父胡宪仲，字文征，正德九年（1514）生。除读书做诗略有父风外，性格迥不相同。他"居恒思以功名显"，"游郑端简（郑晓，当时著名学者，《明史》卷一九九有传。查继佐《罪惟录》卷十三中，列入《谏议诸臣》）之门，博览今古，益留心经济"（天启本《海盐县图经》卷十三《人物》）。年青时以韩愈、苏轼自比，嘉靖十六年丁酉(1537)二十四岁,中了举人,嘉靖二十九年庚戌(1550)三十七岁中进士。当时明朝内政腐败,外患频仍。北有俺答,海上倭寇。俺答犯京师,形势紧张,胡宪仲挺身而出,提出抵御策略,切实可行。1552年任南刑部主事。倭寇扰浙东,南京戒严。南司马知其能兵,要他牢守太平门。他还"驰书浙帅",提出三条抗倭策略。不幸第二年病死于任所。事迹见天启本《海盐县图经》卷十三《人物》。胡震亨"为诸生即以经济自负",后能论兵守城,卓有见地。修《海盐县图经》提出"戍海"策略,都有其祖父遗风。

父亲胡彭述,字信甫,为胡宪仲侧室仇氏所生。1550年生,四岁丧父,靠仇氏抚育成人,当时仇氏仅二十五岁。胡夏客《谷水集》卷二十一《曾祖母仇夫人颂》说:"嫠居之年,二十有五。一孤延嗣,四龄缵祖……二十八载,又痛子去。"仇氏之辛酸,可以想见。胡彭述未中科举,后以胡震亨当官之故追赠文林郎。胡彭述"性好书,见异册至,典质买之不靳。吴兴书贾每一来,欣然予之饮食"(天启本《海盐县图经》卷十四《文苑》)。可见其嗜书之癖。他将其家藏书编成《好古堂书目》,自为序,说:"予家世为塾师,自诚斋府君迄仰崖府君凡四世……藏书几至万卷。"

胡震亨性喜读书聚书,正有乃父之风;同时家世聚书,为胡震亨学术造诣,创造有利条件。

母亲刘氏,黔省观察使刘炌之女。刘炌,光绪本《海盐县志》卷十五《人物传》有传。刘氏出身富贵,胡彭述:"早孤家贫,刘来归,尽出奁资给朝夕,孝养其孀姑仇。"(天启本《海盐县图经》卷十四《列女·胡氏重节传》)胡震亨十二岁丧父,主要由祖母、母亲抚育成长。胡夏客所谓:"老姑偕孀,以是鞠抚。再世

丸熊,手泽增苦。"(胡夏客《谷水集》卷二十一《曾祖母仇夫人颂》)

二、生平述略

胡震亨原字君鬯,取《周易·震》"震亨……震惊百里,不丧匕鬯"之义(《盐邑志林》卷之十五《吕氏笔记叙》)。后改字孝辕(同书卷之五十一《彭孟公江上杂疏叙》)。自号赤城山人,学者称赤城先生,晚年自号遁叟。最后官至"兵部职方司员外郎",所以人亦称之为"胡职方"。"君鬯"原字,各书均漏列。

明穆宗隆庆三年己巳(1569),胡震亨生。《读书杂录》卷上:"余生七岁,时为万历乙亥(三年,1575)。"胡夏客《李杜诗通》识语:"迄于壬午(崇祯十五年,1642),时年七十有四。"据以推知其生年。

明神宗万历八年庚辰(1580),年十二,父胡彭述卒。胡夏客《曾祖母仇夫人颂》:"二十八载,又痛子去。痛子之妇,富贵之女,痛妇之子,十二之竖。"

万历十四年丙戌(1586),年十八,中秀才。胡夏客《曾祖母仇夫人颂》:"问岁十八,榜名绳武。""自为诸生时,黄葵阳、冯具区诸先辈,即以经济期之。"(光绪本《海盐县志》卷十五《人物传》)

万历十六年戊子(1588),年二十,与姚叔祥(士粦)、吕锡侯(兆禧)去杭州乡试,未中。购得刘敬叔《异苑》抄本。姚士粦《见只编》卷中有记载。陈光绎《读书杂录序》云:"余闻公少时与刘少彝(名世教,震亨舅父)、姚叔祥诸君子,析疑赏异,以夜漏四下为率,诘旦,必举所闻以参考焉。"可见博学攻苦精神。

万历十八年庚寅季冬之望(当为1591年初),年二十二,作《吕氏笔记叙》。

万历二十四丙申(1596),年二十八,作《彭孟公江上杂疏叙》有云:

> 余今齿近三十矣,乃南武不得至会稽,北武不得踰毗陵。其为志若九州不足处而踪迹则似伏井之蛙,即余亦自丑而讳言之。

可知在此之前,胡震亨主要时间均为读书与应举,未能外出远游。

万历二十五年丁酉(1597),年二十九。中浙榜举人。《明史·选举志》:"子、午、卯、酉年乡试,辰、戌、丑、未年会试。乡试以八月,会试以二月,皆初九日为第一场,又三日为第二场,又三日为第三场。""廷试以三月朔"。此后数年,胡震亨"数上公车不遇"。

万历二十六戊戌(1598),年三十,考进士落第,与沈汝纳同舟而返,订正《异苑》百许字。与姚士粦刻《秘册汇函》,胡氏有序。刻《秘册汇函》,应始于此年。《续文选》成书,八月一日作识语。此后每逢会试,必于先一年进京。

万历二十九年辛丑(1601),祖母仇夫人当卒于此年,年七十三。

万历三十一年癸卯,年三十五。与大藏书家、刻书家毛晋共同校定十九种罕见之书,刻成《秘册汇函》,胡氏均有识语。《汉杂事秘辛》题癸卯人日,《李氏易解附郑康成注》识语有云:"转相传写,差误不少,行求焦氏原本校之,会迫计偕未暇也。癸卯七月望日。"可知次年会试,必于先一年赴京。

万历三十五年丁未(1607)，年三十九，选授"故城县教谕"，胡氏弃举历官，即始于此。"故城"，《海盐县志》、《四库全书总目》等均误为"固城"，当改正。按《明史·地理志》无"固城县"，美国国会图书馆藏万历本《故城县志》(南京图书馆有胶卷)卷二《教谕》有如下记载：

> 胡震亨，浙江海盐县人，由举人万历三十五年任。博综经史，富有辞章。文学可振一方，行谊足模多士。升直隶合肥县知县。

按《故城县志》未书离任年月，然下任教谕沈元昌注明"万历四十一年任"，则胡氏离任当在此年之前。《故城县志》卷五有胡氏《留别甘陵诸生二首》，录之如下：

> 胡生一生跌宕无不有，掇来一第如唾手。青毡崇人可奈何，官学官兮屈其首！学官何必更嗟吁，皋比拥坐称文儒。何妨逐队随丞尉，何妨给草随(原误绐)佣奴。自是龙蛇终有辨，从他牛马暂相呼。转眼春风花又开，汉家高筑黄金台。不如长揖诸生献策来。
>
> 一官五载瞥过眼，至竟穷酸有满限。渴雨潜蛟终别池，取途老马翻怜栈。丈夫慷慨出门自有营，安得作女儿子相对空潸潸！与君别，为君歌，笑指城边卫水波。明年六傅选乡士，好载先生意气过。

朱彝尊《明诗综》录胡震亨《岁宴悼室人诗》二首，此外，余所见胡氏之诗仅此而已。读此诗可见胡氏对弃举就官之牢骚。同时诗中"一官五载"及"明年六傅选乡士"等语，可推知诗必作于万历三十九年冬，盖四十年壬子恰值乡试之年。《海盐县志》

云其后崇祯朝大学士范景文,即于此期间受业胡氏"出其门下"。

万历四十一年癸丑(1613),年四十五。按之故事,一官任满,须赴吏部候铨,然后赴任,一般总需年馀,故胡氏为合肥知县当始于此年。有关方志未载胡氏赴任年月,康熙本《庐州府志》卷二十四《名宦》记胡氏事迹云:

> 聪察若神。顽梗至前,一属目便能指数姓名。邑凤粮金民户领价籴解,中产立尽。乃请为官解,以丞、簿、尉递主之,而于籴价外量增耗羡。官民称便。诸猾多假近胥为因缘,廉其状,痛榜之,曰:"某在治,有毒吾民者,载棺以俟!"一世家裔犯偷,资以钱米,卒为良。善政甚多。任五载,迁守德州。因母老,告归。

终万历之世,合肥知县十一人,胡为第十任。《合肥县志》卷三十五有胡震亨《兴革巨务议》一文,详细剖析"凤粮官解"之利,深得上级赞许:"悉准如议,仍刊刻成书,永为遵守。此不但可行于一邑,凡有大户周县皆可行也。"后并"立石县前,永为奉行"。当时称胡"治状冠江北"。

万历四十六年戊午(1618),年五十。此时辽东紧张,朝廷起用老将刘綖。"(万历)四十六年,帝念辽警,召为左府佥书。"(《明史》卷二四七《刘綖传》)"刘綖援辽渡淮,震亨驰谒论兵,老将心折。"(《海盐县志》卷十五《人物传》)故定胡氏当于此年离合肥知县任。

迁守德州,胡氏实未赴任,《德州志》亦无记载。然其故何在?《庐州府志》云"因母老,告归";《海盐县志》则云:"升德州知州,州吏持牒来迎,震亨批牒尾以诗,有云:'自爱小窗吟好句,不随五马渡江来。'谢病不赴。"按之当时海盐知县樊维城

323

《胡氏重节传》云:"安德守以刘(胡母)年高,不能赴安德,自弃其官归。"与《庐州府志》合。朱大启《李杜诗通序》云:"起家孝廉,领州牧,方资扬历,遽遂初衣。时时著书,斯以勤矣。"胡氏第一阶段仕宦至此告一段落,而专心于著书刻书。

熹宗天启二年壬戌(1622),年五十四。与姚士粦同修《海盐县图经》成。朱国祚序云:"今上之初元……海盐令樊亢宗氏实先一岁有事邑乘,至是适且告成。"知修《海盐县图经》始于万历四十七年。樊维城(亢宗)天启二年序中云:"幸邑有名贤胡孝辕者,抱经济之长才,作文章之巨手。慨夫久轶,衷辑旧闻,偕姚生叔祥共摘铅椠。姚故罗九邱之富,安一壑之贫,方理籍壮游,闻言停驾。二贤同愿,此志遂成。"

胡氏修《海盐县图经》发凡定例,有两点为后人所特别称道。乾隆十二年陈世昌《海盐县图经重修序》云:

> 胡职方首列其国,复系之说,使阅者开卷了然,其善一也。邑滨于海,利害所关,惟海为巨。倭寇之出没,狂澜之溃溢,三吴事例一体,而盐邑实当其冲。胡职方提出《戍海》、《防(当作《隄》)海》篇,以明所重,最为得要,其善二也。

按除天启本《海盐县图经》外,《赤城山人稿》卷十一有《戍海篇》、《隄海篇》,可见胡氏卓有才识。上海图书馆藏《赤城山人稿》残本有胡震亨曾孙手跋一段,云:

> 邑有志五修矣。曾大父之续□矣,起天启甲子岁(四年,1624),凡三载竣事……曾大父于邑乘,几费苦心,尽采天下名郡邑志,访其叙述记载。时以终养家居,与两姚先生参详竣事。此种手笔,自谓可继八家,真龙门后之一人也。

据此跋语，修志似从天启四年甲子迄于六年丙寅，与上引天启本序不合。若非天启二年完成之后又加补充，则为其曾孙误记年岁。

天启五年乙丑（1625），年五十七，开始编定《唐音统签》。胡夏客于《李杜诗通》识语中云：

> 先大夫孝辕府君，搜集唐音，结习自少。至乙丑岁始克发凡定例，撰统签一千卷，阅十年书成。又一年，笺释太白、子美两大家诗，加以评论，成《李杜诗通》。写就频缮，铅黄重叠。迄于壬午（崇祯十五年，1642），时年七十有四，复尽卷繻订焉。

崇祯三年庚午（1630），年六十二。助毛晋刻成《津逮秘书》、《宋六十名家词》等，有序跋。胡氏亟爱刻书，甚至以"愚公移山"相激励。《津逮秘书》识语中，胡氏云：

> 余尝谓世上书虽不易尽，其存者亦自有数。我江南得如子晋数辈，广搜异本，各称物力，举匠锲工传之，不数年，遗藏尽发，四部可大备。愚公欲移山，人咸笑之，而公谓不难。尽刻人间书故难，当不难移山也。

崇祯八年乙亥（1635），年六十七。《唐音统签》当成于此年。

崇祯九年丙子（1636），年六十八。《李杜诗通》初稿成。

崇祯十年丁丑（1637），年六十九，以荐补定州知州。乾隆本《定州志》卷三《名宦》云：

> 胡震亨，海盐举人，崇祯十年以荐举知定州。在任廉明，惠政多端。尝捐清俸三百金为唐河桥购稻田三十八亩

七分，以供常年桥渡之费，至今赖之。其文辞古峭，亦擅名天下。

《赤城山人稿》卷九《井陉道兵宪蔡公众春园嗣辂堂肖象碑记》亦载有崇祯十年"知定州胡震亨"与《定州志》所记吻合。此时清兵常出扰北京周围，定州为军事要地，胡震亨于此任内，军政才能，表现突出。《海盐县志》云："南北师行络绎，供亿有法。以城守功，擢兵部职方司员外郎。"陈光绎云："时戎机孔殷，羽檄旁午。"（《胡宣子先生传》）又云："洎乎荐守中山，登陴九拒。书勋策府，入佐枢曹。"（《读书杂录序》）根据《国榷》九十六、九十七两卷记载：崇祯十一年十一月，"建虏（指清兵）犯定州"，到十二年三月"凡破七十馀城，爇掠杀伤，不可胜计"。而定州卒未攻破，可见胡氏守城之力。

按《定州志》卷九《艺文·记》有胡震亨《陆公名宦祠记》（《赤城山人稿》卷九，题为《定州兵备道按察副使中台陆公生祠碑记》）云："（陆文衡）计自己卯四月（崇祯十二年，1639）公来，庚辰腊月（十三年，公元应为1641年初）以婴恤去，仅匝月二十……公去后，士民及营之吏，谋祠公不朽……而命记于旧属吏震亨。"此可说明陆文衡在任时，胡震亨曾为其属下，而陆去任时，胡已先去职，故称"旧属吏"。胡氏离定州任，必在此二十月内。又按《国榷》：崇祯十三年闰正月"命巡城御史煮粥赈饥，发帑八千金赈真定"，则十二年秋后定州"大兵之后，必有凶年"。胡为良吏，若此时仍留任，必有善政可大书特书，决不仅唐河桥一事也。崇祯朝定州知州，胡氏后尚有尚衍、唐铉、张淑俊三人，故疑胡氏十二年秋已离定州赴京。胡氏擢升"兵部职方司员外郎"，任职短暂。陈光绎谓"限于资格，未竟展其用"（《读书杂录序》），朱大启以惋惜语气云："齮龁者顾尼之，不竟其用。"（《李杜诗通序》）《海盐县志》则含糊其词曰"乞归"，总之，此番擢升，为人嫉妒排挤，胡氏本不热衷，乃从此结束仕宦生涯而一心于著述。

崇祯十五年壬午（1642），年七十四。于编定《唐音统签》之后写定《李杜诗通》。按《国榷》九十八：崇祯十五年六月"前刑部左侍郎朱大启卒"，而《李杜诗通》有朱大启手写序文，必成于朱死之前。疑《赤城山人稿》亦刻成于此年前后，前引陆文衡事已在1641年，而《赤城山人稿》收有此文，必在1641年之后。《赤城山人稿》于清兵称"奴"、"虏"则必刻成于明末。此年之后，明王朝危在旦夕，胡氏亦已洞悉，故大规模刻书恐已中辍。

崇祯十七年甲申（顺治元年，1644），年七十六，明亡。预嘱胡夏客将《李杜诗通》等稿本藏于山寺。《读书杂录》记及弘光时事有云：

今国家不幸，播迁江表。而立国之初，诸公讨贼之义未伸，固圉之计总缺。日惟讲门户，援党类，招货贿，纷纷进取不休……可胜裂眦愤叹！

足见此年胡氏仍在。

顺治二年乙酉（1645），年七十七。清兵南下，扬州十日，嘉定三屠，胡氏死于避难途中。胡夏客《李杜诗通》识语："旋遭改革，预嘱小子夏客藏本山寺，行遁不怿而卒。兵燹既过，夏客次第捧归，深幸手泽无恙。"

胡氏葬于海盐县南门外停驾桥，现已平毁。抗战前张元济曾与胡震亨后人胡寿山同往谒墓，有《谒胡孝辕先生墓记》。

三、著述概略

胡震亨终身以读书为乐,自云:"余自幼好读书,老而念岁月无几,嗜读尤勤。每披卷,惟恐客至妨吾所事也。"(《读书杂录》卷上)家世既富于藏书,又与汲古阁主人毛晋过往甚密,刘世教、姚士粦又多积简册,故胡氏能多读异书,广有著述。其著作见于《明史·艺文志》者,计有:

《靖康盗鉴录》一卷(《史部·杂史类》)(县志作《靖康咨鉴录》,依陈序当从《明志》)

《读书杂录》三卷(《子部·小说家类》)(淳按:原书实只二卷,见《豫恕堂丛书》,《明志》讹。《四库全书总目·子部·杂家类存目五》作《读书杂记》二卷,"记"字讹)

《秘册汇函》二十卷(《子部·类书类》)

《续文选》十四卷(《集部·总集类》)

《唐音统签》一千二十四卷(同上)(淳按:《统签》甲至壬为一千卷,《癸签》三十三卷,合一千○三十三卷,《明志》总数既讹,又误以《癸签》为三十六卷)

仅《明史》所录,已可谓著作等身。《四库全书总目·地理类存目》尚有《海盐县图经》十六卷。以淳所见刻本尚有《李诗通》二十一卷,《杜诗通》四十卷,《通考纂》二十四卷(北图、天一阁均有天启六年刊本)。《赤城山人稿》残本三卷。陈光绎《读书杂录序》列举胡氏著述之富,方面之广,有云:

> 故公著述最富,非独《赤城山人稿》摘藻如渊、云而已。其经世之学,则有《通考纂》;其启集林之秘,则有《续文选》;其衷集乎诗苑,则有《唐音统签》;其预知绥寇之充斥也,则有《靖康盗鉴录》;其媲美乎《华阳国志》、《吴地记》者,则有《海盐县图经》;其博综乎小说家,则有《秘册汇函》

(淳按:《秘册汇函》首列《易解》,不可概归说部,当从《明志》入《类书》);今诵是编,殆又嗣《秘册》而抒奇靡罄者耶!

胡氏著述甚富,尤以《唐音统签》为突出。然于此书传刻,尚有疑团,姑志于下:

王士禛《分甘馀话》卷四:

> 海盐胡震亨孝辕辑《唐音统签》,自甲至癸,凡千馀卷。卷帙浩汗,久未板行。余仅见其《癸签》一部耳!康熙四十四年,上命购其全书,令织造府兼理盐课通政使曹寅鸠工刻于广陵。胡氏遗书,幸不湮没;然板藏大内,人间亦无从而见之也。

曹寅当时曾否刻成《统签》;书板是否确藏于内府？均无从考定。《四库简明目录标注》提出《癸签》之外,甲、乙、戊三签有全刻,丙、丁两签刻而未全。俞大纲《纪唐音统签》一文所提刻本与《标注》合。近日朱家溍先生介绍故宫藏书《足本〈唐音统签〉全帙》(见《故宫博物院院刊》,1979 年第 1 期)皆未一提《分甘馀话》。渔洋非妄人,所记为本朝事,当有所本,而非向壁虚造。何以邵懿辰以来,直至今日对渔洋之说既未证其有据,亦不斥其子虚,其故安在？自惟俭腹,百思而不得其解。尚祈海内博雅,有以教之。

(原载《杭州大学学报》1979 年第 4 期)

有关胡震亨材料补正

胡震亨为明代后期著名学者,于唐诗之纂集研究尤多贡献,惜乎生平不详。余既为上海古籍出版社校点《唐音癸签》,因网罗方志,钩稽各书,草《胡震亨家世、生平及著述考略》一文,刊于《杭州大学学报》(哲学社会科学版)1979年第4期。其后,中国文献出版社复收入《中国历代年谱总录》一书。然该文囿于当时见闻,实有疏漏,故据近日复得之资料,于胡氏生平、子嗣及著述略加补正,以飨读者,且补余过焉。

一、生平补述

万历十六年戊子(1588)年二十,馆于黄洪宪家。《读书杂录》卷上:"余年二十时客黄学士洪宪家,学士好作程文,老不衰。"

万历十八年庚寅(1590)年二十二,震亨先娶冯氏,当在此前后数年。生长子某,诸书皆不著其名。《海盐县续图经》卷六《人物篇·封赠》:"国朝胡震亨,季瀛父,赠太平知府。冯氏,母,孺人赠恭人。"

长女后适柳允恭,疑亦冯氏所出。

万历二十四年丙申(1596)年二十八。前妻冯氏应卒于此年或稍前。《明诗综》卷五十八胡震亨《岁宴悼室人诗》二首,当作于续娶李氏之前,不得迟于此年。

万历二十五年丁酉(1597)续娶李氏,当不迟于此年。

万历二十七己亥(1599)年三十一,次子胡夏客生,因生于夏季,故取名夏客。

万历四十六年戊午(1618)年五十,离合肥知县任。《槜李诗系》云:

> 刘綎援辽渡淮,震亨抗手与谈,老将心折。时议举震亨监援辽兵,不果。

谈迁《国榷》卷八十三,万历四十六年:

> 闰四月前四川总兵刘綎……添注都督府签书。
>
> 七月,巡按江西御史张铨言:李如柏、杜松、刘綎俱宿将,不相下,必天语严切,责成杨镐约束。

据此,时议举震亨监援辽兵必在此数月。

熹宗天启二年壬戌(1622)年五十四,始修《海盐县图经》,知县樊维城作序。天启四年甲子(1624)年五十四,《海盐县图经》书成,震亨有后序记其过程云:

> 初,天启壬戌秋,邑侯樊公以志事属余与彭俭符氏,俭符固谢;余谢不获,则引友人姚叔祥共事,以叔祥淹博,近又偕秀水屠君中孚编录郡遗文多所搜稽也。其冬,叔祥草《人物志》,明年春又草《官师志》,各成十五六。而侯复以邑艺文志林属叔祥及郑思孟,叔祥又转客思孟所,谢志事而去。余念史乘家众腕分撰淹岁月,未若纯出一手为易就;遂

331

杜门缀缉，阅两载，得篇七，卷一十有六，合三十六万馀言而志成。其叔祥《官师》、《人物志》初稿更定亦七八。若夫轶闻琐事采自叔祥者，明注简中，无敢掠美，以见余与叔祥同心探讨其始末如此……

彭宗孟《海盐县图经序》云：

（樊侯）乃以志事属余与余友胡孝辕、姚祥叔。余自顾乏三长，谢弗任。未几，叔祥又以缀辑邑艺文志林亦谢去。孝辕遂专笔削。创始天启壬戌，迄甲子秋，两阅岁而志成焉。

《四库全书总目·史部·地理类存目三·海盐县图经十六卷》云：

明胡震亨撰。震亨字孝辕，晚自号遯叟，海盐人。万历丁酉举人。由固城县（淳按：当为"故城县"）教谕历官兵部员外郎……盖与姚士粦参修而成，然不署士粦之名，仅见卷首樊维城序中……

按四库馆臣盖未见彭序及震亨《后序》，但据卷首樊序遂有此疑，盖未审樊序写于经始之时而非既成之后也。又上海图书馆藏《赤城山人稿》残卷有胡之曾孙手跋云：

邑有志五修矣。曾大父之续□矣。起天启甲子岁凡三载竣事……

此"起"字当为"迄"字之误。

天启六年丙寅（1626）年五十八，《文献通考纂》二十四卷刻成。（北京图书馆、天一阁均有藏本）

思宗崇祯元年戊辰（1628）年六十。是岁，浙海尽溢，为《浙江观察水利袁公筑海盐县海塘纪绩碑记》(《赤城山人稿》卷九)。

崇祯八年乙亥(1635)年六十七,《唐音统鉴》当成于此年。

崇祯九年丙子(1636)年六十八,《李杜诗通》初稿成。

崇祯十年丁丑(1637)年六十九,为比丘尼广淑作《重建广福庵记》,有云:"今内外臣工,都作尼想,将公忠不二,除凶剪恶,而东西之遗孽。中州之游魂,何难立殄,仰慰宵旰!"

已萌用世之心。刑部右侍郎朱大启荐补定州知州。朱大启本年七月致仕,故荐补必在七月之前。胡震亨七月有《井陉道兵宪蔡公众春园嗣韩堂肖象碑记》,蔡云怡四月莅任,七月调职,震亨履定州任,必在七月之前。

崇祯十一年戊寅(1637)年七十,秋,仲子夏客来省。冬十一月卢象升督师至定州,震亨携子夏客往谒。《谷水集》卷八有诗题为《卢大司马督师至定州,随家大人进谒,因同军谋杨翰院议罢感赋二律》。"十二月,总督宣大兵部右侍郎卢象升战于贾庄,败绩,死之。"(《国榷》卷九十六)

定州被攻累月,未破。《谷水集》卷八《从军行》序有云:"余以戊寅秋,省家大人定州官舍,值大敌压境,登陴累月,却围解严。"

崇祯十二年己卯(1638)年七十一,春仲夏客去京师。三月建州兵退出关外。胡氏以任满及城守功,擢兵部职方司员外郎。《谷水集》卷二《叙感》云:

惟考文武兼,荐为中山守。半世耽立言,累疏迫绾绶。时方外惧殷,感慨效扞掫。畿南六十城,拉坚骇如朽。定武浃辰攻,辒车乘夜走。一人慰搏髀,万额竞加手……上功当秩满,内迁岂赏厚!

此年傅宗龙为兵部尚书,朱大启《李杜诗通序》:"大司马察茂才异等夙谙边务者,将擢以不次,龃龉者顾尼之不竟其用。"所谓"龃龉者顾尼之不竟其用"即指陈新甲言。《明史》卷二五七《陈新甲传》:"十三年正月召代傅宗龙为兵部尚书。"

《海盐县续图经》:"新甲在中枢,公将有所建置,以新甲不协众望乞骸归。"

此则崇祯十三年庚辰(1640)年七十二时也。

崇祯十七年、清顺治元年甲申(1644)年七十六,元日有七律一首,《谷水集》卷十一《和家大人元日韵》可证。

顺治二年乙酉(1645)年七十七,清兵南下,五月与吴万为、萧奇中等谋保全城邑,后见事不可为,避去。吴万为《顺治乙酉全城纪事》云:

(七月)廿三日,平湖破,复屠之。廿四日斜风急雨,阴晦如墨。余棹一舴艋入城,绅衿诸(人)徙避乡中,无一可告语。

妻李宜人闻乱惊悸而卒,八月震亨卒于避难途中,长子某亦先后卒。《谷水集》卷十《高飏山阡碣辞》序云:

"痛惟乙酉八月,不幸至于大故。"

二、子嗣世系

余前文于震亨生平稍有疏漏,故补述之如上,而于子嗣世系均告缺如,兹亦略加钩稽,述其梗概,且附一简表。

震亨前妻李氏,生长子某,已见上述,亦死于乙酉之乱,夏客所谓"病惟乔萎又伤荆"也。孙绳之,《谷水集》卷十二有《命兄子绳之从允恭柳姑父受经感赋》云:"儿无父祖得依姑",疑柳氏姑与长子均冯氏所出也。续娶李氏生夏客,字宣子,震亨文事武功,夏客均为助手,有《谷水集》、《谷水谈林》传世。侧室某氏,生三子季瀛,字念斋,仕清至太平知府。杨鼐《唐音戊签序》:

> 向先生嗣君宣子、念斋,一为博物名儒,一为二千石良吏。

陈光绰《读书杂录序》:

> 哲嗣宣子先生,殖学博闻,所著《谷水集》、《谈林》,名喧艺苑,已继公之文学。念斋先生珥笔中秘,佐筹司农,两典剧郡,志媲召杜,更嗣公之政事焉。

季瀛与夏客不同母,夏客母李氏卒于乙酉乱中,而《谷水集》卷四和弟季瀛《种蔬歌》首云:"令弟弃官养慈亲,慈亲学佛久绝荤。"

《海盐县续图经·人物篇·封赠》只言李氏,不及季瀛生母,故知为庶出也。

女二:一适柳允恭(见前),一适陆浚奇,《谷水集》卷十一《陆倩浚奇谒广德使君兄,诗以壮其游》,疑此女与季瀛为同产。

胡夏客生平见陈光绰所为《胡宣子先生传》,附于《谷水集》前。而于季瀛事迹则有讹传,附辨于此。《海盐县续图经》于胡震亨传末云:"子季瀛,太平知府。"季瀛官止于此,而嘉庆本《嘉兴府志》卷五十六《列传七》:

> 胡季瀛字子甫,震亨子,顺治戊子副贡,历官姑孰守,厉谦节,杜干谒……转九江守。时三逆萌蘖。兵燹之后,民解

335

散亡，季瀛劳来抚绥，辑宁吏民。甫一岁，而州大治，以母忧去。

其后，光绪本《海盐县志》据此而益详。按之《谷水集》，只见季瀛为姑孰（太平）太守。乾隆二十三年《太平府志》卷十九《职官五》："胡季瀛字念斋，浙江海盐人，贡生，（顺治）十七年任。""徐仕振康熙三年任，升山东盐运使。"

胡季瀛不言去向，与《谷水集》"令弟弃官养慈亲"之说合。而与《嘉兴府志》所谓"转九江守"不符。嘉庆二十三年本及同治本《九江府志》顺治、康熙两朝知府均无胡季瀛之名，更不见于"名宦"，足证《海盐县志》"江州人立祠祀之"为无稽。且吴三桂反清始于康熙八年（1669），至康熙二十年（1681）始平息。陈光绎《读书杂录序》作于康熙十八年，其时夏客、季瀛均已前卒，故于时间推算，三藩乱后，胡季瀛更无为九江太守之事，恐陈光绎"两典剧郡"之"两"为误字。《两浙輶轩录补遗》卷一云：

> 胡季瀛字子甫，一字念斋，海盐人，顺治戊子副贡生，官九江知府，著《灌木庵诗集》。

"九江知府"之说亦以讹传讹也。又其中录胡季瀛《方池》一诗，实为胡夏客作，见《谷水集》十七。

夏客子申之，字令修，著有《复庵心在录》亦未见传本。黄宗羲《南雷文案》卷二《天一阁藏书记》曾记走访令修，《南雷诗历》卷二有《谢令修借孝辕先生藏书》诗。

胡季瀛子成之，与申之子颀（思黯）同刻《唐音戊签》者，有《刻戊签缘》一文。

海盐胡氏宗谱已难寻觅，兹据钩稽所得，将其世系简表如下：

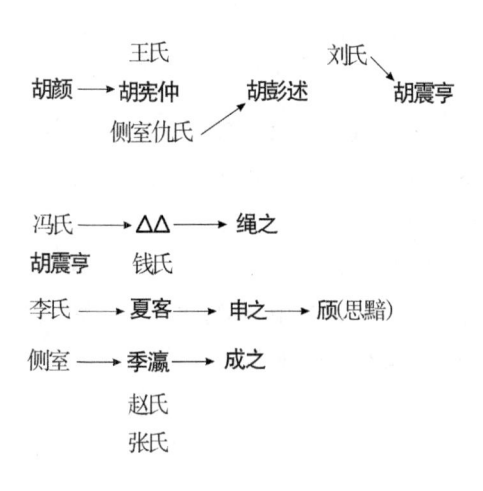

```
         王氏          刘氏
胡颜 → 胡宪仲   胡彭述      胡震亨
         ↗
    侧室仇氏


冯氏 ——→ △△ ——→ 绳之
胡震亨    钱氏
李氏 ——→ 夏客 ——→ 申之 ——→ 顾(思黯)
侧室 ——→ 季瀛 ——→ 成之
        赵氏
        张氏
```

三、著述、遗诗

胡氏著述已见前文,惟前文末所附王士禛《分甘馀话》卷四之说为渔洋误记,俞大纲氏已言之,复查殿版书目及有关曹寅档案均无刻《统签》之记载。前文发稿前曾去函更正已无及,特此补正。又按胡氏《唐音癸签》卷三十一于高棣《唐诗品汇》尤致意焉,结语云:

> 药此众病,更于初、盛十去二三,益如之;于中唐十去四五、益二三;于晚唐十去七八、益三四:唐选其有定本乎! 假我数年,亮可卒业。

《谷水集》卷八有《胡维申见示新诗,因借抄先大夫唐诗选本,倚韵答之》一诗,因知胡氏尚有《唐诗选》,惜乎未见传本。

胡氏遗诗,余草前文时仅见四首,此后续得计十一首,录之于此,可见工力之一斑。

岁晏悼室人诗二首

岁晏感物变,志意鲜欢愉。念我同怀子,涕下沾衣襦。如何苦寒节,衾裯不复具。空闺一以闭,饥鼠晨夜趋。光仪恍不灭,魂魄知有无。烦冤日盈抱,宁从促景徂。

空床凛寒风,残照惨夜色。沉思结幽感,梦子来我侧。踟蹰将何想,容辉忽已匿。昔如中洲鸠,关关双鼓翼;今如失群兽,哀鸣不遑息。庶无荀生鄙,愧彼蒙庄识。岂伊生死情,含义良不忒。

(《明诗综》卷五十八)

留别甘陵诸生

胡生一生跌荡无不有,掇来一第如唾手。青毡崇人可奈何,官学官分屈其首。学官何必更嗟吁,皋比拥坐称文儒。何妨逐队随丞尉,何妨给草随佣奴。自是龙蛇终有辨,从他牛马暂相呼。转眼春风花又开,汉家高筑黄金台。不如长揖诸生献策来。一官五载瞥过眼,至竟穷酸有满限。渴雨潜蛟终别池,取途老马翻怜栈。丈夫慷慨出门自有营,安得作女儿子相对空潸潸;与君别,为君歌,笑指城边卫水波。明年六傅选乡士,好载先生意气过。

(万历本《故城县志》卷五)

官鞘叹

做贼还做官路贼,有鞘经过劫便得。做官莫做官路官,有贼劫鞘官赔还。人言此法好,我言此法误:议剿无闻姑议赔,一赔可了官家务。世间一切重防微,但系官物谁许窥!若教官鞘容劫取,逡巡劫到官城池。上下交蒙只自宽,百端包补曲相瞒。养奸讳乱权宜惯,怕有枭雄侧眼看。

(朱琰《明人诗抄续集》卷九)

九月十八日叔祥来有述

叔翁七十馀,一病双足蹩。盘跚忽到前,炯泪已满睫。自言去乡久,尚有几丘骨。生子一何晚,才剪额上发。勉复携之来,令识草边碣。我则长已矣,麦饭此雏责。未必副所期,藉手可以没。我怜此情真,留馔已刷鬲。娇儿畏生面,索去肯待吃?独共诗翁餐,数盘亦空列。契阔几何时,一旦岂衰剧!翁其强进箸,努力扶仓卒。翁有诗千篇,篇篇珠与璧。行当一典衣,为翁谋镌剟;且为翁立序,聊效佽晏役。翁言亦我心,奈费故人褐?归当急检寄,无待再三说。我起重为言,此意亦无别。譬彼远行人,束带常俟发。装罢不成行,迟速任君歇。皇天有深仁,诸子即先达。人峰当永标,家海岂遽竭!且将我血传,快与世眼刮。若云七十死,可少八十活。语罢行扶翁,翁去只见月。

阜城谣 魏珰缢处

阜昌城南星月昏,何来一骑抱头奔?但道熏天曾有势,可知入地竟无门!梁头卸下未绝气,葛席裹将麻索系。木场尚有处分时,野店暂作送行计。北风萧萧鬼哭哀,谁将点泪施泉台?群儿枉唤干父来!

宁夏兵变感赋

庆国亲王子,西宁节使臣。风尘羁宝玦,膏血污朱轮。天汉元无策,降军总不驯。尔曹终爱死,坐竭大农缗。

计偕郑州道中作

驱马郑州西,荒原高复低。桥身枯作岸,雪迹冻成溪。警夜时询岁,占城数听鸡。怕逢关吏诘,老大尺缥携。

午日小饮口占

梅雨才晴几日馀,又看海熟荐黄鱼。啼残姑恶麦秋过,落尽女贞花事疏。老矣难充医国艾,归欤冷笑杀身蜣。眼前只个菖蒲盏,合为年光一破除。

批牍尾句

自爱小窗吟好句,不随五马渡江来。

（以上均见《槜李诗系》卷十六）

天宁寺佛阁并序

永祚禅寺,近构佛阁,颇极雄概。蒙桂王殿下俞邸工使臣人沈胤芳之请,舍金助缘,兼洒睿翰,书阁额以赐。千秋壮观,四众欢喜。爰铺长律,用导群谣。

觉宇悬穹迹,灵龛表峻层。璇榱新构迥,宝钵净资征,桐荷国圭鹰。於赫姬昭胤,恭惟旦叔称。岭支奄桂宅,潢派带湘蒸。大路维城寄,盟河彼岸登。一言三昧叶,凤愿岳阳承。不惜衣租羡,兼施笔墨能。白麟随趾布,紫风挟毫腾。阊额钩堕玉,拿眉样副绫。摘将奎象下,揭向梵空凌。署体华书冠,旁行竺学恒。谁捫梯鬟写,人快槛眸凭。寺刹乾坤旧,高皇雨露仍。丰碑纶特纪,赐袯箧犹縢。昔典孙缘启,今恩祖宪绳。虫欣摹禹到(刻),

雁怪截衡矰。初地良因凑,遥天法感乘。愈矜禅窟胜,竞挹道风宏。材艺萧非敌,神明汉是凭。会须长镇浙,讵敢漫方腾。蔗种金汤在,茅疆屏翰胜。难揄赤社祉,窗海指曦升。

(《海盐县续图经》卷一《方域·寺观》)

(原载《杭州大学学报》1982 年第 3 期)

明清诗坛上不可无此一席
——试论胡夏客其人其诗

黄宗羲在《诗历题辞》中,针对明朝诗坛的模拟复古之风,有几句很精辟的论诗之言:

> 故论诗者,但当辨其真伪,不当拘以家数。

拿今天的话说,写诗要有真情实感,不应该矫揉造作,评诗不应该以"家数"去衡量优劣。这是含蓄地批评前后七子"文必秦汉,诗必盛唐"的主张。只要在内容上能反映出一时的风貌和自己的感受,在艺术上有所创造,那怕是丝毫的新意,不管它近唐近宋,非唐非宋,都应该加以肯定。我认为在明末清初的诗坛上,海盐胡夏客《谷水集》中的一些诗,正符合上面的要求,胡夏客在这期间的诗坛上,应该有一席之地。然而非常遗憾,沈德潜选的《国朝诗别裁》收录清朝前期诗人达994人之多,胡夏客不在其选。这也许可以用沈把他当明的遗民看待,像顾亭林、王船山一样来解释。但是解放前后所出版的文学史、诗史,没有胡夏客的名字,选这段时间的诗作,也未见胡夏客的作品。这样一位一生工诗和编纂诗集卓有成就的诗人,被长期埋没,知之者不能不为之鸣不平,希望引起研究者们的重视。

身更丧乱,志学陶潜

胡夏客(1599—1672)因为出生在夏季,所以被名为夏客,字宣子,亦字鲜知,是著名学者胡震亨的次子和得力助手。生平见于他的学生陈光绰所为《胡宣子先生传》,附在康熙时胡氏家刻本《谷水集》的前面。陈文云:

> 少开敏,好书,日诵千言。父职方公震亨与同里姚叔祥、刘少彝、姚孟承诸君倡兴古学,为江表艺文渊府。每花晨月夕,命酒山墅,说史论诗,有瞆隐不及记忆者,以问先生,辄应对如响,座客尽惊。当时四方名彦与职方公缔金石交者沈嘉则、陈仲醇、俞羡长无不以小友目之。洎长,补博士弟子。未几,游成均,文誉藉甚。尝从职方公守定州,时戎机孔殷,羽檄旁午。先生过庭之顷,屡授简牍,咄嗟立办。虽葛龚文记,阮瑀军书,无以过也。迨职方公悬车之后,父子一堂,共理铅椠,纂述日富。公尝为《唐音统签》,捃摭群籍,管综百氏,先生与有功焉。

胡夏客在明末为诸生,在"南北国学"做过多年的"博士弟子",清朝一入关,解散了南北的国学,顺治三年,又恢复科举,承认明朝诸生的资格,用以网罗人才。有人劝胡夏客重新充贡,"学使者下檄重录充弟子员",他写了一首五言排律"赠学博以明余志",前半铺叙在明朝南北求学的辛劳,后半表明在今天的志趣,拒绝重新入贡的"好意":

> 网留新国结,衿剩老生襤。闻道尺驰檄,还令丈间函。面将趋就北,翼故倦图南。今日经思挟,当年笈懒担。束脩

师岂屑,都养我何堪。数仞空瞻望,小人稼穑甘。(《谷水集》卷十一)

又一诗《客有叩余志者书四韵示之》说:

拥书面傲百城南,乍过艰危且肆探。蕉鹿由来梦偏浃,蓼虫那要味知甘?游馀湖椑五为长,交绝山书七不堪。寂寞编蓬输意气,只应鬼录对无惭!(卷十四)

"小人稼穑甘"的目的,就是死后无惭于"鬼录"。陶渊明曾以"衣沾不足惜,但使愿无违",来表示自己归隐的决心,胡夏客两诗亦同此志。

他以陶潜为师,在诗里屡有表现,如:

万卷书仓手泽陈,教攻经术救时屯。千秋肯托缘情老,七尺还期逸志伸。趋觐中山随对垒,吞声东陼逼斜邻。义熙甲子从今数,师友柴桑记避秦。(卷十四《漫兴》)

他言行一致,以陶为师,躬耕自给,不避饥寒。在《躬耕》二首里说:

门户传科第,妻儿冻共饥。平时心亦愧,纪运节无亏。祀腊知炎汉,诗年纪义熙。古人有例在,偷活鉴神祇。

这是遗民的心声。不仕新朝,不忘旧国;但只能洁身自好,并无恢复的言行。这是胡夏客既不同于钱谦益、龚鼎孳的迎降,又不同于顾炎武、张煌言的抗清的地方。他在明朝不过是个"监生",没有高位,谈不到殉难;同时父亲的著述多未刊布,他极为不安。千方百计,想刻父书。卷二十《戊子除夕》说:

二溢偷生三载馀,手繙先泽自欷歔。四方何日尊风雅,

344

行乞刻资传父书。

直到顺治七年,在世交和姻亲朱茂时(子葵)、茂晖(子若)的帮助下,才刻成了《李诗通》二十一卷、《杜诗通》四十卷,合称《李杜诗通》。在《识语》中他沉痛地写道:

> 痛惟先人富于著述,多未行世。兹二通借司寇公玄宴为重,以获子葵之善继也。夏客感激涕零,死且不朽。将行乞四方,图尽刻《统签》巨帙。风雅同好,当有如子葵、子若其人者,是编与并行,可几也已。

后来他的异母弟胡季瀛参加科举,做了"户部郎中",他写诗《寄户部郎中弟瀛,先人著书未刻,爰为促之》,末云:

> 手泽波澜阔,藏山烟霭萦。遗签客借录,与绢尔如清。已受新朝俸,能扬先考名。立言传不朽,移孝惜三荆。作述功须继,君亲恩本平。香含兹听漏,经教故夸籯。驿赠陇枝折,梦回池草生。亢宗兼报主,海内世芳声。(卷十)

从这首诗里可以看出他对清朝统治稳定后的态度。弟弟做官,他不反对,但希望不要忘了刻父书的事来"亢宗兼报主"。"君亲恩本平",这并不值得大惊小怪,连最著名的忠臣文天祥,自己身殉宋室,但并不反对弟弟为了养母归顺元朝。何况胡夏客这样的一位穷书生呢?他的目标就是学陶潜。诗集里也只用干支,不用顺治、康熙的年号,表示自己的一点心意而已。

后来胡季瀛在顺治十七年做到太平知府,就丢官不干了,刻《统签》的任务,胡夏客生前未见其成,一直到康熙十二年(1673)逝世。

胡夏客的一生主要是读书、做诗,中年以后信佛,无功业可

言,但对于诗他是有点自负的,在晚年《自题诗集》说:

> 忘名堪笑未忘诗,预算千秋必我知。宫徵欲调成律细,玄黄相错构篇迟。松笺数展犹嫌短,柏枕频敲不觉欹。家自高曾都有集,工吟宁异学为箕!

这结尾的语句很有点杜老"诗是吾家事"的味道,他认为做好诗也就是"克绍箕裘"。他的高祖胡颜、曾祖胡宪仲、父亲胡震亨都有诗集,现在《槜李诗系》里都还有几首。祖父胡彭述死得太早,未见有诗集。胡夏客的《谷水集》却存诗二十卷945首,数量算是可观的。全部诗作中,五律、七律、七绝占了600首,而七律竟有320首之多,其外五言排律21首,七言排律也有两首,可以看出才情。

胡夏客的著作现存者《谷水集》二十二卷,《谷水谈林》六卷。因为海盐县内的水统统叫谷水,所以他以谷水名书,也表现出对故乡的深情厚意。

蒿目时艰,忧心家国

胡夏客一生用力于诗,既帮助父亲胡震亨广泛搜求唐人尤其是中晚唐的诗集,加以研求揣摩,又能不囿于"前后七子"刻意模仿古人的风气,而能自出手眼,从生活中汲取素材,加以锤炼,读他的诗,既可与明季史事相印证,又可补明清之际史料之残缺,要论述胡夏客诗歌的成就及其思想社会根源,就应着眼于他诗里深沉的家国之忧。胡夏客"教攻经术救时屯",本来是有用世之心的。他经历了明末的动乱,清初对江南的屠戮,明未亡前他为宗社担忧,明亡以后他又为之痛惜,而于弘光小朝廷的荒淫昏诞,尤致愤懑。这些可以补一时之史。在明季他所亲历的

最大事件就是定州的攻守,在《叙感》一诗里详加评述:

惟考文武兼,荐为中山守。半世耽立言,累疏迫绾绶。时方外惧殷,感慨效扞捴。畿南六十城,拉坚骇如朽。定武浃辰攻,輣车乘夜走。一人慰搏髀,万额竞加手。藐余往觐省,侍养在左右。厮舆同即戎,拳勇分相部。鏖每麾死士,凯多馘生口。凭垒聚父子,敌忾宴宾友。文事备岂无,诗书用仍有。上功当秩满,内迁岂赏厚?一箧忌乐羊,三署轻刍狗。归谢凿门甲,隐擅藏山酉。厄祚讵自延,忧国何人寿?倚庐哀孤茕,世业思荷负。牙签故逾千,耕亩新寻耦。回忆岁辛壬,祸患日纷纠。社疑谋鬼神,朝尤混好丑。折足类小器,多口丧大受。剑辄上方赐,刀频东市殴。智虑或失一,阳数竟遭九。枢曹当借才,诸公与先后。危言曾痛哭,任事终引肘。时局狗菀枯,要路伺喜否。匪蘖后来薪,堪悲皆醉酒。抽身决先几,偾军谢永诟。已倾敢问厦,得老奚惭庸!愚智系邦家,风雅归渊薮。论定春秋存,集传甲子久。越装无千金,陶门惟五柳。手泽方未湮,追痛趋庭叩。

陈光绎笺评说:

先生父职方公讳震亨,当板荡之秋,保障岩疆,蒙恩擢用,而不获久任枢曹。前后叙述,沉郁顿挫,以悲歌当泣。忠孝之恩并深。此殆为近代诗史,媲美于少陵者矣。

这最后一句有否溢美,姑且不论,但叙事沉着,大笔濡染,抒情郁勃,满腔悲愤,齐集毫端,在同时诸大家中也未多见。这可以作为胡夏客五言古诗中的代表。他因为亲身经历过战斗,了解当时的兵队情况,对朝廷的举棋不定,委任不专,深感痛心,还表现在对卢象升的同情上。卢象升以身许国,奋不顾身,但遇到中枢主和派的掣肘,胡夏客深为担忧,他在题为《卢大司马督师至定州,随家大人进谒,因同军谋杨翰院议罢,感赋二律》诗里说:

> 藩篱俄失固,畿辅总堪危。多难谁心膂,孤忠自涕洟!懦兵惊易溃,残邑食恒亏。时势艰如此,成功还佁迟!
>
> 奋身期许国,分旅救诸诚。吏怯疏坚守,军单择便营。交绥事不易,推毂责非轻。天意还难测,同忧敢每生!(卷八)

他对卢象升挺身而出,奋不顾身,无限敬佩,而对朝廷的赏罚不明、是非颠倒、必然覆灭的前途,深怀忧惧。"成功还佁迟"看出对卢的同情,而"天意还难测"却语带双关,一面言朝廷喜怒反覆为卢担忧,一面暗示如此倒行逆施,天命谁属,宗社可忧。如果对照《明史·卢象升传》来读。就更清楚了,这是崇祯十一年秋天的事,这年阴历十二月卢象升就在贾庄壮烈殉国了。对于"懦兵惊易溃"的腐朽,作者在《从军行》和《塞下曲》里揭露得淋漓尽致,而又耐人寻味:

> 选锋独擐甲,请饷尽呼庚。屯住拉民屋,出征委敌营。密传禁浪战,明笑错捐生。将主长夸赏,精强倚匪轻。
>
> 结拜好兄弟,春醪誓血斟。急时紧照顾,闲日合追寻。夺妇赛娇貌,刳人让啖心!谁知先富贵,提挈莫沉吟。
>
> 援剿兵符到,向前勇可知。村逃多弃女,县破剩埋赀。撒拨远分去,架梁渐次追。捷书报贼遁,辎重盛班师。(自注:侦骑四出为撒拨,结营不动为架梁。)(卷八)
>
> 台上椰召号火明,板升密说外边情。年年吃赏钻刀誓,

面炒今瞧袋满盛。

近传声息紧多时,横直平平撒拨儿。瞭见松林远火点,归塘挨步莫教迟。(卷十九)

读读这些诗,明朝兵队之腐朽到了何等地步:平时是"屯住拉民屋",对敌是"密传禁浪战",而却公开取笑阵亡的人,"明笑错捐生"。"夺妇赛娇貌,刳人让啖心"。平时对老百姓是一群活豺狼;"撒拨远分去,架梁渐次追",遇到敌人是一群胆小鬼。看着敌人饱掠而去,他们却乘机虐民肥己,还可邀功请赏。这样血淋淋的控诉,在前人诗中也很少见。对照后来的民谣说的"贼来如梳,兵来如篦",正可互相印证。国家依靠这样的军队,焉得不亡!

果然几年之后,甲申三月十九日李闯王进京,崇祯自缢。五月福王在南京即位,这个靠马士英等一伙权奸上台的昏主,整天荒淫取乐,哪里有一点中兴味道。《江南曲》中,胡夏客对这种小朝廷的乌烟瘴气,给以无情的嘲讽,而又含而不露,皮里阳秋,耐人咀嚼:

刘黄花马夹淮邦,高鹞翻山直到江。天堑一时增设险,侯藩四镇列旌幢!

圣母才从土岜回,贯鱼长信诏新开。莫愁争抵西湖好,选淑亲升御史来。(自注:选后已遍金陵,遂遣中使至浙选良家女,相传彭某升浙江巡按以佐中使云。)

六院笙歌元沸天,内家舞队更蹁跹。庭花旧曲不堪唱,司马新编《燕子笺》。

总说焦勤十七年,时危莫救祸崩天。于今休洒新亭泪,欢乐都须斗眼前。(卷十九)

这里面充满反语讽刺,多么沉痛和辛辣!

在《乙酉元日》七律里,讽刺又换了手法:

旧甸龙蟠自郁葱,新朝马渡正揆官。三元改历仍前典,百辟推尊缵祖功。淮水长馀王气在,蒋山剩到寿杯中。倘占浆酒今年富,一醉君臣介福同。(卷十二)

这表面上句句为新君祝福,实质上处处是嘲讽讥刺。作者还借用故事来加以嘲讽,在题为《赋得秦缪公》诗及序中说:

甲申冬有从南都归言近事者,余赋此呈家君一噱,俾呈叔祥云。

宜臼东迁后,蛮廉又几传?报仇凭败将,沉醉到钧天。黄鸟臣同死,乘鸾女自仙。也堪谟典末,誓悔独留篇。(卷九)

这里借秦穆公指桑骂槐,借古讽今。特别是"报仇凭败将,沉醉到钧天"正典反用,讥刺独深。

《马士宏寄归所记江右事阅之有感》:

天意还难料,人谋那易成?松从寒后劲,木又厦同倾。燐火盈千里,燹灰墟百城。笔增新鬼录,谁擅董狐名?(卷九)

这又是何等沉痛的笔墨。"燐火盈千里,燹灰墟百城",乙酉战祸之惨,令人发指眦裂。小朝廷土崩瓦解,将军纷纷迎降,转过头来糟蹋老百姓。作者在《后从军诗》里写道:

予以庚辰秋赋从军诗三首。未及七年,即遘鼎革,江南泽国,戎马纵横,与沙塞略同。固气数使然,抑亦古今所未有也。复述目击为《后从军》三首:

昔年四镇下,今日八旗分。将改满州籍,营称蛮子军。随征几仗打,起义各城焚。笑配名闺女,蒙官赏战勋。

戎衣竟文绣,无等更豪奢。孔雀帽悬翠,蟒袍袄映霞。领圆颈故露,袖窄手长叉。刀匕悬腰带,银筒烟当茶。

驻防派郡县,栋屋挂刀弓。马牧华堂上,厮游绣闼中。市人邀醉饱,丘鬼献蒙葱。长辫何时解,喧呼乐未穷。(卷八)

这些诗写得何等惊心动魄,甲申乙酉两年间,很难找出这样深沉的作品。钱谦益没有写,吴伟业的《避乱六首》(卷一)、《矾清湖》(卷三),《台城》、《钟山》(卷十二)接触一点,但远没有胡的深刻。顾炎武的《大行哀诗》、《感事》、《秋山》等作(卷之一)痛愤激昂之情相埒或稍过,而无胡之具体细腻。

如以福王选妃为例,顾炎武的《金陵杂诗》五首之四云:

正殿虚椒寝,苍生望母仪。《国风》思窈窕,《小雅》梦熊罴。中使频传敕,台臣早进规。愿闻姜后戒,仍及会朝时。

顾诗典重侧面讽谕,胡则辛辣嘲讽。在诗人中写甲申、乙酉之间的史事,胡是不可忽视的。这些是直接写甲申、乙酉的战乱,在这期间,即使一般吊古之作也有这样深沉的家国乱亡之感。如卷十二《岳武穆祠》:

黄龙未到便藏弓,化碧徒明身后忠。悔有燕师易乐毅,痛教晋祸剧刘聪。越栖谁策能吴诏,卫复惟《诗》作楚宫。遗庙孤山频献酹,幽兰遥瞩爇光红。

明亡之后,他这种深沉的家国之感,随时有所触发。

在《题汪水云诗集后》,他借汪元量的亡国之痛,借以抒发自己的感情说:"故乡潮似鸱夷怒,偏许遗民老钓蓑。""诗篇殊异薰琴旧,含愠吟成早白头。"这种情绪在《谷水集》中触处可见,本文第一部分所引,皆可作如是观,就不再赘举了。

胡夏客热爱自己的家乡风物,也关心家乡人民的生活疾苦,这一类题材,也同样给人一种亲切之感。如年轻时写的《海盐石堤歌十首》(卷十九):

城东沧屿似云烟,多少人家在海边。惯见浮天与浴日,朝潮夕汐自年年。(其一)

至秋水母圆如盖,白蟹擎螯筐似轮。赚得远方游客喜,归夸海味向乡人。(其九)

自昔观涛起宿疴,况当秋夜对金波。少年只合长行乐,岁岁石堤来踏歌。(其十)

又如《月夜舟》等,饶有《子夜》风味:

月就侬歌堕,清光满一舱。今霄欢抱月,水宿学鸳鸯。(卷十八)

尽力只十亩,成功在四肢。谁人饱欲死,我自作忘疲。降雨凭天意,催科信吏慈。春耕得秋获,便侈太平时。(卷九《田家词》)

这里所写的还是正常情况下农民的苦作。等到征令不常,民生日艰,作者笔下的村景就只有对时世的辛辣讽嘲。在《村竹枝词》里作者写出当时农村的破产:

远乡野水,聆樵童榜子之唱,其怨悱也,有合乎诗人;其戏谑也,亦似六朝《子夜》。而声调则于《竹枝》为近。乃采

彼词意,参我见闻,成如千首云:

父老几人坐复行,低田高垅算深耕。乐输若不烦符檄,乡野应教享太平。

催科累吏怒呼忙,逾限违期麦渐黄。旧岁征新到今夏,那容更缓过栽秧!

富人逮系畏当诛,家破方明事是诬。若论掯财终耗散,何如兑酒得欢娱!

小屋田头住小家,墙旁渐次种桑麻。近来略说能温饱,忽判封条号本衙。

巫师歌舞降神明,除病全凭许赛诚。径与阎王求福寿,倘如官府听人情!

大上官经下县过,令收怨哭效讴歌。采风盐菜褒平价,贩负谁人疑政苛?(卷十九)

这些诗从一个角度,反映出当时的官、民、贫、富的情况,"令收怨哭效讴歌","倘如官府听人情",这是何等辛辣的嘲讽,在嘲讽的背后,可以看出当时人民的痛苦的血泪。

刻意翻新,自成面目

陈光绎评胡夏客的诗说:

先生素攻诗,扃户吟咏无虚日。含毫苦思,标鲜领异,有穿天心出月胁之奇。先是,隆庆、万历间,学诗者模拟历下、琅琊,不以效颦为耻。先生从职方公遍考唐人别集,深喜皮日休、陆龟蒙、薛能、郑谷诸作,由是悟入,推陈致新,见者骇目,然体非无所本者。士林佥谓先生诗有父风,而弘览恰闻亦称谷似云。

这段评论既说出胡夏客学诗的过程，又特别指出"标鲜领异"、"推陈致新"的独创性，我以为是正确的。但一定要强调"体非无所本"，尚未脱时人"家数"的影响。至于胡夏客的诗有父风，今天也无从证明。因为胡震亨的《赤城山人稿》仅有上海图书馆藏的九至十一共三卷残本，没有诗。我费了很大劲，只辑录到十一首，也看不出相似之处。但胡震亨评诗，主张一个时代有一个时代的面目，不必强求一致，他特别反对评中晚唐诗一定要拿盛唐的标准来衡量。这些对胡夏客当然会有很大影响。胡震亨《唐音统签》对中晚唐作家作品搜集评述用力最多，清编《全唐诗》中晚唐部分主要取材于《统签》。这些对胡夏客诗的风格形成，都会有很大影响。但是胡夏客所以有"穿天心出月胁"之奇，取法前人固然重要，但更重要的是他的实践感受。写自己的真情实感，所处时代不同于前人；所见所闻有其特殊性。反映在诗章里，自然不会犯雷同剽说陈陈相因之病。另外，在艺术创造上，胡夏客确实呕心沥血，戛戛独创。一些前人写惯了的人和事，到他诗里都有新意。如卷四里的《织女词》：

星未分垣若贯珠，我披阊阖叩宸居。为言人世艰衣食，妇织男耕筋力痡。天公娇爱有弱女，时时揝矢笑投壶。闻言即敕当罢戏，必亲杼轴时勤劬。置机特择清汉滢，滔滔濯锦色更殊。机身前卑后欲起，支以炼石非碱砆。三日遽看断五匹，轻妙一一皆六铢。旋下九霄不计岁，大梡隶首递纷如。阳轮九落羿并死，其妻奔月留蟾蜍。联璧忽离司昼夜，二十八野分天衢。重忆旧游叱飚御，弥空历历种白榆。天公道故为置酒，天孙敛衽亦前趋。年华增得容颜盛，不审今曾择婿无？

这篇设想甚奇,一起好像天外飞来,结尾又颇有似轻艳的味儿。胡夏客的诗里有《李商隐离情》、《温庭筠闺思》、《陆龟蒙闲居》、《韩偓无题》、《李山甫赴举》、《罗邺旅怀》、《司空图避乱》等题目,这一方面看出对诸家诗集的揣摩研习,另一方面这也像李商隐《杜工部蜀中离席》那类作品,明题的是前人,暗写的是自己。如卷十四《温庭筠闺思》:

怨竹织帘垂泪纹,甲香添炷为谁焚?慵妆任婢开奁待,善病嗔人带酒醺。兔药不灵遮一半,莺花渐老剩三分。春愁可是无春梦,底事《高唐》只赋云?

看似闺情,实际是亡国之感。他在《香奁体诗序》里有所表白:

《诗》肇河洲,赋侈雨峡。凡是缘情之作,未少诲淫之嫌。逮《香奁》一编,为芳泽尚咏。循其微旨,似可具论。濑乡秾华将谢,间海硕果后凋。欲哭不可,麦伤亳邑丘墟;买笑何心,酒纵信陵昼夜。有唐雅奏,曲终于斯。余生自升平,罹兹鼎沸。儒冠本贱,远隔蓬山第一流;农未试亲,余有秋田数十亩。置身操柄之外,寄情侧艳之中。随时点笔,积日盈笥。窃比韩公惨毒,祸正同符;愿学前撰呻吟,病或一贯……(《谷水集》卷二十一)

除利用"侧艳"体以寄情之外,作者多有咏史之作,借古人古事翻出新意。如:

陈涉一匹夫,吴叔相伏倚。鱼腹已置书,狐呼还托鬼。叹息志空存,夥颐时占几?鸿鹄安能慕,燕雀未可诽。何如耕垄俦,冥飞志殊伟。(《咏史》之四,卷三)

355

最后的话实际是自赞。这是经历沧桑之后,对史事的深一层看法。正如王荆公政治失意之后,一则曰:"当时诸葛成何事,只合终身作卧龙。"再则曰:"无人说与刘玄德,问舍求田意最高!"这是反话正说,以见牢骚。胡氏之于陈涉,也像王荆公之于陈登、许汜。在同卷的《咏西施》设想更奇,家国之痛也更深。

於越两施女,相望对一溪。东嫁同里子,西为吴王妃。美女新宠盛,杀父宿怨遗。蠹谋敌逾密,嚭喜国终危。战溃祚忽覆,宫沼艳谁归?冶容罹兵火,人尽可以妻。响屧怅故苑,浣纱寻旧溪。复见东邻伴,痛绝不胜悲。东施心增感,捧心相对之。观者窃指议,二嫔有妍媸。传语世上人,慎勿效西施。

最精辟的意见,要算《王昭君辞四首有序》,仅将原诗录下:

旃裘款塞罢弯弧,欲立阏氏请汉姝。但就掖庭遴粉黛,至尊亲按美人图。

美人光艳六宫惊,为结单于当远行。竟别紫台将出塞,韦韝稽颡后先迎。

出塞香车关路长,焉支妇女学官妆。穹庐自此多颜色,草亦青青拒雪霜。

水草逐居驼马繁,拥妻世世款中原。他年甥舅今翁婿,绝域长亲大汉恩。

这几首诗能从汉与匈奴两族和好的历史愿望着笔,写出了王昭君大义和亲有胆有识的历史功绩,为两族人民带来了幸福。在胡夏客以前,还没有人认识到这一点,最多能说到为汉族换来了安定而已。特别是第三首：

> 出塞香车关路长,焉支妇女学宫妆。穹庐自此多颜色,草亦青青拒雪霜。

从妇女妆饰的一个侧面,写出了昭君带去了汉族的文明,为匈奴族的生活增添了光彩。这一点可以说未经人道。

除了立意之新外,一些常用的词语典故,到了胡的笔下往往赋予了新的情趣。如"青冢"的故事,"一去紫台连朔漠,独留青冢向黄昏",杜甫的名句,千年以来,提到青冢,总当成昭君冤魂的结穴,"穹庐自此多颜色,草亦青青拒雪霜。"在胡夏客的笔下却成了昭君历史功勋的见证。这种案翻得多么精采！

再如杜甫诗："葵藿倾太阳,物性固莫夺。"向日葵变成忠贞不二的代表。但在卷十九《乙酉偶作》里,胡这么说：

> 单花朵朵一庭迷,似感栽培向我低。只是葵心容易转,朝来东向暮来西。

讽刺顺风转舵毫无骨气的人多么委婉而深沉！作者在同卷《题陶征士诗集后》说：

> 乞食渊明何愧贤,只图醉饱不图钱。于今甲子书年者,频出折腰腰贯缠。

对于那些标榜高隐而又晚节不终的名流,讽刺又是何等辛辣。黄初平的神话,从来只当神仙来引用,而作者在《国殇》里说："可怜掳掠经旬惨,只剩初平白石羊。"用来写屠戮烧杀,民无孑遗,又是何等沉痛。

再如卷二十的《田家唱》：

> 新税鞭催秋细时,村农妇子插休迟。虾蟆尽叫田田水,

总为官家不为私。

这里把描写皇帝愚蠢的蛙鸣故事,意义一翻来讽刺当时租税之重,"总为官家不为私"。田里的收获都为官所有,老百姓怎么活?

这些旧典新用,都给人一种清新之感。胡夏客写诗自说:"宫徵欲调成律细,玄黄相错构篇迟。"指的刻意雕镂。他的诗里有非常典重的一面如《叙感》之类,也有一些轻艳的作品,如《月夜舟》,更有一些直接引用当时的俗语写时事,如"撒拨"、"架梁"、"板升"、"封条"、"本衙"、"大上官"等等,用来写当时的所见所闻,很有杜甫新乐府、刘禹锡竹枝词的味道,而自有胡夏客的时世特征。这些作品用得着王安石评张籍诗的两句话:"看似平常最奇崛,成如容易却艰辛。"

总之,胡夏客博学多闻,守志不阿,无愧于正直的知识分子;其诗出入诸家,直写所见所闻所感,于甲申、乙酉之间,足补一时诗史;立意尚高而不悖义理,立言求新而不避俚俗。所谓"标鲜领异"、"推陈致新",在此期间,卓然自立于诸大家之外。其人其诗均足称道。沧海遗珠,余怀孔疚,用特表而出之。若罪以阿其所好,亦所甘心焉。

(原载《文学评论》1982 年第 2 期)

袁枚与"桐城派"

一

"桐城派"的名称,见于曾国藩《欧阳生文集序》:

> 乾隆之末,桐城姚姬传先生鼐,善为古文辞,慕效其乡先辈方望溪侍郎之所为,而受法于刘君大櫆,及其世父编修君范。三子既通儒硕望,姚先生治其术益精。历城周永年书昌为之语曰:"天下之文章,其在桐城乎?"由是,学者多归向桐城,号"桐城派",犹前世所称"江西诗派"者也。

这段话前一半论述桐城古文的授受渊源是合乎事实的。姚鼐在《古文辞类纂序》里也说:

> 鼐少闻古文法于伯父薑坞先生及同乡刘耕南先生,少究其义,未之深学也……乾隆四十年,以疾请归,伯父前卒,不得见矣。刘先生年八十,犹善谈说,见则必论古文。

在《刘海峰先生八十寿序》里,姚鼐又说:

> 曩者鼐在京师,歙程吏部、历城周编修语曰:"为文章者,有所法而后能,有所变而后大,维盛清治迈逾前古千百,独士能为古文者未广。昔有方侍郎,今有刘先生,天下文章其出于桐城乎?"

后世"桐城派"的名称,由是而来。曾国藩以"江西诗派"比"桐城派",原意是褒赞桐城而不是贬抑,只要读一读《欧阳生文集序》的全文,就不会误会。但"江西诗派"是因为吕本中的《江西诗派图》而得名,是以派相标榜;"桐城派"和这一点有原则的区别。姚永朴先生就反对以桐城为文之一派之说:

> 大抵方、姚诸家论文诸语,无非本之前贤,固未尝标帜以自异也,与居仁之作《图》殊不类……善乎长沙王益吾先谦《续古文辞类纂序》云:立言之道,义各有当而已……姚氏见之真,守之严,其撰述有以入乎人人之心,如规矩准绳,不可逾越,乃古今天下之公言,非姚氏之私言也。宗派之说,起于乡曲竞名者之私,播于流俗之口,而浅学者据以自便。有所为,弗协于轨,乃谓吾文派别焉耳。近人论文,或以桐城阳湖离为二派,疑误后来,吾为此惧。更有所谓不立宗派之古文家,殆不然欤?(《文学研究法》卷二《派别》)

姚永朴先生的《文学研究法》,是全面系统阐述桐城文学理论的专书。他不赞成用"桐城派"这个名称,尤其不赞成把"桐城派"和"江西诗派"相提并论,因为那将有损于桐城文学影响遍及全国的形象。姚先生的论点是有说服力的。但"桐城派"的名称已经家喻户晓,为了论述的方便,本文仍然沿用"桐城派"这个说法,作为桐城散文理论实践的代称。

二

袁枚在清代是以反对格律、提倡性灵说而蜚声于乾隆诗坛,跃居三大家之首的。他在《谒岳王墓作十五绝句》第十一首说:

> 不依古法但横行,自有云雷绕膝生。我论文章公论战,千秋一样斗心兵。(《小仓山房诗集》卷二十六)

一读这首诗,加上他在《随园诗话》里的一些主张,很容易使人产生错觉,好像袁枚在诗文上只重独出心裁而反对一切古法,这和韩愈的复古运动,桐城的由八家上溯史公等主张是水火不相容的。实际上,只要认真通读一下《小仓山房文集》,就会发现这是诗人一时兴到之言,是不足为凭的。袁枚对文章不但不反对古法,而且从理论到实践,他都很讲古法。他虽然对方苞的古文造诣很有微词,但对方苞的古文还是认为"一代正宗":

> 不相菲薄不相师,公道持论我最知。一代正宗才力薄,望溪文集阮亭诗。

这是袁枚《仿元遗山论诗》的第一首(《小仓山房诗集》卷二十七),他认为方苞虽然才力不足,但不愧为一代正宗。在《随园诗话》卷二里,他又重提这个论点:

> 本朝古文之有方望溪,犹诗之有阮亭,俱为一代正宗,而才力自薄。近人尊之者诗文必弱,诋之者诗文必粗。

方苞对清代散文的贡献主要在理论方面。《四库全书总目·集部·别集类二六·望溪集》评论说:

> 其古文则以法度为主。尝谓周秦以前,文之义法,无一

不备。唐宋以后,步趋绳尺而犹不能无过差。是以所作上规《史》、《汉》,下仿韩欧,不肯少轶于规矩之外。虽大体雅洁,而变化太少,终不能绝去町畦,自辟门户。然其所论古人矩度与为文之道,颇能沉潜反复而得其用意之所以然。虽蹊径未除,而源流极正。近时为八家之文者,以苞为不失旧轨焉。

方苞的古文理论集中表现在提倡"义法"。他说:

《春秋》之制义法,自太史公发之,而后之深于文者亦具焉。义,即《易》之所谓"言有物"也;法,即《易》之所谓"言有序"也。义以为经而法纬之,然后为成体之文。(《望溪文集》卷二《又书货殖传后》)

义法二字为方氏对文学创作和理论的最高概括,为桐城文论的纲领。《文学研究法》开宗明义之《纲领》篇就发挥二字:

《易·家人卦》大象曰"言有物",《艮》六五又曰"言有序",物即义也,序即法也。《书·毕命》曰"辞尚体要",要即义也,体即法也。《诗·正月》篇曰"有伦有脊",脊即义也,伦即法也。《礼记·表记》曰"情欲信,辞欲巧",信即义也,巧即法也。《左氏·襄公二十五年传》曰"言以足志,文以足言",志即义也,文即法也。

姚永朴先生又引尚秉和的话,进一步加以发挥:

吾友行唐尚节之秉和《古文讲授法》云:"近世古文,自方望溪始讲义法。而此二字,出于太史公《十二诸侯年表序》。此篇说《春秋》,实即说《史记》也。《春秋》之刺讥,褒讳贬损不可以书见,故治义法,约其文静,治其繁重,口授其传指于七十子之徒。而《史记》之忌讳尤甚。忌讳甚而又不能不有所刺讥,刺讥不可以书见也,故义愈微而辞常隐。自后人不明此旨,而淮阴、淮南诸人遂真同叛逆矣。他若语褒而意讥,责备而心痛其人者,更微妙而难识。太史公盖预防之,故说《春秋》以寓《史记》义法也。"观此,又可见古人文章,其为义有隐显之不同,而其法亦极变化难测,特终归于有条不紊耳。

实际上拈出"义法"二字,包括了古文的内容和形式的各个方面。袁枚是看到这一点的,所以他承认方苞是"一代正宗"。

袁枚对诗文都很自负:

> 于诗兼唐宋,于文极汉秦。(《诗集》卷二十《送嵇拙修》)

> 仆诗兼众体,而下笔标新,似可代雄。文章幼饶奇气,喜于论议。金石序事,徽徽可诵。古人吾不知,视本朝三家,非但不愧之而已。(《文集》卷十八《答程鱼门》)

袁枚认为古文就是要古,从韩柳直到秦汉,他很赞成韩柳复古为文的态度,这一点和桐城的主张并无多大差别。

> 欲奏雅者先绝俗,欲复古者先拒今。(《文集》卷三十一《与孙俌之秀才书》)

> 足下之言曰:"古文之途甚广,不得不贪多务博以求之。"此未为知古文也。夫古文者,途之至狭者也。唐以前无古文之名。自韩柳诸公出,惧文之不古而古文始名,是古文者,别今文而言之也。划今之界不严,则学古之词不类。韩则曰非三代两汉之书不观;柳则曰惧其昧没而杂也,廉之

欲其节。二公者当汉晋之后，其百家诸子未甚放纷，犹且惧染于时，今百家回冗，又复作时艺，弋科名，如康昆仑弹琵琶，久染淫俗，非数十年不近乐器不能得正声也。深思而慎取之，犹虑勿暇，而乃狃于庞杂以自淆，过矣。(《文集》卷十九《答友人论文第二书》)

枚尝核诗宽而核文严，何则？诗言志，劳人思妇，都可以言，《三百篇》不尽学者作也。后之人，虽有句无篇，尚可采录。若夫始为古文者，圣人也；圣人之文，而轻许人，是诬圣也。《六经》，文之始也，降而《三传》，而两汉，而六朝，而唐宋，奇正骈散，体制相诡，要其归宿，无他，曰顾名思义而已。名之为文，故不可俚也；名之为古，故不可时也。(卷十九《与邵厚庵太守论杜茶村文书》)

枚读书六十年，知人论世，尝谓韩柳欧苏俱非托空文以自见者。惟其有所馀于文之外，故能有所立于文之中。(卷三十《与平瑶海书》)

看看这些尊经好古的议论，和桐城提倡的义法，并没有什么根本分歧。不但如此，袁枚也像桐城古文家一样重视写古文要于古有征。他《文集》二十四卷本的《古文凡例》十一条中，不断引唐宋八家及明代归有光文为例：

碑传标题应书朝官爵，昔人论之详矣。至行文处，不可泥论，或依古称太守、观察、牧令、刺史笔名，或依俗称制府、藩司、臬使等名。考古大家皆有此例……以故归震川《张元忠传》称某知县为"钱塘令"，《洧南居士传》称某知府为"某太守"。

官名地名，行文处随俗用省字法。考古大家俱有此例，

> 其序官用省字法者，如昌黎《刘昌裔碑》……欧公《刘先之墓志》……归震川《章永州墓志》称院司，皆不称全官。其序地名用省字法者如欧公《伊仲宣铭》……东坡《赵康靖公碑》……王荆公《王比部墓志》……曾南半《钱纯老墓志》……皆省却一州字，以故归震川《李按察碑》称"滇民乞留"，《叶文庄公碑》称"公在广"……
>
> 非史臣不应为人立传，昔人曾有此论。然柳子厚引笺奏隶尚书以自解，归震川则直言古作《楚国先贤传》、《襄阳耆旧传》者，皆非兰台馆阁之臣，公羊、穀梁亦未闻与左丘明同为某国之史臣也。此论出，而纪事之例始宽。
>
> 文章有馀意未尽者书之于后，始于韩文公。宋元人有记之例，盖示人以行文繁简之法也。集中仿之。

这些都看出袁枚对古文叙事必有法度的依据，尤其是他在《凡例》里还特别提出圈点问题：

> 古人文无圈点，方望溪先生以为有之则筋节处易于省览。按唐人刘守愚《文冢铭》云有朱墨围者，疑即圈点之滥觞。姑从之。

在古文写作中，他根据上述的《凡例》，用后记的方式说明不是自我作古，而是于古有征。袁枚正因为自己深知古文的甘苦，深以人不知其散文耿耿于怀：

> 今知诗者多，知文者少，知散行文者尤少。枚空山无俚，为此于举世不为之时，自甘灰没。（卷三十《答平瑶海书》）
>
> 仆年七十有七，死愈近而传愈急矣。奈数十年来，传诗者多，传文者少，传散行文者尤少。（卷三十五《与孙俌之秀才书》）

三

袁枚对散文这样一些主张和做法,和"桐城派"并无二致。正因为这样,姚鼐和他很谈得来,"桐城姚鼐以君与先世有交,而鼐居江宁,从君游最久。君殁,遂为之铭"。姚鼐称赞袁枚的文章:"君古文、四六体,皆能自发其思,通乎古法。"(《惜抱轩文集》卷十三《袁随园君墓志铭》)姚鼐所谓的先世有交,主要指袁枚和姚范是朋友。

袁枚对古文的一些主要观点和桐城相近,袁枚认为方苞文集是"一代正宗",姚鼐又肯定袁枚的文章"通乎古法",袁牧和姚范、姚鼐私交都很好,但我们不能简单地把袁枚的古文也当成"桐城派"。因为袁枚和方、姚等对古文的主张也有区别。方、姚等都拒绝骈文,袁枚称自己"好韩、柳亦好徐、庾"(卷十九《与友人某论文书》)。袁枚认为散文骈文均不可废,他在《胡雅威骈体文序》(卷十一)里说:

> 古圣人以文明道而不讳修辞,骈体者,修辞之尤工者也。《六经》滥觞,汉魏沿其绪,六朝畅其流。论者先散行,后骈体,似亦尊乾卑坤之义。然散行可蹈空,而骈文必征典。骈文废则悦学者少,为文者多,文乃日散。

正因为他骈散兼重,所以他的集子里有散文,也有骈文。不过称骈文为《外集》,以示仍以散行为主。作散文应该古,应该学习古人,特别是韩愈,这一点袁枚和桐城方姚相同。但桐城兼学八家,颇重欧曾,袁枚则强调唐文,宋代只推王安石,元代推姚燧。他认为"唐文峭,宋文平;唐文曲,宋文直;唐文瘦,宋文肥"(《与孙俌之秀才书》),他最反对曾巩:"曾文平钝如大轩骈骨,连缀不得断,实开南宋理学一门,又安得与半山、六一较伯仲也!"(《书茅氏八家文选》)他认为有一个重要原因:"韩柳琢句,时有六朝馀习,皆宋人之所不屑为,亦复不能为,而古文之道终焉。"这一点姚范也觉察到了,在《援鹑堂笔记》里说:"字句章法,文之浅者也,然神气体势,皆阶之而见。古今文字高下,莫不由此。"又云:"字句之奇,宋以后大家多不讲,此亦是其病处。"(《文学研究法·声色》)刘海峰《论文偶记》云:"左氏情韵并美,文彩照耀。至先秦战国,更加疏纵。汉人敛之,稍加劲质。惟子长集其大成。唐人宗汉,多峭硬;宋人宗秦,得其疏纵而失其厚懋,气味亦稍薄矣。"(《文学研究法·状态》)

姚范和刘海峰对宋文的看法和袁氏又是一脉相通。而到姚鼐《复鲁絜非书》中以阳刚、阴柔区别八家之各有所长(见《惜抱轩文集》卷六)说最融通。而对于文之有法和天才之关系也有一般精辟的论述:

> 文章之事,能运其法者,才也,而极其才者法也。古人文有一定之法,有无定之法。有定者,所以为严整也;无定者,所以为纵横变化也。二者相济而不相妨,故善用法者非所以窘吾才,乃所以达吾才也。非思之深、功之至者,不能见古人纵横变化中所以为严整之理。思深功至而见之矣,而操笔而使吾手与吾所见之相副,尚非一日事也。(《惜抱轩尺牍三·与张阮林》)

如果拿这段严整与纵横变化的辩证关系来比喻岳武穆的用兵,也许比袁枚那首绝句更全面更恰当一些。

从上面论述的材料来看,袁枚的文论和桐城相通处是主体,相异处可以说是枝节。原因是桐城的文论,从方苞、刘大櫆到姚

鼐,日臻完密,可以融合各家的长处,袁枚也不例外。郭绍虞先生《中国文学批评史》第七十五节有一段精采的概述:

> 桐城文何以能成派?桐城文之成派,即因桐城文人之论有其一贯的主张之故。清代文论以古文家为中坚,而古文家的文论,又以"桐城派"为中坚。有清一代的古文,前前后后,殆无不与桐城生关系。在"桐城派"未立以前的古文家,大都可视为"桐城派"的前驱;在"桐城派"方立或既立的时候,一般不入宗派或别立宗派的古文家,又都是桐城的羽翼与支流。由清代的文学史言,由清代的文学批评言,论到它散文的部分,都不能不以桐城为中心。(1954年新文艺出版社版545页)

袁枚在诗方面是性灵派的领袖,在古文方面却是不立宗派的。胥绳武赞美他"不为韩柳不欧苏,真气行间辟万夫"。(《随园诗话补遗》卷六)容易误会袁完全是自我作古,实际是袁枚非常重视古法,不过根据自己的需要变化以出之。从大范围讲,仍然不出"言有物""言有序"的"义法"的范围。姚鼐《与张阮林》那段话,也可为袁枚论学古法的注脚。用郭先生的话说袁枚也可算是"桐城派"的羽翼。从袁枚和"桐城派"的异同,我们也可看出"桐城派"的影响。它不是像"江西诗派"那样以《诗派图》构成派系,而是总结融会了古代散文理论的成就。它的"义法",就其抽象意义说,在今天的理论研究和写作实践中都还有其生命力。

发挥文化优势,提高旅游品位
——略论苏州开展唐宋诗词意境游

山水景物,历史遗迹,乃至风土人情,名优土产,这些无疑都是我国开展旅游业得天独厚的丰富资源。但是如果旅游业只凭这种自在的优势,不能提高品位,那么旅客一游便了,不思再来。如何使未来者想来,已来者仍想再来,常游常新,一个重要的问题,是注意发掘旅游景点深层次的历史文化内涵,提高旅游品位,而不是只在吃喝玩乐上做文章。本文拟就苏州地区特点略谈开展唐宋诗词意境游的问题。

苏州是著名的历史文化名城,建城已有二千五百多年,从《左传》特别是《史记》的《吴泰伯世家》、《越王勾践世家》、《伍子胥列传》到《吴越春秋》等留下多少动人心魄的历史故事和相应的历史遗迹。这些又多为唐宋诗词所歌咏之对象,流传众多脍炙人口的篇章。苏州江南水乡,风景如画,水多桥多,民殷物富,又为诗人所歆羡。如白居易《正月三日闲行》:

> 黄鹂巷口莺欲语,乌鹊河头冰欲消。绿浪东西南北水,红阑三百九十桥。鸳鸯荡漾双双翅,杨柳交加万万条。借问春风来早晚,只从前日到今朝。

在第四句末,白居易自注"苏之官桥大数。"明人修的《姑苏志》卷十九《桥梁上》引白居易上两句诗说:"唐则然矣,自宋以来,始瓷以石,而增建益繁。"城里分东南、东北、西南、西北一共列举291座,城外桥272座。写苏州水乡特色,晚唐诗人杜荀鹤《送人游吴》诗也常被人引用:

君到姑苏见,人家尽枕河。古宫闲地少,水港小桥多。夜市卖菱藕,春船载绮罗。遥知未眠月,乡思在渔歌。

写到苏州桥而意境悠然最为传诵的当然是张继的《枫桥夜泊》:

月落乌啼霜满天,江枫渔火对愁眠。姑苏城外寒山寺,夜半钟声到客船。

寒山寺的钟声,从宋代欧阳修起就引起聚讼,而到枫桥听寒山寺钟声,变成今天旅游的热点。其实,苏州唐宋诗词的幽美意境可以说俯拾即是,又何止一个枫桥寒山寺呢?

唐朝诗人苏州籍的并不多,除了晚唐陆龟蒙有大量作品流传外,顾况关于苏州历史景物的诗篇很少。盛唐早期诗人"吴中四友"作品虽不多,但有几篇却影响深远。如张若虚虽仅存诗两首,但一篇《春江花月夜》足以千古。试想如果在春江花月之夜,泛舟水上,去领会"江流宛转绕芳甸,月照花林皆似霰。空里流霜不觉飞,汀上白沙看不见"的意境,那是一种多么美好的享受。如果是春日游山,讽咏张旭《山行留客》绝句:"山光物态弄春晖,莫为春阴便拟归。纵使晴明无雨色,入云深处亦沾衣。"使当前景色和唐诗意境互相辉映,意味不是更深长吗?

唐朝苏州籍著名诗人虽不多,但著名诗人做过刺史的却不少,韦应物、白居易、刘禹锡等。无锡诗人李绅也常来苏州。韦应物《灵岩山》"吴岫分烟景,楚甸散林丘","地疏泉谷狭,春深草木稠";《游开元寺》"绿阴生昼静,孤花表春馀"。这些名句皆写出幽静恬适的意境。李绅《过吴门二十四韵》首云:"烟水吴都郭,阊门架碧流。绿扬深浅巷,青翰往来舟。朱户千家室,丹楹百处楼。水光摇极浦,草色辨长洲。"写出当时苏州的富庶繁华。《皋桥》云:

> 伯鸾憔悴甘飘寓,非向嚣尘隐姓名。鸿鹄羽毛终有志,素丝琴瑟自谐声。故桥秋月无家照,古井寒泉见底清。犹有馀风未磨灭,至今乡里重和鸣。

以后汉梁鸿、孟光的遗迹,写出风俗之美,令人神往。如果游皋桥,想象李绅此诗并及宋江休复吊苏舜钦的名句:"郡邸狱冤谁与辨,皋桥客死世同悲。"那么感受又该如何!

白居易集中题目明标苏州的诗,主要在《后集》有二十多首。《登阊门闲望》云:

> 阊门四望郁苍苍,始觉州雄土俗强。十万夫家供课税,五千子弟守封疆。阛阓城碧铺秋草,乌鹊桥红带夕阳。处处楼前飘管吹,家家门外泊舟航。云埋虎寺山藏色,月耀娃宫水放光。曾赏钱唐兼茂苑,今来未敢苦夸张。

白居易离开苏州以后,曾经作一首《忆旧游》诗寄给当时苏州刺史刘禹锡:

> 忆旧游,旧游安在哉?旧游之人半白首,旧游之地多苍苔。江南旧游凡几处,就中最忆吴江隈。长洲苑绿柳万树,齐云楼春酒一杯。阊门晓严旗鼓出,皋桥夕闹船舫回。修蛾慢脸灯下醉,急管繁弦头上催。六七年前狂烂熳,三千里

外思裴回。李娟张态一春梦,周五殷三归夜台。虎丘月色为谁好,娃宫花枝应自开。赖得刘郎解吟咏,江山气色合归来。

刘禹锡《乐天寄忆旧游,因作报白君以答》:

报白君,别来已度江南春。江南春色何处好?燕子双飞故官道。春城三百七十桥,夹岸朱楼隔柳条。丫头小儿荡画桨,长袂女郎簪翠翘。郡斋北轩卷罗幕,碧池逶迤绕画阁。碧池绿竹桃李花,花下舞筵铺彩霞。吴娃足情言语黠,越客有酒巾冠斜。座中皆言白太守,不负风光向杯酒。酒酣擘笺飞逸韵,至今传在人人口。报白君,相思空望嵩丘云。其奈钱塘苏小小,忆君泪点石榴裙。

把这几首诗写的情景细加品味,可以想到"上有天堂,下有苏杭"的历史根据。当然,今天苏州的繁荣远非前代诗人所能梦到。但面对今天的繁华,想象李绅、白居易、刘禹锡诗中的意境,古今沟通,也别是一番旅游享受。

苏州之美,民殷物阜,而山水之灵秀,实使词人墨客流连而忘返。水之美,以太湖为最,皮日休与陆龟蒙唱和有《太湖诗》各二十首。篇长不录。前此白居易为郡时曾泛舟湖中,将当时感受写入诗句。今天,泛舟太湖,讽吟白诗,顿令旅游增色。《早发赴洞庭舟中作》:

阊门树色欲苍苍,星月高低宿水光。棹举影摇灯烛动,舟移声拽管弦长。渐看梅树红生日,遥见包山白带霜。出郭已行十五里,唯消一曲慢霓裳。

《宿湖中》云:

水天向晚碧沉沉,树影霞光重叠深。浸月冷波千顷练,苞霜新橘万株金。幸无案牍何妨醉,纵有笙歌不废吟。十只画船何处宿,洞庭山脚太湖心。

《泛太湖书事寄微之》云:

烟渚云矶处处通,飘然舟似入虚空。玉杯浅酌巡初匝,金管徐吹曲未终。黄夹缬林寒有叶,碧琉璃水净无风。避旗飞鹭翩翻白,惊鼓跳鱼拨剌红。洞雪压多松偃蹇,岩泉滴久石玲珑。书为故事留湖上,吟作新诗寄浙东。军府威容从道盛,江山气色定知同。报君一事君应羡,五宿澄波皓月中。

假如只是匆匆一望,不妨吟诵苏舜钦《望太湖》("望"一作"过"):

杳杳波涛阅古今,四边无际莫知深。润通晓月为清露,气入霜天作暝阴。笠泽鲈肥人脍玉,洞庭柑熟客分金。风烟融目相招引,聊为停桡一楚吟。

这些诗句,从宏观上令人神往于太湖之浩汗,而如果读姜夔《点绛唇》则别是一种意境:

燕雁无心,太湖西畔随云去。数峰清苦,商略黄昏雨。　　第四桥边,曾共天随住。今何许,凭栏怀古。残柳参差舞。

一种冷峻的意境,和上面大相径庭,但同样给人深刻的艺术享受。姜因受苏州前辈诗家范成大之赏识,曾来往石湖。他的名词《暗香》、《疏影》就是奉范之命创作的,受到范击节叹赏。并且将歌妓小红送给他。姜在《过垂虹》一诗中欢快地写道:

自作新词韵最娇,小红低唱我吹箫。曲终过尽松陵路,回首烟波十四桥。

旅游中,回味这首诗,想到此则词坛佳话,恐怕很多人都会浮想联翩,而姜《除夜自石湖归苕溪十首》七绝创造的仍然是冷峻清削的意境,随举两首为例:

　　细草穿沙雪半消,吴宫烟冷水迢迢。梅花竹里无人见,一夜吹香过石桥。笠泽茫茫雁影微,玉峰重叠护云衣。长桥寂寞春寒夜,只有诗人一舸归。

苏舜钦《过苏州》有名句"绿杨白鹭俱自得,近水远山皆有情"。苏州之美,有水有山。《苏舜钦集》卷四有首《游山》五十韵的五古长篇,包举无遗。苏州山的最著名者为洞庭山,又名包山,它的景色是和太湖连在一起。单以山言,天平、灵岩、虎丘可以为代表。天平山是苏州群山之盟主。苏舜钦《天平山》诗云:

　　吴会括众山,戢戢不可数。其间号天平,突兀为之主。杰然镇西南,群岭争拱辅。吾知造物意,必以屏天府。清溪至其下,仰视势飞舞。伟石如长人,竖立欲言语。扪萝缘险磴,烂漫松竹古。中腰有危亭,前对翠壁举。石窦迸玉泉,泠泠四时雨。源生白云间,颜色若粉乳。旱年或播洒,润可足九土。奈何但泓澄,未为应龙取。予方弃尘中,岩壑素自许。盘桓择雄胜,至此快心膂。庶得耳目清,终甘死于虎。

我国古代写山水的意境,往往将作者的时世之感融入其中。苏舜钦这首诗除了前面写出天平山在苏州之杰出形势外,主要在后面写出自己的愤慨,使人感到一股兀傲不平之气。灵岩、虎丘则和吴的兴亡史紧相联系。诗人写此多有盛衰兴亡之感。如

李白《乌栖曲》:

>姑苏台上乌栖时,吴王宫里醉西施。吴歌楚舞欢未毕,青山欲衔半边日。银箭金壶漏水多,起看秋月坠江波。东方渐高奈乐何?

卫万《吴宫怨》:

>君不见,吴王宫阙连江起,不卷珠帘见江水。晓气晴来双阙开,潮声夜落千门里。勾践城中非旧春,姑苏台下起黄尘。只今唯有西江月,曾照吴王宫里人。

这一种盛衰兴亡之感,在李白、卫万时代虽有可能对统治者奢靡提出委婉之讽刺,但气味还比较和平。南宋著名词人吴文英"陪庾幕诸公游灵岩"所填之《八声甘州》,则激越感慨声可裂金石:

>渺空烟四远,是何年,青天坠长星?幻苍崖云树,名娃金屋,残霸宫城。箭径酸风射眼,腻水染花腥。时靸双双鸳响,廊叶秋声。　官里吴王沉醉,倩五湖倦客,独钓醒醒。问苍波无语,华发奈山青。水涵空,阑干高处,送乱鸦、斜日落渔汀。连呼酒,上琴台去,秋与云平。

这种沉郁苍凉的意境,抚今追昔,惊心动魄。"忧劳可以兴国,逸豫可以亡身。"在我们流连山水之时,从历史陈迹感悟一点人生的哲理,那作用恐怕已非旅游所能概括了。

虎丘的成因就充满神话色彩,它也是吴国兴衰的见证,诗人赋此,多着眼于人生无常之感慨。唐时此处寺院很多,如白居易《题东武丘寺六韵》:

>香刹看非远,祇园入始深。龙蟠松皎皎,玉立竹森森。

怪石千僧坐，灵池一剑沉。海当亭两面，山在寺中心。酒猛凭花劝，诗成倩鸟吟。寄言轩冕客，此地好抽簪。

白居易为郡时经常游武（唐时讳"虎"字改为"武"）丘东西二寺。《夜游西武丘寺八韵》：

不厌西丘寺，闲来即一过。舟船转云岛，楼阁出烟萝。路入青松影，门临白月波。鱼跳惊秉烛，猿觑怪鸣珂。摇曳双红旆，娉婷十翠娥。香花助罗绮，钟梵避笙歌。领郡时将久，游山数几何？一年十二度，非少亦非多。

白居易以刺史之尊，游寺登山。及时行乐，但得意之馀，仍然不免透漏空虚之感。如果没有这样的身份地位，那诗的意境就远不相同。张祜《虎丘云岩寺》二首：

云树拥崔嵬，深行异俗埃。寺门山外入，石壁地中开，绕砌池光动，登楼海气来。伤心万年意，金玉葬寒灰。

嚣尘楚城外，一寺枕通波。松色入门远，岗形连院多。花时长到处，别路半经过。惆怅旧时客，空房深荔萝。

张祜将吊古之意与虎丘之由来连在一起"伤心万年意，金玉葬寒灰"，可称名句。游虎丘追寻这些诗人的游踪，体会他们当日的心境与虎丘陵谷发人深思之特色，自然与泛泛而游迥别。

苏州园林驰名天下，但多为明清所建。宋龚明之《中吴纪闻》卷一《辟疆园》："吴中旧传，池馆林木之胜，惟辟疆园为第一。辟疆姓顾氏，晋人。见于题咏者甚众……今莫知其遗迹所在。"今日苏州园林最早者当推沧浪亭，而沧浪亭之得名，又由于苏舜钦。苏舜钦的诗境原以雄放见长，欧阳修称他"子美气尤雄，万窍号一噫"。但是被贬谪后买沧浪亭而居所作意境迥

别。如《独步游沧浪亭》:

花枝低欹草色齐,不可骑入步是宜。时时携酒只独往,醉倒唯有春风知。

《初晴游沧浪亭》:

夜雨连明春水生,娇云浓暖弄阴晴。帘虚日薄花竹静,时有乳鸠相对鸣。

《沧浪观鱼》:

瑟瑟清波见戏鳞,浮沉追逐巧相亲。我嗟不及群鱼乐,虚作人间半世人。

《沧浪静吟》:

独绕虚亭步石矼,静中情味世无双。山蝉带响穿疏户,野蔓盘青入破窗。二子逢时犹死饿,三闾遭逐便沉江。我今饱食高眠外,惟恨醇醪不满缸。

再看他的《水调歌头》:

潇洒太湖岸,淡伫洞庭山。鱼龙隐处,烟雾深锁渺弥间。方念陶朱张翰,忽有扁舟激桨,撇浪载鲈还。落日暴风雨,归路绕汀湾。　丈夫志,当景盛,耻疏闲。壮年何事憔悴,华发改朱颜?拟借寒潭垂钓,又恐鸥鸟相猜,不肯傍青纶。刺棹穿芦荻,无语看波澜。

尹洙和词说:

万顷太湖上,朝暮浸寒光。吴王去后,台榭千古锁悲凉。谁信蓬山仙子,天与经纶才器,等闲厌名缰。敛翼下霄汉,雅意在沧浪。 晚秋里,烟寂静,雨微凉。危亭好景,佳树修竹绕回塘。不用移舟酌酒,自有青山渌水,掩映似潇湘。莫问平生意,别有好思量。

游沧浪亭,领会苏舜钦、尹洙诗词的意境,景物都好像向你诉说当日的诗人感受。苏州的园林,大多离不了太湖石。白居易单以《太湖石》为题就先后赋诗两首:

烟翠三秋色,波涛万古痕。削成青玉片,截断碧云根。风气通岩穴,苔纹护洞门。三峰具体小,应是华山孙。

远望老嵯峨,近视怪欹岑。才高八九尺,势若千万寻。嵌空华阳洞,重叠匡山岑。邈矣仙掌迥,呀然剑门深。形质冠今古,气色通晴阴。未秋已瑟瑟,欲雨先沉沉。天姿信为异,时用非所任。磨刀不如砺,捣帛不如砧。何乃主人意,重之如万金。岂伊造物者,独能知我心。

对于太湖石之形态可谓描摩入细。围绕太湖石,唐朝诗坛还有一段唱和的故实。牛僧孺酷爱奇石,李某为苏州刺史弄到奇形太湖石,送给牛,牛为诗《李苏州遗太湖石奇状绝伦,因题二十韵奉呈梦得乐天》:

胚浑何时结,嵌空此日成。掀蹲龙虎斗,挟怪鬼神惊。带雨新冰静,轻敲碎玉鸣。挐叉锋刃簇,缕络钓丝萦。近水摇奇冷,依松助淡清。通身鳞甲隐,透穴洞天明。丑凸隆胡准,深凹刻兕觥。雷风疑欲变,阴黑讶将行。嗉瘁微寒早,轮囷数片横。地祇愁垫压,鳌足困支撑。珍重姑苏守,相怜懒慢情。为探湖底物,不怕浪中鲸。利涉馀千里,山河仅百程。池塘初展见,金玉自凡轻。侧眩魂犹悚,周观意渐平。

似逢三益友,如对十年兄。旺兴添魔力,消烦破宿醒。媿人当绮皓,视秩即公卿。念此园林宝,还须别识精。诗仙有刘白,为汝数逢迎。

白居易《奉和思黯相公以李苏州所寄太湖石奇状绝伦,因题二十韵见示兼呈梦得》:

错落复崔嵬,苍然玉一堆。峰骈仙掌出,罅坼剑门开。峭顶高危矣,盘根下壮哉。精神欺竹树,气色压亭台。隐起鳞鳞状,凝成瑟瑟胚。廉棱露锋刃,清越扣琼瑰。岌嶪形将动,巍峨势欲摧。奇应潜鬼怪,灵合宿云雷。黛润沾新雨,斑明点古苔。未曾栖鸟雀,不肯染尘埃。尖削琅玕笋,窠剜玛瑙罍。海神移碣石,画障簇天台。在世为尤物,如人负逸才。渡江一苇载,入洛五丁推。出处虽无意,升沉变有媒。拔从水府底,置向相庭隈。对称吟诗句,看宜把酒杯。终随金砺用,不学玉山颓。疏傅心偏爱,园公眼屡回。共嗟无此分,虚管太湖来。(居易与梦得俱典姑苏而不获此石。)

刘禹锡《和牛相公题姑苏所寄太湖石兼寄李苏州》:

震泽生奇石,沉潜得地灵。初辞水府出,犹带龙宫腥。登自江湖国,来荣卿相庭。从风夏云势,上汉古槎形。拂拭鱼鳞见,铿锵玉韵聆。烟波含宿润,苔藓助新青。嵌穴胡雏貌,纤芒虫篆铭。屏颜傲林薄,飞动向雷霆。烦热近还散,馀酲见便醒。凡禽不敢息,浮蜨莫能停。静称垂松盖,鲜宜映鹤翎。忘忧常目击,素尚与心冥。渺小欺湘燕,团圆笑落星。徒然想融结,安可测年龄?采取询乡耋,搜求按旧经。重钩入空隙,隔浪动晶荧。有获人争赏,欢谣众共听。一州惊闳宝,千里远扬舲。睹物洛阳陌,怀人吴御亭。寄言垂天翼,早晚起沧溟。

白居易还有一篇《太湖石记》(见一隅草堂本诗后附)写出牛僧孺所藏太湖石之奇,可以和三诗并观。今天苏州园林中的太湖石当然不是唐时之物,但由今及古,品味园林奇石时,想象上几首诗的意境,不是更多一层享受吗?

在唐宋诗人中,较多地反映风俗的,要数苏州诗人范成大。他系统地写了《四时田园杂兴六十首》记载当时苏州民俗,如:

寒食花枝插满头,倩裙青袂几扁舟。一年一度游山寺,不上灵岩即虎丘。

三旬蚕忌闭门中,邻曲都无步往踪。犹是晓晴风露下,采桑时节暂相逢。

百沸缫汤雪涌波,缫车嘈嘈雨鸣蓑。桑姑盆手交相贺,绵茧无多丝茧多。

中秋全景属潜夫,棹入空明看太湖。身外水天云一色,城中有此月明无?

新筑场泥镜面平,家家打稻趁霜晴。笑歌声里春雷动,一夜连枷响到明。

村巷冬年见俗情,邻翁讲礼拜柴荆。长衫布缕如霜雪,云是家机自织成。

从踏青、养蚕、太湖赏月、打稻到拜年等一系列风俗,今天还可寻出它的踪迹。

特别值得提出的是他的《腊月村田乐府十首》在序里说:

余归石湖,往来田家,得岁暮十事,采其语各赋一诗以识土风,号《村田乐府》。其一冬舂行,腊日舂米为一岁计,多聚杵臼,尽腊中毕事,藏之土瓦仓中,经年不坏,谓之冬舂米。其二灯市行,风俗尤竟上元,一月前已买灯,谓之灯市。其三祭灶词,腊月二十四夜祀灶,其说谓灶神翌日朝天白一岁事,故前期祷之。其四口数粥行,二十五日煮赤豆作糜,暮夜合家同享,云能辟瘟气,虽远出未归者亦留贮口分,至襁褓小儿及僮仆皆须,故名口数粥。豆粥本正月望日祭门故事流传为此。其五爆竹行,此他郡所同而吴中特盛。恶鬼盖畏此声,古以岁朝,而吴以二十五夜。其六烧火盆行,爆竹之夕,人家各又于门首燃薪满盆,无贫富皆尔,谓之相暖热。其七照田蚕行,与烧火盆同日,村落皆以秃帚若麻秸竹枝等,燃火炬,缚长竿之杪以照田,烂然遍野,以祈丝谷。其八分岁词,除夜祭其先竣事,长幼聚饮,祝颂而散,谓之分岁。其九卖痴呆词,分岁罢,小儿绕街呼叫云"卖汝痴,卖汝呆",世传吴人多呆,故儿辈讳之,欲贾其馀,益可笑。其十打灰堆词,除夜将晓,鸡且鸣,婢获持杖击粪壤致词以祈利市,谓之打灰堆。此本彭蠡清洪君庙中如愿故事,惟吴下至今不废云。

姑且举《祭灶词》和《卖痴呆词》以见一斑:

古传腊月二十四,灶君朝天欲言事。云车风马小留连,家有杯盘丰典祀。猪头烂热双鱼鲜,豆沙甘松粉饵圆。男儿酌献女儿避,酹酒烧钱灶君喜:婢子斗争君莫闻,猫犬触秽君莫嗔。送君醉饱登天门,杓长杓短勿复云,乞取利市归来分。

除夕更阑人不睡,厌禳钝痴迎新岁。小儿呼叫走长街,云有痴呆召人买。二物于人谁独无,就中吴侬仍有馀。巷南巷北卖不得,相逢大笑相揶揄。栎翁块坐重帘下,独要买添令问价。儿云翁买不须钱,奉赊痴呆千百年。

苏州为唐宋名郡,风景秀丽,历史悠久,所在多古迹,文士过之,多流连不忍遽去,故有关诗词创作更仆难书。其诗词意境亦复多彩多姿,脍炙人口。本文仅就山川景物、园林古迹乃至风土人情,略举前人诗词,以见开展唐宋诗词意境之游,利用文化优势,提高旅游品位,是大有文章可作的。仅就耳目所及,约略言之,挂一漏万,浅尝则止,无所逃责,不过聊为引玉之砖,引起一些关注而已。

(1994年6月于淮阴师专,
原载《淮阴师专学报》1994年第4期)

"官奴"非王献之小字

王羲之小楷《乐毅论》是公认真书楷模,注有"付官奴收执"几字,《宣和书谱》以为王献之小字"官奴",大约是因为王献之法书也非常有名的关系,后世多袭用其说。直至1979年版的《辞海》合订本《乐毅论》条下注云:

> 著名小楷法帖。唐褚遂良列入《晋右军王羲之书目》正书第五卷中第一,传为王羲之书付其子官奴(即献之)的……

以余考之,实不尽然。按《刘禹锡集·酬柳柳州家鸡之赠》(卷三十七,外集卷七)云:"日日临池弄小雏,还思写论付官奴。柳家新样元和脚,且尽姜芽敛手徒。"

世彩堂本《柳河东集》附在四十二卷,于"官奴"下注云:

> 褚遂良撰《右军书目》正书五卷,第一《乐毅论》,四十四行,书赐官奴。行书五十八卷,其第十九有与官奴小女书。官奴,羲之女。是时柳未有子,故梦得以此戏之。

这个注释,证之以刘、柳另外二诗,可确信"官奴"为羲之之女而非献之之小字:

小儿弄笔不能嗔，涴壁书窗且赏(排印本误作“当”，柳集附录仍作“赏”)勤。闻彼梦熊犹未兆，女中谁是卫夫人？(刘禹锡《答前篇》)

小学新翻墨沼波，羡君琼树散枝柯。在家弄土唯娇女，空觉庭前鸟迹多。(柳宗元《叠前》)

韩愈《柳子厚墓志铭》提到柳死时长子周六虚岁才四岁。刘禹锡写此诗时周六尚未出生，所以说“闻彼梦熊犹未兆，女中谁是卫夫人”。因此“还思写论付官奴”的“官奴”只能指女儿。

久怀此疑，后读《二王帖》卷一有《玉润帖》，首云：

官奴小女玉润，病来十馀日，了不令民知……

原来“官奴”的大名叫“玉润”。可惜古人重男轻女，《晋书·王羲之传》只记其七子，并未言女有几，适某氏，故玉润事迹，无从查考。但“官奴”为羲之女而非献之，则可无疑。又“正书五卷第一”，《辞海》说成“正书第五卷中第一”，亦与原义出入较大，并当改正。

(原载《中华文史论丛》一九八〇年第一辑)

附记：

《豫章黄先生文集》卷二十八《跋法帖》有云：

谢太傅所称道民安，盖事五斗米道耶？右军为献之女玉润请罪，亦称民也。

山谷亦以“官奴”为“献之”。然稽之年岁，实有可疑。羲之生年异说颇多。早者为303年，迟者为321年，其享年为五十九岁。献之生于344年,史称为羲之幼子(第七),若羲之生于321年,虚龄始二十四岁,即有七子,情理不可通。依鲁一同撰年谱,羲之生卒为(307—365),更早一说为(303—361),则羲之卒时献之甫及成人,能否已有"小女",而羲之垂死之时为之请罪?理亦难通。故山谷之言亦不可视为定论。

(1982年5月)

王昌龄早期颂扬扩边战争吗？
——与吴学恒、王绶青两同志商榷

《文学评论》1980年第三期发表吴学恒、王绶青两同志的《边塞诗派评价质疑》，读了以后，很受启发。该文从战争的性质和诗人对战争的态度来评价边塞诗，联系高適、岑参等的经历，做出褒贬，这些论点我基本同意。惟对王昌龄的一些诗篇的评论，我以为失之武断，有商量的必要。该文第二部分说：

> 盛唐诗坛有"诗家夫子"之称的王昌龄，虽未曾出塞，但由于向往边功，起初对唐玄宗的扩边政策也是赞赏的，写有不少颂扬之作。诸如："大将军出战，白日暗榆关。三面黄金甲，单于破胆还。"（《从军行》）"封侯取一战，岂复念闺阁。"（《变行路难》）"黄沙百战穿金甲，不破楼兰终不还。"（《从军行七首》之四）以及"大漠风尘日色昏，红旗半卷出辕门，前军夜战洮河北，已报生擒吐谷浑"（《从军七首》之五）等等。

该文的第三部分又这样说：

> 一些未曾出塞的诗人，如李颀、王昌龄、常建、王之涣等，在正视现实之下，也逐渐由向往边功转为非难征伐，写

出不少关怀民生疾苦、同情征人戍卒的篇什。

接着,作者举到了王昌龄《代扶风主人答》、《闺怨》(闺中少妇不知愁)、《出塞》(秦时明月汉时关)和《箜篌引》等篇作为上一段议论的例证。

通读全文,对于王昌龄,作者的意见是早期向往边塞,歌颂开边,后来正视现实,翻然悔悟,非难征伐。乍看起来,好像很有道理;仔细一想,颇难成立。这里首先有一个问题不易解决,王昌龄的诗没有编年,从内容看,也很难编年。作者在上文论述的次序,除了《箜篌引》诗有明文写在晚年远谪之外,其他都没有根据,只能是作者的凭空臆测,因为谁也无法决定王昌龄的《从军行七首》写在早年,而《出塞》、《闺怨》等一定写在晚期。何况《代扶风主人答》早在北方,和《箜篌引》晚在五溪,不可能是同时所作呢? 这一点我想一看即明,不劳辞费。

值得认真分析的,上引所谓向往边功的诗篇,也不尽然。《从军行》、《行路难》、《出塞》等都是乐府旧题,《从军行》属相和歌辞的平调曲,郭茂倩《乐府诗集》卷三十二收唐以前的作品,卷三十三收唐人作品,数量很多。唐人以乐府为题作诗又是一时风尚,很难推定年代。而且诗歌语言不像散文,它有时像是艳羡,实际上嘲讽;有时像是在夸赞,实际是深为惋惜等等。绝句短章,这种情况尤其多。稍微涉猎一些唐诗的,可能都会有此感觉。因为,唐诗尤其是盛唐重在浑含,不像中晚以后的刻露。即如《变行路难》:

　　向晚横吹悲,风动马嘶合。前驱引旌节,千里陈云匝。
　　单于下阴山,砂砾空飒飒。封侯取一战,岂复念闺阁!

全诗前面的气氛是悲怆凄紧的,后两句是颂是惜,如激如悔,不

能简单理解为颂扬扩边立功,正如杜甫《后出塞》起首:

男儿生世间,及壮当封侯。战伐有功业,焉能守旧丘!

我们决不会简单误会为杜甫鼓励投军征伐立功封侯。何况,就王昌龄这首诗看,也决不能理解为颂扬扩边的不义战争。因为"单于下阴山,砂砾空飒飒",联系"但使龙城飞将在,不教胡马度阴山"来看,这场战争是"单于下阴山"来侵边,不是已经定了性吗?同样的理由,那首五绝《从军行》:

大将军出战,白日暗榆关。三面黄金甲,单于破胆还。

诗里"白日暗榆关",可以和高適《燕歌行》"摐金伐鼓下榆关"合看,不是开边,是迎战。特别是"单于破胆还",着一"还"字,表现大将声威,使得入侵的单于落魄而还,这和"但使龙城飞将在,不教胡马度阴山"的思想并不矛盾,也不能说是支持扩边的不义之战。

"黄沙百战穿金甲,不破楼兰终不还",究竟意味着什么呢?沈德潜《唐诗别裁》卷十九注说:"作豪语看亦可,然作归期无日看,倍有意味。"沈的倾向是怨语而不是豪语,究竟应该如何来看,应该放在全诗中来考察,再从用语方面来仔细推敲。《从军行》一共七首七绝:

烽火城西百尺楼,黄昏独坐海风秋。更吹羌笛关山月,无那金闺万里愁。

琵琶起舞换新声,总是关山旧(离)别情。撩乱边愁听(弹)不尽,高高秋月照长城。

关城榆叶早疏黄,日暮云沙古战场。表请回军掩尘骨,莫教兵士哭龙荒。

青海长云暗雪山,孤城遥望玉门关。黄沙百战穿金甲,不破楼兰终(竟)不还。

大漠风尘日色昏,红旗半卷出辕门。前军夜战洮河北,已报生擒吐谷浑。

胡瓶落膊紫薄汗,碎叶城西秋月圆。明敕星驰封宝剑,辞君一夜取楼兰。

玉门山嶂几千重,山北山南总是烽。人依远戍须看火,马踏深山不见踪。

通读这七首诗,可以看出作者是从将军的角度来写边塞征战之苦的。基调总不能说是豪壮进取的,"表请回军掩尘骨,莫教兵士哭龙荒。"虽不如杜甫"新鬼烦冤旧鬼哭,天阴雨湿声啾啾(《兵车行》)那么沉着抑郁、痛快淋漓地控诉,但不是颂扬开边,在字里行间总能看出来。把第四首和第三首联起来考察,可以决定基调,同样第五首和第七首放在一起,"已报生擒吐谷浑"了,为什么将士还要过"人依远戍须看火,马踏深山不见踪"的生活呢?不是更发人深思吗?这正说明归期无日,在表面似乎是壮志凌云的背后,婉转含蓄地指控"武皇开边意未已"给将士们带来的苦难。再从第四首用词来分析:"不破楼兰终(竟)不还"这个"终"字用得含混。如果是豪语,用个"誓"字不是更确切吗?但传本只有作"竟"字的,没有作"誓"字的。"终"字含蓄,如果是"竟"字,怨味就更显露。不管是"终"是"竟",都是表现出对"归期无日"的怨悱,不是立功异域的雄心。

总观全诗七首的基调,或就第四首"终"字来剖析,这七首《从军行》不能说是颂扬扩边之作。因此吴、王之文对王昌龄的诗论是站不住的。评论唐诗是很复杂细致的工作,我认为要做得恰如其分,除了注意时代背景知人论世外,还必须充分注意诗歌艺术手法的特殊性,要通观全诗,还要注意个别词语的作用,这样才可防止主观臆测,而对读者也较有说服力。借着王昌龄这个题目,我想申述这点个人意见,未知广大读者以为如何。

(1980年9月9日于清江,
原载《文学评论》1981第1期)

李白《草书歌行》的真伪

——读《张旭年考》小记

闻一多先生气节文章，夙所钦佩。近读其遗墨《张旭年考》及孙望先生跋语，犹想见其关心时事而锐意治学之风采。惟文中举李白《草书歌行》"张颠老死不足数"为证，似一时疏忽，盖此诗绝非李白所作，爰检数年前札记一则，录以就正于方家。

少年上人号怀素，草书天下称独步。墨池飞出北溟鱼，笔锋杀尽中山兔。八月九月天气凉，酒徒词客满高堂。笺麻素绢排数厢，宣州石砚墨色光。吾师醉后倚绳床，须臾扫尽数千张。飘风骤雨惊飒飒，落花飞雪何茫茫。起来向壁不停手，一行数字大如斗。怳怳如闻鬼神惊，时时只见蛟龙走。左盘右蹙如惊电，状同楚汉相攻战。湖南七郡凡几家，家家屏障书题遍。王逸少、张伯英，古来几许浪得名。张颠老死不足数，我师此义不师古。古来万事贵天生，何必要公孙大娘浑脱舞？（《李太白文集》卷八《草书歌行》）

《宣和书谱》里讲到怀素书法时说："一时名流如李白、戴叔伦、窦臮、钱起之徒，举皆有诗美之。"实则李白此诗很不可靠。

李白诗在宋初只有七百多首，宋敏求、曾巩等增加到九百多首，伪作很多，这首诗也在其中。根据是两方面，一是这首诗本身词气不类，情理不合；二是《怀素自序》未提。

（苏）东坡云："近见曾子固编《太白集》自云颇获遗亡，如《赠怀素草书歌》及《笑矣乎》数首，皆贯休以下词格。"

东坡云："今《太白集》中有《归来乎》、《笑矣乎》及《赠怀素草书》数诗，决非太白作，盖唐末五代间学齐己辈诗也。"（均见《若溪渔隐丛话前集》卷五）

王琦注里引了前人意见又加了按语：

苏东坡谓《草书歌》决非太白所作，乃唐末五代效禅月（即诗僧贯休，引者注）而不及者，且訾其"笺麻绢素排数厢"之句村气可掬。《墨池编》云此诗本藏真（怀素字藏真，引者注）驾名太白者。琦按以少年上人而故贬王逸少、张伯英以推奖之，大失毁誉之实。至张旭与太白既同酒中八仙之游（按指杜甫《饮中八仙歌》），而作诗称诩有"胸藏风云世莫知"（按见李白《猛虎行》，萧士赟以为伪作，非。复旦大学《李白诗选》定为至德元载公元756年作）之句，忽一旦而訾其"老死不足数"，太白决不没分别至此。断为伪作无疑。

王琦是根据这首诗词气不类和情理不合而"断为伪作无疑"。另外明朝胡应麟则就《怀素自序》本身论证此诗为伪作。

太白《怀素草书歌》，诚为伪作，而校者不能删削，以无佐验故。今观素师自叙，钱起、卢纶等句无不备录，顾肯遗太白？此证甚明。"（按卢纶当为卢象，《诗薮》误记）（《诗薮·内编》卷三《古体下·七言》）

《怀素自序》列举从颜真卿到钱起一共十多位名诗人来标

榜自己的书法造诣，都没提到李白，李白生前的诗是压倒当代的。自序帖写在大历丁巳十月（十二年，777），李白死已十五年。如有此诗，怀素必然要引到。这条理由是很有说服力的。

再从《怀素自序》里谈到书法的问题来加以论述。《自序》可分两部分：先是叙述自己书法成长的过程，然后就是历引当代名人的赞许之言以相夸耀。《自序》说：

> 怀素家长沙，幼而事佛，经禅之暇，颇好笔翰。然恨未能远睹前人之奇迹，遂担笈杖锡，西游上国，谒见当代名公，错综其事，遗编绝简，往往遇之。豁然心胸，略无遗滞，鱼绢笺素，多所尘点，士大夫不以为怪焉。

这是叙述自己书法提高的过程，"西游上国"，广开眼界，得到了飞跃。怀素生年无考，更无年谱可查。但从《自序》写在大历丁巳（十二年，777）推测，其"西游上国"只可能在"安史乱后"，很可能即在大历年间。李白天宝年间离开长安，安史乱时，至德二载（757）参加永王璘幕府，其后被捕，长流夜郎，遇赦放还，流落江南，762年死在当涂。从时间上看，怀素在西游上国、草书大进之后，不可能碰到李白。因此诗中虽有"少年"二字来弥缝，但与《自序》矛盾。这是一。第二，《自序》中所引以自重的，首先是颜真卿："颜刑部书家者流，精极笔法，水镜之辨，许在末行。"颜氏怎样叙述和评价张旭、怀素的书法呢？

> 吴郡张旭长史，虽姿性颠逸，超绝古今，而楷模精法详，特为真正。真卿早岁，常接游居，屡蒙激昂，教以笔法。资质劣弱，不能恳习，迄以无成，追思一言，何可复得！忽见师作，纵横不群。迅疾骇人，若还旧观。向使师得亲承善诱，函挹规模，则入室之宾，舍子吴适！

颜真卿一方面对怀素草书"纵横不群,迅疾骇人"评价较高,同时又用假设语气说明如果怀素能够亲自受到张旭的教导,那末一定可以成为张旭的"入室之宾",言外之意,是为怀素现在还不够而惋惜,这和怀素说的"许在末行"的话可以印证。

怀素当然是出色的草书家,但在唐朝中叶,人还不把他和张旭等量齐观。韩愈《送高闲上人序》(高闲是善草书的和尚)只提到"往时张旭善草书"而未提到怀素来类比。

李肇(元和中做过"中书舍人")提到张旭说:

> 后辈言笔札者,欧、虞、褚、薛或有异论,至张长史(即张旭),无间言矣。(《国史补》卷上)

这就是说张旭书法比欧、虞、褚、薛四大名家在人们心中的地位还要高。而提到怀素则是这样:

> 长沙僧怀素好草书,自言得草圣三昧,弃笔堆积,埋于山下,号曰笔冢。(《国史补》卷中)

李肇用"自言"二字就可看出意见有保留。

综上所述,《草书歌行》极力贬斥张芝、王羲之、张旭来抬高怀素,从情理上看,不但不可能是李白所作,并且在中唐人也通不过。苏子瞻疑为晚唐五代学齐己、贯休之流所为,较有见地。《墨池编》以为怀素自作,恐不足信。因为怀素如自作此诗,借重李白来抬高自己,那末在《自序》中决不会连李白的名字也不提一提。

(原载《读常见书札记》)

《蜀道难》"自注"辨误

《蜀道难》为太白名篇,见称贺监,誉为天仙之辞,神奇飘忽,一唱三叹。此为各种古典诗歌选集及文科教本所必选。然主旨何在,则千载聚讼。约有四端:一曰危房、杜;二曰讽玄宗幸蜀之非计;三曰讽章仇兼琼之跋扈;四则胡震亨《李诗通》主张此乃古曲,太白兼取张载《剑阁铭》"一人荷戟,万夫趑趄,形胜之地,匪亲勿居"之意,以为恃险跋扈者戒,非指一人一事,此言较圆融。惟篇中"嗟尔远道之人胡为乎来哉","问君西游何时还","锦城虽云乐,不如早还家,侧身西望长咨嗟"云云,似非泛指,故今人以为送友人入蜀而作,合胡氏古典说与送友说,庶乎得其近似。近阅《北京师范大学学报》1980 年 3 期,聂石樵《蜀道难本事新考》一文,力主"讽章仇兼琼也"之说。且引曾国藩以为此数字乃太白自注为力证。以余观之,乃大谬不然。

太白此诗见赏贺监,必在天宝三载之前,故"危房杜"、"讽幸蜀"诸说无容置辩。聂文引章仇兼琼曾勾结鲜于仲通交通诸杨为证,以明实有跋扈之迹可讽而史籍失载,似乎言之成理。然以时间考之亦不可通。史载杨玉环册为贵妃乃天宝四载六月,杨钊(国忠)衔章仇兼琼命入京交通诸杨亦在是年。而次年章仇乃由诸杨之力内转为户部尚书。《蜀道难》依黄锡珪定为开元二十三年之作，虽未必然，惟必在天宝入京见贺之前。章仇劣迹远在此后，故不能预为之讽。复次，太白于章仇并非深恶痛绝，此后数年，李白有《答杜秀才五松山见赠》之作，中云：

闻君往年游锦城，章仇尚书倒屣迎。飞笺络绎奏明主，天书降问回恩荣。（王琦注本卷十九）

此时章仇已因诸杨之力为户部尚书，太白如深恶其人，焉能引其"倒屣迎"以为杜之荣宠？此事理之必不可通者。

曾国藩《十八家诗钞》卷十于《蜀道难》题下注云：

讽章仇兼琼也。相和歌辞。国藩按：《乐府解题》曰：《蜀道难》备言铜梁、玉垒之阻，与《蜀国弦》颇同。《尚书谈录》曰"李白作《蜀道难》以罪严武，后陆畅作《蜀道易》以颂韦皋"，而公所自注则曰"讽章仇兼琼"，或故乱其词邪？

按曾氏于此诗本已模棱其词，不能明辩"罪严武"之无稽，而其"公所自注"一语，盖本之缪刻本、萧注本、《梦溪笔谈》、《容斋续笔》等书之说而迳自视为自注，此尤误人。以情理言之，太白若果有此自注，则《尚书故实》、《云溪友议》等宋前之人，见此诗必见此注，纷纷臆测亦无自而起，千载聚讼，岂非庸人自扰，无事生非？以事实言之，则唐人写本唐诗亦足证曾说之谬。

敦煌发现之唐人写本诗选残卷，李白存诗最多，达三十四首，《蜀道难》亦在其中，而题为《古蜀道难》，题下无注。选本于高适《信安王出塞》则小序俱存，足见选诗者并无删去自注之嫌。此卷于王昌龄下注"校书郎"，李白则称为"皇帝侍文李白"，可见选此诗时李白尚供奉内廷，为《蜀道难》作于见贺之前提一力证。钞本时代则为中唐，罗振玉云：

唐人总集,当代选本传世者,仅《箧中》、《国秀》诸集。此卷作者,均开、天间人,更在元、芮所集之前。以卷中避讳诸字考之,尚为唐中叶写本。(转引自《唐人选唐诗》十种,上海古籍出版社出版)

据此,唐中叶写本《蜀道难》题为《古蜀道难》而题下无"讽章仇兼琼也"所谓自注。曾氏之说不待辩而知其误矣,胡震亨力辩"讽章仇兼琼"说之非,不为无见也。

(原载《读常见书札记》)

高适五十学诗之谬说探源

元辛文房的《唐才子传·高适》说：

> 适字达夫，一字仲武，沧州人。少性拓落，不拘小节，耻预常科，隐迹博徒，才名便远。后举有道，授封丘尉。未几，哥舒翰表掌书记。后擢谏议大夫，负气敢言，权近侧目。李辅国忌其才，蜀乱，出为蜀、彭二州刺史，迁西川节度使，还为左散骑常侍，永泰初卒。适尚气节，语王霸衮衮不厌。遭时多难，以功名自许。年五十始学为诗，即工，以气质自高，多胸臆间语。每一篇已，好事者辄传播吟玩。尝过汴州，与李白、杜甫会，酒酣登吹台，慷慨悲歌，临风怀古，人莫测也。中间唱和颇多。今有诗文等二十卷，及所选至德迄大历述作者二十六人诗为《中兴间气集》。

这段文章把高适和高仲武混为一人，《四库全书总目》已经指出来了。但高适五十始学为诗之说，却仍然为一些人所信奉。譬如《全唐诗》一般诗人小传寥寥数语，也还保留这个说法："年过五十，始学为诗，以气质自高。每吟一篇，已为好事者传诵。"为什么会如此以误传误呢？因为有人用杜诗一言半语曲为辩护，如明朝徐𤊹《笔精》卷二《高适学诗》条云：

史言高適五十始学为诗，辩者以为不然。予观子美云：
"叹息高生老，新诗日又多。"曰老，曰新，则適学诗之迟可
见矣。

这话貌似有理，实则站不住脚。就拿杜诗来说："昔者与
高、李，晚登单父台。"（《昔游》）"忆与高、李辈，论交入酒垆，两
公壮藻思，得我色敷腴。"（《遣怀》）

依据仇注杜甫年谱，几个人相遇，大约开元二十五年（737）
左右。李白、高適不过三十多岁，杜甫才二十几。杜甫把高適与
李白并举，都称为"壮藻思"，高適集中有《单父逢邓司仓覆仓因
而有赠》，当即此期间的作品，可见高適已有诗名。《唐才子传》
所谓"隐迹博徒，才名便远"，主要应指诗而言。芮挺章《国秀
集》编于天宝三载（744），选目没有李白而却有高適，可见高適
诗名早著。薛用弱《集异记》记载王昌龄、王之涣和高適"旗亭
赌诗"一事，虽出于小说家言，但高適与二王必皆早著诗名，高
適集有《蓟门不遇王之涣、郭密之因以留赠》，可见高与王确有
交往。王之涣死于天宝元年，高、王相交必在开元间。更足以破
五十始学为诗之说的是高適集中若干注明年代之诗，例如《燕
歌行》序称"开元二十六年"（738），《信安王蕃府诗》（唐写本作
《安信王幕府》）序称"开元二十年"（732）。《三君咏并序》说：

开元中，適游于魏郡，郡北有故太师郑公旧馆，里中有
故尚书郭公遗业，邑外又有故太守狄公生祠焉。睹物增怀，
遂为三君咏。

可见开元中高適早有诗篇，五十始学为诗的说法，不值一驳。这
种谬说究竟怎么传起来的呢？主要在宋朝。唐朝《河岳英灵
集》评介高適说：

> 评事性拓落,不拘小节,耻预常科,隐迹博徒,才名自远。然適诗多胸臆语,兼有气骨,故朝野通赏其文。至如《燕歌行》等篇,甚有奇句。且余所最深爱者"未知肝胆向谁是,令人却忆平原君。"

这里根本没有五十学诗的影子。五代刘昫说:

> 適年过五十,始留意诗什,数年之间,体格渐变,以气质自高,每吟一篇,已为好事者传诵。(《旧唐书》卷一一一《高適传》)

刘氏这几句话是着重说明高適五十岁以后,才在诗上多下工夫,因而"数年之间,体格渐变",达到新的水平。宋祁就变成:

> 年五十始为诗,即工,以气质自高。每一篇已,好事者辄传布。(《新唐书》卷一四三《高適传》)

计有功《唐诗纪事》卷二十三完全采取了《新唐书》的说法:

> 適以功名自许,而言浮其术,年五十,始为诗,即工,以气质自高,每一篇出,好事者辄传布。

辛文房杂抄《河岳英灵集》、《新唐书》等,以致前后矛盾。《唐诗纪事》、《唐才子传》在文学界较有影响,因此以误传误,其源盖由于刘云"年过五十,始留意诗什"的几句含混话。刘的说法,很可能是读李颀《赠别高三十五》而误解的,李诗说:

> 五十无产业,心轻百万资。屠沽亦与群,不问君是谁。饮酒或垂钓,狂歌兼咏诗。焉知汉高士,莫识越鸱夷。寄迹栖霞山,蓬头睡水湄。忽然辟命下,众谓趋丹墀。沐浴著赐

衣,西来马行迟。能令相府重,且有函关期。黾俛从寸禄,旧游梁宋时。皤皤邑中叟,相候鬓如丝。官舍柳林静,河梁杏叶滋。摘芳云景宴,把手秋蝉悲。小县情未惬,折腰君莫辞。吾观圣人意,不久召京师。

开头"五十无产业",中间"狂歌兼咏诗",主观地捏合一起,大约就是高适五十学诗说错误的由头。

(原载《读常见书札记》)

也谈《望岳》的立足点

杜甫《望岳》是前期的名作,传诵人口。但诗人的立足点问题,很值得研究。漫不经心的读者会以为从山脚仰望。《南京大学学报》1980年第二期《说杜诗〈望岳〉》一文,提出要理解此诗"先要研究写诗的立足点",并且批判了"神游""写意"等说法,很有见地。但作者认为诗人当时只登上"日观峰",并且引《又上后园山脚》诗"昔我游山东,忆戏东岳阳。穷秋立日观,矫首望八荒"来证明立足点在"日观峰",绝顶是"丈人峰"。我以为不确。

泰山的极顶,很多人以为是"日观峰",比如姚鼐的《登泰山记》就说:"最高日观峰,在长城南十五里。"应劭《汉官仪》云:"泰山东南山顶名日观者,鸡一鸣时,见日始欲出,长三丈许,故以名焉。"《泰山纪》云:"自是益北,上数百武为绝顶,曰玉皇祠……"今天的实测也是玉皇顶为最高点,和《泰山纪》的说法一致。《泰山纪》于绝顶之后顺序列诸峰之名,"丈人峰"远在"日观峰"之后,而仅注云:"丈人峰在岳顶西南,特立如苍颜丈人。"(见《古今图书集成·方舆汇编·山川典》第十三卷泰山部)

可见无论从传统的说法或是今天的实测,丈人峰都不是泰山的"绝顶",那末能不能说是在"日观峰"望"玉皇顶"呢？也不行。泰山登览路线,自"天街"以上,皆先到"玉皇顶",然后至"日观峰",相距很近。如杜已至"日观峰",即已登绝顶,"会当"二句便无着落。

至于"荡胸生层云",绝非在"日观峰"的实感。姚鼐所云"亭东自足下皆云漫",今日泰山奇观,摄影家谓之"泰山腰玉",就是在峰顶俯视半山腰为白云所缭绕。如在半山,岂不正好"荡胸生层云"？

归结起来,我认为杜的立足点当为绝顶之下,半山之中,天色近晚,所以用"会当凌绝顶"表示必上的决心。"穷秋立日观,矫首望八荒",证明杜的决心终于付诸实践,不能用来证明《望岳》诗之立足点已在"日观峰"。"矫首望八荒",强调远望,"一览众山小",强调俯观。是同一境界的不同表达方式,没有高下的区别。

(原载《南京大学学报》1980年第4期,有改动)

从"岳庙"与"岳寺"谈起
——韩愈《谒衡岳庙遂宿岳寺题门楼》两条注解的辨析

韩愈是杜甫以后中唐古诗的重要作家。他的"横空盘硬语,妥帖力排奡"(《荐士诗》)及"奸穷怪变得,往往造平淡"(《送无本师归范阳》)的名句,被人看为"韩孟诗派"的特征,也可作为艺术创作辩证统一的适例,对宋诗影响极大。韩愈诗的注本也比较多,今人钱仲联先生《韩昌黎诗系年集释》(下文引诗即依此本,简称《集释》)博采众说,间附己见,是今天最实用又最易得的注本。依此书统计,昌黎诗不过414篇,古体多于近体,其中五古142首,七古78首。这和大历以后很多著名诗人以近体为主的诗集颇不相同。韩诗七古气势磅礴,久负盛名。《谒衡岳庙遂宿岳寺题门楼》一首,写景叙事抒怀,笔力骞举而又亦庄亦谐,馀味无穷。苏轼在诗文中屡次提及,而近人陈学恂的《韩诗臆说》推之为韩诗中七古第一。历来选韩诗的大都入选。朱东润先生主编的《中国历代文学作品选》中编第一册也加甄录。有两处注解与《集释》不同。本文拟就此略加辨析,以供读韩诗者参考。

"夜投佛寺上高阁"句,《集释》:"按点题中岳寺。"虽未明言,但可意会题中的"衡岳庙"和"岳寺"是二非一。朱先生选本

注:"佛寺即衡岳庙。"把"庙"和"寺"等同起来,恐非韩诗原意。

韩愈以"觝排异端,攘斥佛老"(《进学解》)为己任,也引以自豪。这首诗的题目中在《衡岳庙》前用了个"谒"字表示敬意,而在"岳寺"前用"遂宿"二字和句中"夜投佛寺"相应,表明只是投宿,不是晋谒,在寺前加佛字,点明不是"谒"的"岳寺"。

现在一般习惯"寺庙"混言,实则韩愈诗文中判若泾渭。"庙"是古已有之,"寺"从官署转为"佛寺",是自东汉佛法东来以后的事,专用于佛教。韩愈辟佛,在《原道》中主张"人其人,火其书,庐其居,明先王之道以道之"。"庙"是儒家礼教所固有,韩愈就维护如《原道》所云"郊焉而天神格,庙焉而人鬼享";寺观属于二氏,韩愈就排斥,旗帜鲜明,毫不含糊。本诗首句"五岳祭秩皆三公",用重笔表明岳渎之神理当立庙受享,因而自己晋谒岳庙为儒者理所当然之事。所以下文"潜心默祷","升阶伛偻"就顺理成章。我们可以追溯一下韩诗在对二氏问题上表现的独特之处。

从谢灵运以后,诗里提到佛法僧的多起来了。一般诗人说到佛寺道观神仙,都不免有几句敬仰或艳羡的话。王维之于佛,李白之于道和神仙,自不待言。即如"奉儒守官"的杜甫,写到这些方面,也不免流露一些倾慕之情。只有韩愈,一例加以排斥。

以道和神仙来说,韩愈古诗中内容主要涉及这方面的一共六首。当时传言一个"白日飞升"的谢自然,州郡官上表朝廷,言之凿凿。韩愈却在诗里指斥说:

人生有常理,男女各有伦。寒衣及饥食,在纺织耕耘。下以保子孙,上以奉君亲。苟异于此道,皆为弃其身。噫乎

彼寒女,永托异物群。感伤遂成诗,昧者宜书绅。(卷一《谢自然诗》)

当时宣传神仙,颇能吸引听众的"华山女",韩愈嘲讽她是以色相迷惑青年:

豪家少年岂知道,来绕百匝脚不停。云窗雾阁事恍惚,重重翠幔深金屏。仙梯难攀俗缘重,浪凭青鸟通丁宁。(卷九《华山女》)

对于笃信神仙之说因而抛弃父母妻子的吕炅,他赞成李素强迫还俗的措施,应该严加管教,直至绳之以法:

非痴非狂谁氏子,去入王屋称道士。……神仙虽然有传说,知者尽知其妄矣……愿往教诲究终始。罚一劝百政之经,不从而诛未晚耳。谁其友亲能哀怜,写吾此诗持送似。(卷七《谁氏子》)

训斥的口吻何等严厉!在卷八《送张道士》一诗中,写出张是热衷功名,不得已而然:

诣阙三上书,臣非黄冠师。臣有胆与气,不忍死茅茨。

甚至题画记梦,韩愈也要对神仙加以否定。陶渊明写了《桃花源记》,有人附会成神仙的洞天。王维的《桃源行》就说是仙境。也有人用此为题材画成图,韩愈《桃源图》劈头就大喝声:"神仙有无何渺茫,桃源之说诚荒唐。"(卷八)卷六《记梦》挖苦神仙说:"乃知仙人未贤圣,护短凭愚邀我敬。"

韩愈古诗中涉及和尚佛寺为主要内容的一共九首,看出他对佛法和名僧的一贯态度:

吾言子当去,子道非吾遵……吾非西方教,怜子狂且醇。(卷二《送惠师》)

我欲收敛加冠巾。(卷一《送僧澄观》)

方将敛之道,且欲冠其颠。(卷二《送灵师》)

谓僧当少安,作序颇排讦。(卷五《送文畅师北游》)

读这些诗句使人很容易想起《原道》"人其人"的那段话来,此老崛强之性跃然纸上。

卷七的《送无本师归范阳》纯粹论诗,因为无本是诗僧。后来韩愈劝他还了俗,这就是著名的苦吟诗人贾岛。卷九《听颖师琴》对这位琴僧的技艺评价很高,表面上没有一点抨击佛法挖苦僧人的话,但结尾却说:"颖乎汝诚能,无以冰炭置我肠。"仍然是以"世俗"的观点来否定空虚寂灭之教。

广宣是当时供奉内道场的红得发紫的诗僧,喜欢交结权贵,朝士也欢喜和他交往唱酬,白居易诗里就颇为称赞他。而韩愈和他有关的诗只一首七律,题目是《广宣上人频见过》,从中可以看出腻烦的情绪。至于《嘲鼾睡二首》对澹师的揶揄,令人捧腹绝倒。但此诗多数人定为伪作,故不论。

"天下名山僧占多",佛寺很多是游览胜地。诗人写游佛寺如"心清闻妙香"之类的赞叹向往,触目皆是。而韩愈诗中找不出一句这类的话来。杜甫《岳麓山道林二寺行》说:"五月寒风冷佛骨,六时天乐朝香炉。地灵步步雪山草,僧宝人人沧海珠。"可见这两寺的相好庄严,所以杜赞叹艳羡,甚至说:"昔遭衰世皆晦迹,今幸乐国养微躯。依止老宿亦未晚,富贵功名焉足图。久为谢客寻幽惯,细学何(朱云当作周)颙免兴孤。"他简直要学谢灵运、周颙那样皈依佛法了。韩诗《陪杜侍御游湘西两寺独宿有题一首因献杨常侍》(卷三)就是杜甫游的地方,诗却只有"佛事焕且俨"五个字概括香火之盛。下面即写自己乘凉吃睡:"客堂喜空凉,华榻有清簟。涧蔬煮蒿芹,水果剥菱芡……幸逢车马归,独宿门不掩。"这在奉法的人看来真是大煞风景。《山石》(卷一)诗写"黄昏到寺蝙蝠飞",可见野寺荒凉。寺僧热情地向他夸耀壁画,他只淡淡两句"僧言古壁佛画好,以火来照所见稀"。接着就写吃饭睡觉。在这首《谒衡岳庙遂宿岳寺题门楼》诗中,他对岳神"潜心默祷",到岳庙"升阶伛偻荐脯酒,欲以菲薄明其衷",何等恭敬!而提到佛寺却说:

    夜投佛寺上高阁,星月掩映光瞳胧。猿鸣钟动不知曙,杲杲寒日生于东。

  《集释》引顾嗣立注曰:"谢灵运诗:猿鸣诚知曙,谷幽光未显。"李详《证选》曰:"此翻用谢诗。"《集释》所引,信而有征。但韩愈写自己的酣睡不觉,以"猿鸣"和"钟动"并列,如果和杜公《游龙门奉先寺》"欲觉闻晨钟,令人发深省"对读,韩诗字里行间不是暗含蔑视佛法及其教仪吗?

  上面所以不厌其烦地引证各诗,旨在说明韩愈觚斥佛老,诗文皆然。诗如其人,韩诗的气势磅礴和他思想的旗帜鲜明密不可分。韩愈论文曾说"气盛则言之短长与声之高下皆宜"。(《答李翊书》)移之于韩诗正好。弄清这一点对理解欣赏韩诗至关重要,非特不会混"岳庙"与"佛寺"为一而已也。

  "圣人以神道设教",《易》有明训。韩愈崇信神道。"神,聪明正直而壹者也。"(《左传·庄公三十二年》)所以值得尊崇,有要求可以向他祈请,有冤枉可以向他倾诉,他也能够感应。"潜心默祷若有应,岂非正直能感通。"正立根于此。《集释》并列两说：

　　《举正》曰：三本同作"岂即正直感能通。"《考异》曰：今案，若从方读，则此句为吃羌语矣。魏本引孙汝听曰："神之听之，正直是与。"何焯《义门读书记》曰："正直谓岳神。"《左传》："神，聪明正直而壹者也。"

　　朱先生选本注云："正直能感通，意谓因自己的正直终能感通神明。"

　　此处"正直"当依何说指岳神，引见上文。《诗·小雅·伐木》："靖恭尔位，正直是与。神之听之，式穀以女。""靖恭尔位，好是正直。神之听之，介尔景福。"孙汝听颠倒诗句，不足为据。

　　"潜心默祷若有应，岂非正直能感通"两句为全诗关键，下文皆由此生发而来。"正直"指神，是说聪明正直的"岳神"能因自己"潜心默祷"，"感而遂通"。如果依《举正》所列三本"岂即正直感能通"，那末"正直"更非指岳神不可。韩愈在此诗用赞美神的"聪明正直""感而遂通"来暗与当时的权臣阿私奸邪作对比。如果和同一时期写的《八月十五夜赠张功曹》（卷三）诗中"州家申名使家抑，坎轲只得移荆蛮"，《岳阳楼别窦司直》（卷三）的"奸猜畏弹射，斥逐恣欺诳"合读，含意自明。

　　把"正直"当作韩愈自指，大约是受苏东坡影响。苏轼《海市》诗叙述自己祷于广德王之庙居然见到海市，所以诗中引到韩公此诗，他诙谐地说：

　　　　潮阳太守南迁归，喜见石廪堆祝融。自言正直动山鬼，岂知造物哀龙钟！（古香斋本《施注苏诗》卷二十四）

　　苏轼把韩公此事当成晚年迁潮放归之作，注家已加辨正。"正直"之说,因为整个句子的中心意义未变,所以又被后人所沿用。"正直"指"岳神",既补足上句"潜心默祷"的对象,又是下文"能感通"的主语,全句是被动句式。"正直"如果指"自己",那末"感通"后就得补个宾语,不然没头没脑。苏轼随手补了个"山鬼"以和"造物"对比,近于诙谐,不能当做根据。因为把"岳神"当做"山鬼",与此诗首节大相径庭。"五岳祭秩皆三公","天假神柄专其雄",区区"山鬼"怎么当得起韩愈这样的恭维!苏公游戏笔墨,本不应苛求,但以讹传讹,故附辨于此。

(癸亥九日草于淮阴市,原载《唐诗探胜》)

读常见书札记（四则）

"鱼枯"与"木枯"

《荀子·劝学》里强调灾祸必有内因，说："物类之起，必有所始；荣辱之来，必象其德；肉腐出虫，鱼枯生蠹。"通行本都作"鱼枯"，杨倞注无异文。王先谦《荀子集解》也无异文。古人早有"枯鱼"一词，如《庄子》等，似乎"鱼枯生蠹"也很自然。但是唐朝马总的《意林》卷一却作"肉腐出虫，木枯生蠹"。杨倞的《荀子注》序是元和十二年（817）。《意林》成书却早在贞元初。戴叔伦序作于贞元二年（768），柳伯存序作于贞元丁卯（三年），早于杨倞近五十年。《意林》是根据梁代《庚仲容》的《子钞》精选而成书，说明庾仲容所见《荀子》是作"木枯"的，时间远在杨倞前。《说文》解释"蠹"是木中虫，"木枯生蠹"比"鱼枯生蠹"更合情理。再看"枯鱼"一词，古书里多作"干鱼"解，与鲜鱼或活鱼相对应，不是腐烂的意思。《庄子·外物》"曾不如早索我于枯鱼之肆。"显然指的干鱼铺子，汉乐府诗的"枯鱼过河泣"也指干死之鱼而非指腐烂者。因此我以为作"木枯"义长，至少该存此异文。

"受业"非"授业"

韩愈《师说》云:"师者,所以传道受业解惑也。"韩文各本皆只作"受业",但注解者往往都把"受业"解为"授业",我以为不妥。"受"与"授"是两个字。《孟子·离娄上》:"男女授受不亲。"《说文》里也是两个字。"授,予也,从手受。"《段注》:"予者,推予也,象相与之形,手付之,令其受也。""受,相付也。从爪,舟省声。"《段注》"爪者,自此言,受者,自彼言,其为相付一也。"拿今天话说,授是授予,受是接受。同音通假,古书中也有用"受"为"授"之例。但韩愈此篇,两字并未混用。后文"彼童子之师,授之书而习其句读者也。"各本都是"授"字,说明韩愈此篇不是以"受"代"授"。

韩愈在此处用"互文"修辞以使文章更简炼遒劲。所谓互文即两处相互补充,本来要写四句的只要两句即可。如《诗·大雅·公刘》:"执豕于牢,酌之用匏。"上句言缚猪,下句言酌酒,好像义不相属。实际言煮猪肉的前面动作,下面言斟酒的后面动作,上句省去宰杀烹饪等过程,下句省却酌酒前取酒的过程,互相补充,就可理解。这是修辞的经济手段。杜甫《北征》:"不闻夏殷衰,中自诛褒妲。"夏桀宠妹喜,殷纣宠妲己,周幽王宠褒姒。杜公上句举夏殷,下句褒姒、妲己也是互文修辞。后世有的注家不懂此例,或将上句改为"殷周",或将下句改为"妹妲",皆不足据。

懂得互文,再回到"师"身上。教师实际起承传作用,承接上一代,传给下一代,受道、传道、受业、授业。此上文举传道,下文举受业,互文见义,以见师之承传特色。在道与业之间,韩愈尤重在道,因为业是巫医乐师百工之人皆有,而道则是懂得圣贤之道者所不同于一般技艺的地方,所以特别强调"传道"。和韩愈《原道》一文对读就可了然。先言传,后言受,也许就是这个缘故。总之"传""受"为互文相补,而不当释"受"为"授"。

指代问题

《苕溪渔隐丛话前集》卷七有这样一段:

> 《王直方诗话》云:"李贺《高轩过》诗中有'笔补造化天无功'之句,余每为之击节,此诗人之所以多穷也。老杜云'文章憎命达',恐亦出于此意。"苕溪渔隐曰:"老杜李贺不相并出,杜生于天宝之前,李出于元和之后,而谓老杜出于此意,可为览者一笑。"

老杜远在李贺之前,这种常识,王直方岂能不知。实际上是胡仔错会了原意。"此意"是指代杜诗那句,言李贺"笔补造化天无功"是出于杜甫"文章憎命达"。王直方如果在"恐"前加一"李"字大约就不会使胡仔误会。

同书卷九引《西清诗话》云:

> 少陵文自古奥,如"九天之云下垂,四海之水皆立","忽翳日而翻万象,却浮空而留六龙",其语磊落惊人,或言无韵者不可读,是大不然。东坡《有美堂诗》云:"天外黑风吹海立,浙东飞雨过江来。"盖出此也。

这里的"此"指上文杜文之句。把两段合起来看,两个"此"字一指近,一指远。在古代两者皆常见,读时当细心辨别。

413

杜律中之结构拗句

　　杜甫是最讲究诗律的,他自称"晚节渐于诗律细","新诗改罢自长吟"。律诗的形成,从永明年间直到唐代,五言律才定型化,而七言律严格说到杜甫才定型。从声律上看,正体必定是平仄谐和,粘对有序。五律如:"露从今夜白,月是故乡明。有弟皆分散,无家问死生。"一联之内平仄相对,上联下句与下联上句平仄相粘。七律如:"信宿渔人还泛泛,清秋燕子故飞飞。匡衡抗疏功名薄,刘向传经心事违。"平仄粘对和五律一样。如果不合这种规律就叫拗句或拗体。如"城尖径仄旌旆愁,独立缥缈之高楼"、"新亭举目风景切,茂陵著书消渴长"之类。这是从音律上看的。从结构上看,一般五言句为上二下三,七言句为上四下三。像韩愈"落以斧引以墨徽"(《送区弘南归》)就是结构拗句,在古诗中已经极少见,在律诗中当然更少。然而通读杜甫律诗,这种结构拗句却有若干处,但不细心就会滑过去。五律如:

　　　　把君诗过日,念此别伤神。(《赠别郑炼赴襄阳》,上三下二。下同)

　　　　日兼春有暮,愁与醉为家。(《又呈窦使君》)

　　　　白发少新洗,寒衣宽总长。(《别常征君》)

　　　　露从今夜白,月是故乡明。(《月夜》,上一下四句法。下同)

　　　　且将棋度日,应用酒为年。(《寄岳州贾司马六丈巴州严八使君两阁老五十韵》)

　　　　盘剥白鸦谷口栗,饭煮肖泥坊底芹。(《崔氏东山草

堂》上一下六句法)

　　永夜角声悲自语,中天月色好谁看。(《宿府》上五下二句法。下同)

　　五更鼓角声悲壮,三峡星河影动摇。(《阁夜》)

　　不见定王城旧处,长怀贾傅井依然。(《清明二首》)

这些句子一般在诵读时仍然读成上二下三或上四下三,忽略它们在结构上的特点。但在分析时则必须注意到这种拗的结构。黄庭坚的《池口风雨留三日》诗云:"孤城三日风吹雨,小市人家只菜蔬。水远山长双属玉,身闲心苦一春锄。翁从旁舍来收网,我实临渊不羡鱼。俯仰之间已陈迹,暮窗归了读残书。"这末句实际是上三下四的结构拗句。"了"是动词了结,完成之义。是说晚上把未读完的书(残书)读完。不了解律诗中也有结构拗句就容易把"了"字当助词,差之毫厘,谬以千里了。

(原载《淮阴师专学报》1995年第2期)

元锡生平考略
——驳"李儋字元锡"之误

去年花里逢君别,今日花开又一年。世事茫茫难自料,春愁黯黯独成眠。身多疾病思田里,邑有流亡愧俸钱。闻道欲来相问讯,西楼望月几回圆。

韦应物这首题为《寄李儋元锡》的诗,是韦诗近体中的名篇,特别是"邑有流亡愧俸钱"的自我反省,和《郡斋雨中燕集》的"自惭居处崇,未睹斯民康"两句表现出临民之官关心民瘼的情感,千年以来,为人们所乐道。这首七律,古今唐诗选本都加甄录。中国社会科学院文学研究所的《唐诗选》对这首诗的题目下了这样的注解:

> 本篇当作于唐德宗贞元初年,作者正在苏州做刺史时;"李儋"字元锡,曾官殿中侍御史(《新唐书·宰相世系》)。韦应物和他酬唱的作品很多,如《赠李儋》、《将往江淮寄李十九儋》、《赠李儋侍御》、《同元锡题琅琊寺》等。(人民文学出版社本,356页)

关于这首诗的写作时间,今人傅璇琮《唐代诗人丛考·韦应物系年考证》308页附注已说明上述注解为"无据",本文置而不论。按照这条注解,好像"李儋字元锡"是见于《唐书·宰相世系表》,但一检《新唐书》,就知是编注者想当然的杜撰。《新唐书》卷七十二上《宰相世系二上》李氏"姑臧大房"仅有"儋,殿中侍御使"六字,根本没有"字元锡"的话。而在同书卷七十五下"元氏""挹,吏部员外郎"下列:"注;洪,饶州刺史;锡字君贶,淄王傅;铣。"元锡子辈又列"丝、复礼、寿、琯"四人。《新唐书·孝友传》也提到元锡,《旧唐书·宪宗纪》、《敬宗纪》也有元锡的名字,不知编注者何以都不查一查。

尽管《全唐诗》里没有收元锡的诗,那肯定是散失了,因为同时的梁肃就明明说他:"所作诗歌,楚风在焉。"(详见后文)《全唐文》卷六九三收元锡《苏州刺史谢上表》四篇文章,还写了小传:

锡字君贶,元和九年苏州从事,历淄王傅,终衢州刺史。

这个小传很不确切。岑仲勉先生《读全唐文札记》纠正说:

按锡《苏州刺史谢上表》:"伏惟睿圣文武皇帝陛下……所历衢、婺二州,皆屡荒残之后。"睿圣文武为元和三年宪宗所册尊号,十四年七月又上尊号曰元和圣文神武法天应道皇帝,则锡任苏州,尚在此前。复据《昌黎集》二七《衢州徐偃王庙碑》集注,"石刻云……福州刺史元锡书,元和十年十二月九日立"。《旧纪》一五,元和十四年六月,以福建观察元锡为宣州刺史、宣歙池观察,福建观察例兼福州刺史,则锡官苏州又在十年底以前。苏之先尝历衢、婺两州,则九年时断非苏州从事可知,从事盖刺史之讹,衢州亦非其终官。又考《元龟》九一七,锡初历衢、苏二州刺史,除福建观察,移镇宣州,又除秘书监分司,以赃发贬璧州;《集古录目·唐元锡碑》，官至淄王傅，赠尚书右仆射，碑以开成四年七月立，则锡实终淄王傅(《金石录》一〇题为《唐淄王傅元公碑》)，其小传应改云："历衢、婺、苏三州刺史，终淄王傅。"

岑先生的意见是对的，我打算搜集有关资料考察一下元锡的经历。元锡是代王什翼犍十四世孙，河南人，父挹为吏部员外郎。锡兄弟四人，兄注、洪，弟铣。注可能早卒，林宝《元和姓纂》卷四"二十二元"说："挹，吏部员外，生注、洪、锡，锡生丝铣；洪，饶州刺史。"这里和上引《宰相世系表》的最大不同是"铣"和锡是父子还是兄弟？我想《新唐书》可能正确些。注和洪都从水，锡和铣都从金，或许不是一母所生，故取名各别。元锡在出仕以前的情况，可以从梁肃《送元锡赴举序》窥知一二：

  自三闾大夫作《九歌》，于是有激楚之词，流于后世，其音清越，其气凄厉。吾友君贶者，实能诵遗编，吟逸韵，所作诗歌，楚风在焉。初元之明年，予与君贶兄洪，俱参淮南军事。属河外尘起，羽书狎至。每沉迷簿领之际，一见夫人清扬，则烦襟洗如也。又常爱其人也，淡然其静也，旷然其适也，泛然其无不与也；且从宾荐之礼，以赴扬名之期，又见其志也。秋气云暮，芜城草衰，亭皋一望，烽戍满目，边马数声，心惊不已。感离别于兹辰，限乡关于远道，孰日有情，而不叹息！伤时临歧者，得无诗乎？(《全唐文》卷五一八)

按这篇序表现出元锡爱吟诗，青年时曾经跟着兄洪在扬州，和梁肃有交往。梁肃这篇序的写作时间可从崔元翰《右补阙翰林学士梁君墓志》加以考订：

公建中初以文词清丽应制，授太子校书，请告还吴。相国兰陵萧公荐之，擢授右拾遗修史，以太夫人羸老，有沉痼之疾，辞不应召。其后淮南节度使吏部尚书京兆杜公表为殿中侍御史内供奉，管书记之任，非其所好，贞元五年以监察御史征，还台。(《全唐文》卷五二三)

按崔文明言贞元五年(789)梁肃回到京师任职，梁肃文中又言贞元二年和元洪同参淮南军幕认识元锡，此后对他很欣赏，那么送元锡赴举不得迟于贞元四年，也不得早于贞元三年。

元锡这次应举，估计未中，因为《登科记考》中查不到元锡的名字。而且元锡在《衢州刺史谢上表》中说：

臣某言，伏奉九月二十一日恩旨，授臣衢州刺史，以今月十八日到州上讫。祗承宠光，魂首飞越。臣已尝试用，绩用无闻。荐沐恩私，兢惶靡措。臣本诸生，行能罕立。徒以亲知谬举，践履逾涯，常叨省署之荣，亟历万方之重。事怀缅冒，恩戴生成。

从这里可见元锡不是科举出身，而是"亲知"举荐的。所谓"常叨省署之荣"，指元锡曾经做过郎官，"已尝试用"，说明在做衢州刺史前也做过地方官，可能是"副贰"，这些已无法查考了。元锡任衢州刺史的具体年份，我以为是元和二年(817)，查《衢州府志》卷十二"府官"：

（元和）二年	李素	韩愈《李素墓志》
年	李逊	《旧唐书》本传
年	元锡	《新唐书·孝友传》
七年	薛戎	河南宝鼎人《赵志》

按李素为衢州刺史才一月。《韩昌黎集》卷二五《河南少尹李公墓志铭》:"遂刺衢州,至一月,迁苏州。"李逊的时间也很短,《旧唐书》卷一五五本传云:"元和初,出为衢州刺史,以政绩殊尤,迁越州刺史,兼御史大夫浙东都团练观察使。"《新唐书》卷一六二未提时间,只说:"入为虞部郎中,由衢州刺史以政最擢浙东观察使。"《册府元龟·邦计部·蠲复三》记述元和四年四月浙江东道观察使请停台、明、温、婺四州贞元五年权加官健1518人:"罢归农,其衣粮税外所征钱米,并请蠲放。从之。"说明在元和四年之前李逊已早为浙东观察使了。更重要的理由是这篇谢表的内容。

唐宪宗元和"三年春正月癸巳,群臣上尊号曰睿圣文武皇帝"。元锡在《苏州刺史谢上表》中只称陛下,却未用这个尊号,足以证明为此表时唐宪宗还没有这个尊号,那么必然在元和三年以前的冬季某月十八日到衢州刺史任上。

李肇《国史补》卷中:

> 衢州余氏子名长安,父叔二人为同郡方全所杀。长安八岁自誓,十七乃复仇。大理断死。刺史元锡奏言:"臣伏见余氏一家遭横祸死者实二平人,蒙显戮者乃一孝子。"又引《公羊传》"父不受诛子得仇"之义,请下百僚集议其可否。词甚哀切。时裴中书垍当国,李刑部鄘司刑,事竟不行。有老儒薛伯高遗锡书曰:"大司寇是俗吏,执政柄乃小生,余氏子宜其死矣。"

按《新唐书·宰相表》裴垍始相在元和三年,元和五年十一月罢为兵部尚书。《旧唐书·李鄘传》说李鄘元和初年为京兆尹,后来再为凤翔陇右节度,"未几,迁镇太原,入为刑部尚书兼御史大夫、诸道盐铁转运使,五年冬出为扬州大都督府长史、淮南节度使"。裴垍当国,李鄘为刑部尚书,都是在元和五年冬季之前。说明元和五年元锡仍然在衢州。《国史补》这条材料就是《新唐书·孝友传》的根据,但宋祁在全文之前加了"宪宗时"三字反而把事情叙述糊涂了。因为如果宪宗时余长安父叔被杀,那时余长安八岁,那么到十七年后报了仇,后来又被判死刑,已到长庆末年了。即使指十七岁,也是元和后期。李肇的原文是说余长安复了仇被判死刑,正是元锡做刺史的时候。元锡为他申诉,表明元锡的爱民立场,从这件事也可推知他的政绩。

元和七年(812)薛戎为衢州刺史,元锡当于此年离任。然后任婺州刺史。元锡在《苏州刺史谢上表》说:"所历衢、婺两州,皆属荒残之后,侵渔稍息。"说明元锡在苏州任之前,确曾任过婺州刺史。遗憾的是《金华府志》卷七一列唐代"婺州刺史"自李子和至元吉四十五人,无元锡之名。《全唐文》里也没有元锡《婺州刺史谢上表》,特别是《册府元龟》卷九一七《总录部·改节》说:"元锡初历衢、苏二州刺史,所至咸有声绩。"未提"婺州"。我们可以推知元锡任婺州刺史时间大约不长。

元和九年(814)元锡任苏州刺史。乾隆本《苏州府志》卷三二"职官"(刺史):"元锡,元和九年任,有传。"卷四三"名宦":"元锡字君贶,河南人。什翼犍十四世孙也,历衢、婺、苏三州刺史,所至咸有声绩。"元锡《苏州刺史谢上表》云:"伏奉十一月七日恩敕,授臣持节苏州诸军事,守苏州刺史,以今月六日到州上讫。"说明元和九年底才上任。

元和十年(815)元锡任福建观察使、福州刺史。有《福州刺史谢上表》。四库本《淳熙三山志》卷二一"封君":"(元和)十年元锡。"《韩昌黎集》卷二七《衢州徐偃王庙碑》注:"石刻云……福州刺史元锡书,元和十年十二月九日立。"可见元和十年十二月九日前元锡已迁任福建。吴廷燮《唐方镇年表》卷六"福建"(元和)十年薛謇碑:"元和十年某月薨于位,年六十七。"元锡继薛謇之任。

元和十四年(819),元锡移镇宣歙。《旧唐书·宪宗纪》元和十四年六月"癸丑以福建观察使元锡为宣歙池观察使"。元锡《宣州刺史谢上表》云:

> 中使王文朝至,伏奉六月六日恩制,授臣宣州刺史兼御史中丞,充宣歙池等州都团练观察处置等使,以七月二十九日到镇上讫。

长庆元年(821)元锡召回京师。《册府元龟》卷四八五《邦记部·济军》:"元锡为宣州观察使,长庆元年进助军绫绢一万匹,弓箭器械共五万二千事。"《元龟》卷九一七《总录部·改节》:

> 元锡初历衢、苏二州刺史,所至咸有声绩。及除福建观察使,移镇宣州,乃务积货财,通权势,深为公议所责,因除秘书监分司东都。寻以赃罪发,诏监察御史宋申锡按验得实,贬壁州刺史。

这件事表明元锡晚节有玷,主要是韩中所累。《元龟》卷九三八《总录部·奸佞二》:

> 韩中,仆射皋之从父弟,凶狂喜酒博,以罪斥逐,元和中量移宣州管内县尉。会赦得还,观察使元锡遂以疏荐之。中阴结内幸用事者,因为锡通达。锡厚输其货,谋领大权。未几果以诏征。既非公望,又阴迹稍露,至阙,累召对于延

英,于是谏官及在位者屡以书论,竟沮其谋,复旧任。虽未加黜责,人亦贺帝听允公议。

这里的"赦",指的是穆宗长庆元年"大赦天下,改元长庆"(《旧唐书·穆宗纪》),元锡被召回授"秘书监分司",也在此年。因为前引材料云"诏监察御史宋申锡按验得实",《旧唐书》卷一六七《宋申锡传》:"长庆初,拜监察御史,二年迁起居舍人。"(《新唐书》卷一五二《宋申锡传》略而未书为监察御史事)《改节》言元锡贬壁州刺史,《奸佞二》却说:"复旧任,虽未加黜责,人亦贺帝听允公议。"两条材料相矛盾。究竟元锡有没有贬到壁州?这个问题先悬在这里,等后面再来研讨。

宝历元年(825)"秋七月,癸卯朔……丙辰,淄王傅分司元锡卒"(《旧唐书·敬宗纪》)。淄王李协"宪宗第十四子也,长庆元年封,开成元年薨"(《旧唐书》卷一七五《宪宗二十子传》)。两《唐书·穆宗纪》都说封王在这年三月。书元锡卒官衔为"淄王傅分司",这表明他原来的"秘书监分司东都"的官职未被革除。

欧阳修《集古录目》卷五《唐元锡碑》:

> 唐中书侍郎平章事李宗闵撰,翰林学士承旨工部侍郎柳公权书。锡字君贶,河南人,代王什翼犍十四世孙。位至淄王傅,赠尚书右仆射。碑以开成四年七月立。

赵明诚《金石录》卷十:"第一千八百三十七《唐淄王傅元公碑》,李宗闵撰,柳公权正书,开成四年七月。"可惜是无跋尾。陈思《宝刻丛编》卷八于"咸阳县"内列《唐淄王傅元锡碑》,下面全抄欧阳之文,一无增减,但列此碑于咸阳,当为元锡葬地。李宗闵这篇碑文,《全唐文》卷七一四"李宗闵卷"亦未见,可能久佚了，不然对元锡生平就可以了然。

再从元锡官阶来考查，他在宣歙任的官阶是"御史中丞"，据《新唐书·百官志》是"正四品下"，"秘书监"是"从三品"，淄王傅也是"从三品"。元锡死后的赠官"尚书右仆射"是"从二品"。综合这些材料来看，我倾向于"未加黜责"的说法。也可能宋申锡按验拟贬壁州刺史，实际未执行而改授淄王傅，分司和淄王傅都是高阶而无实权的官。元锡长庆元年进的"助军绫绢"可能是使他免于远贬的重要原因，或者是一贬即回，没有在外地多久。唐朝常有贬某地而实际未去的情况，元锡是因赃罪而被劾，他的赃又是大量"济军"，所以从轻处理自在情理之中。

元锡、李儋和韦应物究竟什么关系呢？我认为李儋是韦应物的朋友，而元锡和韦应物是亲戚。韦应物《寄别李儋》说："妻子不及顾，亲友安得留。宿昔同文翰，交分共绸缪。"（《全唐诗·韦应物》卷四）在《酬李儋》说："不见同心友，徘徊忧且烦。"（卷五）而《徐州园池燕元氏亲属》说："一展私姻礼，屡叹方樽前。"（卷二）《送元锡杨凌》："荒林翳山郭，积水成秋晦。端居意自违，况别亲与爱。欢筵慊未足，离灯悄已对。还当掩郡阁，伫君方此会。"（卷四）韦应物和杨凌是姻亲。韦在《送杨氏女》诗中说"幼女长所育"，并自注"幼女为杨氏所抚育"。此当指韦妻死时，幼女尚幼，为长姊所抚育。所谓杨氏女即女嫁给杨氏的，当即杨凌之子妇。韦诗又有《宴别幼遐与君贶兄弟》（卷四）、《沣上与幼遐月夜登西冈玩花》、《与幼遐君贶兄弟同游白家竹潭》（卷七）。幼遐，当即元洪之字。元洪和梁肃贞元二年同在淮南节度使幕，治所在扬州。韦诗《初发扬州寄元大校书》："归棹洛阳人，残钟广陵树。"（卷二）《送元仓曹归广陵》："旧国应无业，他乡到是归。楚山明月满，淮甸夜钟微。"（卷四）

可能都是赠元洪的(元洪之兄注可能未成年而殇,故洪为大)。

按照梁肃《送元锡赴举序》里的一段描写,元锡本来是相当淡泊的,只爱吟咏,为什么又忽然要去赴举出仕呢?也许是受到韦应物的鼓励。韦应物《同元锡题琅琊寺》结尾说:"经世岂非道,无为厌车辙。"用意不是很明显吗?

元锡虽然不能算是文学家,但在唐代也还有一定影响。元锡决不是李儋的"字",有仕迹可考,他和韦应物是私亲,所以韦应物诗题里多次出现"元锡"、"君贶"的字样。弄清元锡,对读韦应物的诗多少有些帮助。李儋和韦应物是朋友,和元锡也必然相识。但想当然地把两人说成一人,实在荒诞不经。为避免以讹传讹,所以不惮辞费,略加考辨如上。由于载籍残缺,笔者见闻谫陋,甚望得到博雅君子批评指正。

(原载《考辩评论与鉴赏》)

戴叔伦诗题之误

《全唐诗》卷二七三戴叔伦有一首诗题为《冬日有怀李贺长吉》，王琦《李长吉歌诗汇解》采入"首卷"，全文如下：

> 岁晚斋居寂，情人动我思。每因一樽酒，重和百篇诗。月冷猿啼惨，天高雁去迟。夜郎流落久，何日是归期？

岑仲勉先生《读全唐诗札记》虽未提出疑窦，然其题目决然有误，以其时其事均难合也。

高仲武《中兴间气集》自序其选诗："起自至德元首，终于大历暮年。"而戴叔伦居于卷上。据《新唐书》卷一四三《戴叔伦传》云：

> 德宗尝赋中和节诗，遣使者宠赐。代还，卒于道。年五十八。

《旧唐书·德宗纪》贞元六年（790）："二月戊辰朔，百僚会宴于曲江亭，上赋《中和节群臣赐宴》七韵。"《全唐诗》卷四《中和节赐群臣宴赋七韵》于题下注云："贞元五年初制（当为置）中和节，帝制诗，写本赐戴叔伦于容州。"按依《旧唐书·德宗纪》赐诗为贞元六年，戴卒于归京道中，年五十八，则其生卒当为

(733—790)。

李贺生于贞元六年,卒于元和十一年(790—816),戴卒之年,李贺始生,此时之不合也。

以事言,"夜郎流落久,何日是归期?"李贺亦无流落夜郎事。唐诗人中惟李白曾长流夜郎,此当为怀李白,不知题何缘误为李贺。按李白随永王璘起兵,至德二载(757)坐系浔阳狱,次年(758)长流夜郎。此时戴已二十六七,早有诗名,明年李白遇赦放还,戴盖闻其流放而不详其放还及卒于当涂(762)事,故有此怀念之作,当时消息难通,亦情理中事。李戴两集诗均多散佚,故不能明其相识之时地。然戴诗云"每因一樽酒,重和百篇诗",足见对李之仰慕。而今两集中如《行路难》、《白苎辞》等篇题相同,内容亦相近,似有追和痕迹。故可决此诗为怀念李白之作,而王琦诸人皆偶失考。

(原载《读常见书札记》)

孟郊、李贺、张碧、张瀛

四部丛刊本《孟东野诗集》卷九有《读张碧集诗》云：

  天宝太白殁，六义已消歇。大哉国风本，丧而王泽竭。先生今复生，斯文信难缺。下笔证兴亡，陈词备风骨。高秋数奏琴，澄潭一轮月。谁作采诗官，忍教不挥发。

计有功《唐诗纪事》卷四十五《张碧》采录了这首诗。从这首诗看，好像孟郊对张碧非常倾倒，把他作为李白的继承人看待。《全唐诗》卷四六九也摘这首诗作为对张碧的评价说"推之者至矣"。张碧是倾慕李白的，他名碧字太碧，就是有意模仿李白字太白。《唐诗纪事》又说：

  碧字太碧，贞元中人。自序其诗云："碧尝读《李长吉集》，谓春拆红翠，霹开蛰户，其奇峭者不可及也。及览李太白词，天与俱高，青且无际，鹍触巨海，澜涛怒翻；则观长吉之篇，若陟嵩之颠视诸阜者邪？余尝锐志狂勇心魄，恨不得摧文阵以交锋，睹拔戟挟辀而已。"

这段话王琦在注李白和李贺两集时，都采入了附录。但一按孟郊、李贺的生卒，和张碧联在一起就有了问题。孟郊卒于元和九年(814),如果张碧确是贞元中人,孟郊读张碧诗集在时间上说得通。但是李贺生于贞元六年(790),卒于元和十年(816)。根据杜牧《李长吉歌诗序》李贺诗是死的那年编集的,孟郊死时李贺还没有诗集,张碧自序里已经提到"碧尝读《李长吉集》",则必写于李贺死后,张碧诗集亦必在李贺之后,那末孟郊《读张碧集》诗必非死在李贺之前的孟郊所作。此可疑者一。

第二,张碧如在李贺之后,则不能说是贞元(785—805)中人。月窗道人刊本《增修诗话总龟》卷十一引《雅言系述》,说:

张瀛,碧之子也,事广南刘氏,官至曹郎。尝为歌赠琴棋僧,同列见之,曰:非其父,不生其子,诗云……(诗略,见《全唐诗》卷四六九)

所谓"广南刘氏"指五代的刘隐、刘䶮等。刘隐乾化元年(911)进封南海王,当年就死了,弟刘䶮立。即使上溯至刘隐父亲刘谦做封州刺史,也是乾祐五年(878)以后的事,上距贞元一百年左右。如果张碧是生于贞元中,不是暮年生子,那末这时儿子也都年过古稀了,何况说是贞元中人呢?而且从《雅言系述》这段记载里"同列见之,曰非其父不生其子"的语气来看,这些同列好象对张碧比较熟悉,是同事,把张瀛看成后辈,此时张瀛年龄不可能过大,否则同列就很难用这种语气夸他了。所以"贞元中人"的说法不大可能。

综合上面的情况看,我以为各书沿用《唐诗纪事》关于张碧的说法都是错误的。至少有两点:一是韩愈同时之孟郊不可能有《读张碧集》诗,因为时间有矛盾。而且如果熟悉孟、韩诗风的人,也会觉出"气格不类",那位"横空盘硬语"的孟郊不大肯写这么浅露的五古。如果作者确实是孟郊,那末这个孟郊只能是唐末人。二是张碧自序能读李贺集，也就不可能是"贞元中人"。他的儿子"事广南刘氏，官至曹郎"，已经是十世纪初的事了，张碧连生于贞元中都不大可能。按情理言，也属于晚唐。但是张碧的诗今天仅存十六首，无法考察年代。其中《题祖山人池上怪石》中有句说："我闻吴中项容水墨有高价（一本作"溶溶水墨有高价"，疑误），邀得将来倚松下，铺却双绡直道难，掉头空归不成画。"这个项容是唐朝前期的画家，可能和郑虔同时。然而这里是一种浪漫主义的表现手法，并非实指。如果以项容来定张碧的年代，那就差之毫厘谬以千里了，只能姑且以疑传疑，俟诸他日载籍之发现，然以张瀛事证之，以上两点推断似可确立，故录之以备考。

又按《直斋书录解题》卷十九"《张碧歌诗集》一卷（原注：案《唐书·艺文志》作《张碧歌行》集二卷）唐张碧太碧撰。《艺文志》云唐贞元时人（淳案《旧唐志》未收，《新唐志》注"贞元人"三字）。集中有览贯休上人诗，或勒入之也。"《遂初堂书目》有《张碧集》未言卷数。晁公武《郡斋读书志》未著录。《文献通考》卷二四二《经籍》六九全抄陈振孙之说。陈说因《新唐书·艺文志》有"贞元人"之注，就以当时《张碧集》中有览贯休上人诗或为后人勒入。这首诗今天已见不着了。但陈振孙这个说法却可为一旁证。张碧当为晚唐人，所以他能读到《李贺集》，又能看到晚唐的贯休诗。他儿子张瀛在南汉刘氏那儿做官就不足为奇了。错误大约始于《新唐书》的"贞元人"的注。陈氏用一"或"字可能也有些保留意见，但没有深究。但幸亏这一条，提供了确定张碧时代的间接证据。

（原载《读常见书札记》）

《睢阳感怀》诗讥许远说志疑

豺虎犯天纲,昇平无内备。长驱阴山卒,略践三河地。张侯本忠烈,济世有深智。坚壁梁宋间,远筹吴楚利。穷年方绝输,邻援皆携二。使者哭其庭,救兵终不至。重围虽可越,藩翰谅难弃。饥喉待危巢,悬命中路坠。甘从锋刃毙,莫夺坚贞志。宿将降贼庭,儒生独全义。空城唯白骨,同往无贱贵。哀哉岂独今,千载当歔欷。(韦应物《睢阳感怀》)

张巡、许远守睢阳标名青史。应物此诗但提"张侯本忠烈",遂有韦讥许远之说,葛常之《韵语阳秋》卷九云:

韦苏州睢阳感怀有诗曰:"宿将降贼庭,儒生独全义。"宿将谓许远,儒生谓张巡也。盖当时物议,以为巡死而远就虏,疑远畏死,辞服于贼,故应物云尔……

后人多从此说,以余考之,不能无疑。盖许远不足以称"宿将"。《旧唐书》一三七卷《忠义下》云:

许远者,杭州盐官人也。世仕江表……远清干,初从军河西,为碛西支度判官。章仇兼琼镇剑南,又辟为从事。慕其门,欲以子妻之,远辞。兼琼怒,积他事中伤,贬为高要尉。后遇赦得还。禄山之乱，不次拔将帅，或荐远素练戎事，玄宗召见，拜睢阳太守……

《新唐书》事更略。许于禄山乱前不过为"判官""从事"之类，未尝带兵，如何能称之为"宿将"？《资治通鉴》卷二一九载至德二载睢阳太守许远告急于张巡，巡入睢阳，督励将士，昼夜苦战。远谓巡曰："远懦，不习兵，公智勇兼济。远请为公守，公请为远战。"亦决非"宿将"口吻。余细绎苏州此诗，参之当日史事，张许守睢阳时，贼早破潼关，哥舒翰迎降。所谓"宿将降贼庭"者当指哥舒翰，以哥舒反衬张巡也。杜甫《潼关吏》所谓"请嘱防关将，慎勿学哥舒"，此时降贼者唯哥舒翰可称"宿将"。苏州题为《睢阳感怀》，人遂但就睢阳理会，不知"宿将降贼庭"一句宕开，以全国情况更见张侯之忠烈。然则何以未提许远？读韩退之《张中丞传后叙》自明，盖李翰虽为许远辨诬（见《新唐书》卷一一七《忠义中》），翰为《张巡传》亦不载许远事，韩愈之文于许远但云"宽厚长者，貌如其心"而已。盖远才不如巡，城守时非若张巡之须张眦裂英气逼人，易于使人感念不忘。切不可以韦诗未提许远便以"宿将"为讥许远降贼之证而厚诬古人也。

（原载《读常见书札记》）

送牛僧孺太湖石的李苏州非李谅

《唐刺史考》1686页"李谅"(822—825)条云:"牛僧孺有《李苏州遗太湖石奇状绝伦因题二十韵奉呈梦得乐天》,刘禹锡有《和牛相公题姑苏所寄太湖石兼寄李苏州》:并指李谅。"

淳按,此说误。白居易任苏州刺史为宝历元年至二年(825—826),刘禹锡大和五年至八年(831—834)任苏州刺史。而送太湖石之李苏州任在白、刘之后。白居易《奉和思黯相公以李苏州所寄太湖石奇状绝伦因题二十韵见示兼呈梦得》结句云:"共嗟无此分,虚管太湖来。"自注:"居易与梦得俱典姑苏而不获此石。"说明此李苏州在白居易、刘禹锡之后始任。白居易又有一篇《太湖石记》:"公以司徒保厘河洛……游息之时与石为伍,石有族,聚太湖为甲,罗浮、天竺之徒次焉。今公之所嗜者甲也。先是,公之僚吏,多镇守湖,知公之心,惟石是好,乃钩深致远,献瑰纳奇。四五年间,累累而至,公于此物,独不廉让,东第南墅,刘而致之。"说明李苏州献石于洛阳而非长安。白诗有云:"渡江一苇载,入洛五丁推。"刘禹锡《和牛相公题姑苏所寄太湖石兼寄李苏州》亦云:"睹物洛阳陌,怀人吴御亭。"

《新唐书》卷一七四《牛僧孺传》云:"天子既急于治,故李训等投隙得售其妄,几至亡国。开成初,表解剧镇,以检校司空为东都留守。僧孺治第洛之归仁里，多致嘉石美木，与宾客相娱乐。三年，召为尚书左仆射。"和白居易《太湖石记》合看，证明牛之聚石当在洛阳。此时白居易、刘禹锡都在洛阳。牛诗末云："念此园林宝，还须别识精。诗仙有刘白，为汝数逢迎。"说明曾请刘、白同来观赏。

  由上可见，此李苏州决非李谅。案开成时苏州刺史先后有李道枢（二年、十四年）、李款（四年），究竟是李道枢还是李款？当为李道枢，李款任时牛僧孺已"召为尚书左仆射"到京师去了。刘禹锡诗结尾说："寄言垂天翼，早晚起沧溟。"寓祝颂牛僧孺再得重用之意，如果牛已入朝，此二语即为马后炮。故刘此诗当作于开成三年牛僧孺再召入京之前，李苏州当为李道枢。

（原载《江海学刊》1994 年第 6 期）

读常见书札记（三则）

韦应物《寄李儋元锡》题目问题

去年花里逢君别，今日花开又一年。世事茫茫难自料，春愁黯黯独成眠。身多疾病思田里，邑有流亡愧俸钱。闻道欲来相问讯，西楼望月几回圆。

韦应物这首七律极为传诵，从语气看，完全是对一人而非两人说的。大约有见于此，社科院文研所《唐诗选》注"李儋字元锡"（人民文学出版社本365页）、上海辞书出版社《唐诗鉴赏辞典》683页也说"李儋，字元锡"。但李儋和元锡是两人，李儋和韦应物是朋友，元锡字君贶和韦应物是亲戚，详见拙作《元锡生平考略》（原载淮阴师专《活页文史丛刊》291号，本书有收录）。上面两书的注文都是想当然的臆说，绝无根据。诗的语气全指一人，但题目却是两人。遍查韦应物集的各种版本及前人选本，题目都是一样。惟有黄彻《䂬溪诗话》卷三云：

韦苏州《赠李儋》云："身多疾病思田里，邑有流亡愧俸钱。"《郡中燕集》云："自惭居处崇，未睹斯民康。"予谓有官君子，当切切作此语。彼有一意供租，专事土木而视民如仇

435

者，得无愧此诗乎？（中华书局本《历代诗话续编》356页）

黄彻是宋人，从这条材料看，他见到的韦应物这首诗，题目只有李儋而无元锡之名，可惜在现存韦集中没有证据。但从诗的内容只可能对一人而说，黄彻这里透露的李儋一人，可以推断"元锡"二字或为衍文。或黄彻误以为元锡为字而省略之。

关于《燕子楼》诗之疑问

宋计有功《唐诗纪事》卷七八《张建封妓》全文如下：

乐天有《和燕子楼》诗，其序云：徐州故张尚书有爱妓盼盼（他书作盼盼，下同）善歌舞，雅多风态。（余）为校书郎时，游淮泗间，张尚书宴予，酒酣，出盼盼佐欢，予因赠诗，落句云："醉娇胜不得，风嫋牡丹花。"一欢而去，尔后绝不相知，兹一纪矣。昨日司勋员外郎张仲素绘之访余，因吟新诗，有《燕子楼》诗三首，辞甚婉丽，诘其由，乃盼盼所作也。绘之从事武宁军累年，颇知盼盼始末。云：张尚书既殁，归葬东洛，而彭城有张氏旧第。中有小楼名燕子，盼盼念旧爱而不嫁，居是楼十徐年，于今尚在。盼盼诗云：楼上残灯伴晓霜，独眠人起合欢床。相思一夜情多少，地角天涯不是长。又云：北邙松柏锁愁烟，燕子楼中思悄然。自埋剑履歌尘散，红袖香销一十年。又云：适看鸿雁岳阳回，又见玄禽逼社来。瑶瑟玉箫无意绪，任从蛛网任从灰。余尝爱其新作，乃和之云：满窗明月满帘霜，被冷灯残拂卧床。燕子楼中寒月夜，秋来只为一人长。又云：钿晕罗衫色似烟，几回欲着即潸然。自从不舞霓裳曲，叠在空箱十一年。又云：今春有客洛阳回，曾到尚书墓上来。见说白杨堪作柱，争教红粉不成灰。又赠之绝句：黄金不惜买蛾眉，拣得如花四五枝。歌舞教成心力尽，一朝身去不相随。后仲素以余诗示盼盼，乃反覆读之，泣曰：自我公薨背，妾非不能死，恐百载之后，人以我公重色，有从死之妾，是玷我公清范也，所以偷生尔。乃和白公诗云：自守空楼敛恨眉，形同春后牡丹枝。舍人不会人深意，讶道泉台不去随。盼盼得诗后，怏怏旬日不食而卒。但吟诗云：儿童不识冲天物，漫把青泥污雪毫。出《长庆集》

根据计有功之意见，此诗为关盼盼作，关为张建封妓。但一核《长庆集》卷十五，从"一欢"以下，颇有异同，迻录于下：

一欢而去，迩后绝不相闻，迨兹仅一纪矣。昨日司勋员外郎张仲素绘之访予，因吟新诗，有《燕子楼》三首，词甚婉丽，诘其由，为盼盼作也。绘之从事武宁军累年，颇知盼盼始末，云：尚书既殁，归葬东洛。而彭城有张氏旧第，第中有小楼，名燕子，盼盼念旧爱而不嫁、居是楼十馀年，幽独块然，于今尚在。予爱绘之新咏，感彭城旧游，因同其题，作三绝句。

一般白集均只记白诗而无原作，仅汪立名《一隅草堂本》附《关盼盼燕子楼诗》，并将《唐诗纪事》"又赠之绝句"题作《感故张仆射诸妓》附《燕子楼三首》之后，一般白集及《全唐诗》均未收此首。因为张建封卒于贞元十六年（800），白居易为校书郎是贞元十九年至元和元年（803—806），如此推论，则白居易所见之张尚书非张建封而为其子张愔。张建封贞元七年（793）进位检校礼部尚书，张愔永贞元年（805）为检校工部尚书，元和元年（806）征为兵部（《通鉴》作"工部"，此依《旧唐书》），未出境而卒。父子两人皆可称张尚书。因此今日学者多以此诗张尚书乃张愔,诗乃白居易和张仲素之作,而非和盼盼。

然而就白居易《燕子楼》诗序寻绎,亦有不可通之处。张愔卒于元和元年(806),张仲素两《唐书》无传,根据今人吴汝煜钩稽,元和九年(814)为司勋员外郎,白居易元和十年即贬江州,则白序两人相见最迟为此年(815)。而据白序游徐州见盼盼歌舞赠诗"殆兹仅一纪矣",一纪为十二年,由815上推十二年则至迟为贞元十九年(802),尚可说通。然序内转述张仲素之言"盼盼念旧爱而不嫁,居是楼十馀年,幽独块然,于今尚在。"张愔卒于元和元年(806),张仲素所云"十馀年"则窒碍难通,何况此所谓"十馀年"乃指作《燕子楼》诗之年非指与白居易相见之时。从情理言,张仲素闻此事时必在元和七年(812)前在武宁军幕府时,此时盼盼已独居燕子楼十馀年,则此张尚书必为张建封而非其子张愔,与诗中"既埋剑履歌尘散,红袖香销一十年"相合。白居易诗第三首:"今春有客洛阳回,曾到尚书墓上来。见说白杨堪作柱,怎教红粉不成灰?"如果指张愔,那么葬不及八年,此诗所言则失实甚矣。故综合以上时间分析尚书当为张建封。而且从性格上看,张建封本传云:

复又礼贤下士,无贤不肖,游其门者皆礼遇之,天下名士,向风延颈,其往如归。贞元间文人如许孟容、韩愈诸公,曾为之从事。(《旧唐书》卷一四〇本传)

性乐士,贤不肖游其门者礼必均,故其往如归。许孟容、韩愈皆奏署幕府。有文章传于时。(《新唐书》卷一五八本传)

而张愔传里毫无广接名士之记载。据《资治通鉴》贞元十

六年(800)记载:

徐、泗、濠节度使张建封镇彭城十馀年,军府称治,病笃,请除代人。辛亥,以苏州刺史韦夏卿为徐、泗、濠行军司马。敕下,建封已薨……徐州判官郑通诚知留后,恐军士为变,会浙西兵过彭城,通诚欲引入城为援。军士怒,壬子,数千人斧库门,出甲兵攮执之,围牙城,劫建封子前虢州参军愔令知军府事,杀大将段伯熊等数人,械监军。上闻之,以吏部员外郎李郇为徐州宣慰使。郇直抵其军,召将士宣朝旨,谕以祸福,脱监军械,使复其位,凶党不敢犯。愔上表称兵马留后,郇以非朝命不受,使削去,然后受之以归。

徐州乱兵为张愔表求旄节,朝廷不许。加淮南节度使杜佑同平章事,兼徐、濠、泗节度使,使讨之。佑大具舟舰,遣牙将孟准为前锋,济淮而败,佑不敢进。泗州刺史张伾出兵攻埇桥,大败而还。朝廷不得已除愔徐州团练使,以伾为泗州留后,濠州刺史杜兼为濠州留后,仍加佑兼濠、泗观察使。(卷二三五)

永贞元年(805)三月戊子,名徐州军曰武宁,以张愔为节度使。(卷二三六)

元和元年(806)冬戊子,武宁节度使张愔有疾,上表请代。十一月戌申,征愔为工部尚书,以东都留守王绍代之。复以濠、泗二州隶武宁军,徐人喜得二州,故不为乱。(卷二三七)

从以上材料看,张愔为节度使时,泗州、濠州均不属徐州,张愔征赴京师(《旧唐书》云未出界而卒),朝廷为安抚武宁军,始复将濠、泗二州归武宁军(徐州)。白氏所云"游淮、泗间"应为三州未分时事，亦即张建封尚在之时。

以白居易行历考之，我意白之游徐州当为贞元十五年（799），白《伤远行赋》云：

  贞元十五年春，吾兄吏于浮梁。分微禄以归养，命予负米而还乡。出郊野兮愁予，夫何道路之茫茫。茫茫兮二千五百，自鄱阳而归洛阳。

白居易从九江至洛阳省母，白之外祖母在徐州古丰县官舍，明年四月卒。估计当已老病，故据情理推测，此年曾经徐州视其外祖母，因而得以见张建封，睹盼盼歌舞。贞元十六年二月十四日白居易省试中第，东归省亲，或于此时视外祖母至徐州，见张建封（建封六月始卒）。总之，白之游淮泗间，当在为校书郎之前，得见张建封而受礼遇。

正因为《燕子楼》诗的流传，《燕子楼》名闻后世。苏轼在徐州太守任上，有首《永遇乐》为《燕子楼梦盼盼作》。宋人傅榦注云：

  张建封镇武宁，盼盼乃徐府奇色，公纳于燕子楼，三日乐不息。后别为新燕子楼独安盼盼，以宠嬖焉。暨公薨，盼盼感激深恩，誓不他适。后往往不食，遂卒。（转引自龙沐勋《东坡乐府笺》卷一）

此亦可证盼盼为张建封宠妓，为建封而矢志独居，绝不可能为其子张愔而出饮佐欢。白能见盼盼必在建封之末年。则序中"为校书郎"四字或为年代久远而记忆偶误，不能因此条遂证盼盼为愔而守志。

《燕子楼》原诗作者依计有功意见为关盼盼作，关盼盼事迹之流传亦与诗有关。计氏引白序云:"乃盼盼所作也。"而今本白集诗序则云"为关盼盼作也"。为若读平声,则与计说无矛盾,若读去声,则此诗乃张仲素为盼盼而作。计氏当日所见之本及所述白序以外之内容,不能轻易推翻,特别是白之赠诗,盼盼和作之绝句,关系至为重要。白集今日除一隅草堂本之外,均未收计氏所引之绝句。此有两种可能,一为白氏根本未写此诗,乃计有功得之传闻而杜撰。二为白氏实曾写此诗而致盼盼和诗绝食而死,白氏编集时删去。因白氏此诗后果严重,从因果报应之说,不宜传后。两种可能究竟属何种,难以决定,只可存疑。不若盼盼乃张建封妓之可断定也。

王史监《宋诗类选》

无锡市图书馆藏有康熙五十一年刻本王史监《宋诗类选》一部,纸墨颇精良。序凡7页,半页7行,行15字,正文半页9行,行20字。编排略仿分类杜诗、苏诗及《瀛奎律髓》,但较简约,共分天、地、岁时、咏物、咏史直至寺院、哀挽共24类。序中论述宋诗发展及重要作家,颇为简要,如论述宋初承接晚唐,至后几变:

惟王黄州师法乐天,独开有宋风气。于是欧阳公承流接响,以精深雄浑为宗,一反西昆之旧,此宋诗之始变也。林和靖之瘦洁,苏子美之豪横,梅宛陵之平淡,石曼卿之奇峭,抒写胸臆,各自名家,此其盛也。王半山步趋老杜,寓悲壮于严刻,在诸家中别构一体。苏长公挺雄杰之才,波澜万顷,少公抒峭拔之气,琳琅千首,诚天纵之奇英,斯文之砥柱也。晁、秦之肆决风流,张、黄之淡泊新辟,皆足羽翼二苏,挺秀词林。后人苏黄并称,或反右涪翁于长公,则大非也。叔用、子苍雅亮而精密,后山、襄阳,严劲而清拔,此宋诗之再盛。

论诗推重苏轼、苏辙兄弟,不重江西门户。此与清代前期言宋诗必推江西为宗,颇不相同。作者极重程朱道学,有云:

> 清江三孔,名亚二苏,惜文仲攻毁程子,为生平大玷。

其论述晚宋诗人云:

> 晚宋诸人感伤变革,忠义蟠郁,故多凄怆之作。文信国身任纲常,从容就义,壮烈之语,真可惊风雨而泣鬼神。水云之哀怨,晞发之恸哭,霁山仗义于诸陵,所南发愤于《心史》,千载而下,犹堪痛心。宋诗之终,终于义烈,岂非道学之流风,忠直之鼓动哉!

皆可见其趋向。其言搜采编集方针云:

> 故采摭群英,裒成一集,诗以类分,类以时叙,并录宋元以来品题诸家及评骘本诗者,稗官之漫记,名流之燕谈,凡一语一言,靡不冥搜旁引,悉登是编,题曰《宋诗类选》,分为二十四卷。凡吟咏性情之士,诚能因诗以求其人,因人以辨其时,因时以识其体,则宋诗源流之盛衰,品格之高下,可即是编而得之矣。

二十四卷即以类分,篇幅多寡不一,但较方回《瀛奎律髓》杂乱无绪者大有改进。其所采集据编前所列引用书目,正诗部分除专集外,自《宋文鉴》至《名媛诗归》计17种。夹注所引自《宋史》至《宋遗民录》计164种。在清前期诸种宋诗选集中,此书应有一席之地。

(原载《淮阴师专学报》1983年第4期)

读宋初九僧诗零拾

一

《全宋诗》卷一二五云"释简长,沃州(今河北赵县)人。九僧之一(《清波杂志》卷一一)。"

按周煇《清波杂志》,《四部丛刊续集》影宋本作"浂州简长",《四库全书》本、《丛书集成》本并作"浂州"。各种辞典均无"浂州"之条,而个别书有"浂野"实为"沃野"之形误。《全宋诗》或据此定为沃州。又按九僧之名始见于司马光《续诗话》作"沃州简长"。《古今地名大辞典》(商务印书馆本)"沃州"条云:"唐置羁縻州。故治在今京兆大兴东南五十里,宋升赵州为庆源府。金改曰沃州,元复曰赵州,即今直隶赵县治。"复旦大学《中国历史地名辞典》"沃州":"(1)渤海国置,治所在沃沮县(今朝鲜咸兴,一说即咸镜北道镜城或咸镜南道北青),辽废。(2)金天德三年(1151),改赵州置,治所在平棘县(今河北赵县)。元复为赵州。"

周煇为南宋人,以赵州为沃州尚可说,北宋时无沃州之名,司马光《续诗话》"沃州简长"之沃州必非赵州。可以断言,简长

443

亦不可能为赵州人。

简长《送僧南归》诗云："渐老念乡国,先归独羡君。吴山全接汉,江树半藏云。振锡林烟断,添瓶涧月分。重栖上方夜,孤狖雪中闻。"又《暮春言怀寄浙东转运黄工部》云："花落前林春又残,舍深苍藓拥柴关。十年霜雪独为客,万里梦魂空到山。溪竹旧怜同性直,岭云终约伴身闲。遥思谢傅多公暇,应遍留题水石间。"从此两诗看,简长应为南方浙东人。

怀古《寺居寄简长》云："雪苑东山寺,山深少往还。红尘无梦想,白日自安闲。杖履苔花上,香灯树影间。何须更飞锡,归隐沃洲山。"前六句写己之寺居,末二句劝简长归来,不必再远游。沃洲山当然用支遁典故,但亦可看成实指。据前所引,司马光时,尚无"沃州"之治(沃州始于金),简长时更不待言。那么所谓"沃州简长"只应理解为"沃洲山简长"。州、洲本为一字,而为行文整齐,三字专名简缩为二字,古人行文中常见,如"马迁"、"葛亮"之类。如果问为什么不曰"新昌简长",则因沃洲山为名胜之地,犹如"峨眉怀古"、"青城惟凤"之例。

二

惠崇和怀古都有《塞上赠王太尉》诗。惠崇诗云:

飞将是嫖姚,行营已近辽。河冰坚度马,塞雪密藏雕。败虏残旗在,全军列帐遥。传呼更号令,今夜取天骄。

怀古诗云:

嫖姚立大勋,万里绝妖氛。马放降来地,雕闲战后云。月侵孤垒没,烧彻远芜分。不惯为边客,宵笳懒欲闻。

此王太尉应为王超。《宗史》卷二七八《王超传》云：

以超为侍卫马步军都虞候,镇州行营都部署(按《真宗纪》,咸平五年以侍卫马军都虞候王超为定州路行营驻泊都部署,当即此事)。又帅镇定高阳关三路。契丹入边,与战于遂西城,俘馘二万计,斩其神王、骑将十五人,手诏褒美。李继迁陷清远军,以超将西面行营之师击之,徙帅永兴军,宰相言超材堪将帅,遂以超帅定州路行营,王继忠副之,寻加镇定高阳关三路都部署,密遣中使赐以御弓矢,许便宜从事。加开府仪同三司,检校太尉。

诗中所写内容,非王超莫属。九僧诗少,所可确定年代者,只有数首。此二诗,当作于咸平五年(1002)冬至次年春。因此年王加检校太尉。次年辽师大入,因高阳关周莹未受命令,不肯出兵,因此宋军大败于望都,副帅王继忠孤军力战被俘。两诗必作于此次战败之前。以惠崇"河冰坚度马,塞雪密藏雕"句推之,当作于五年冬。而怀古所云"月侵弧垒没,烧彻远芜分",似是次年春景。

三

宇昭《上集贤钱侍郎》诗云：

解职因求养,清名寇集贤。优游书府里,谈笑板舆前。鹤氅朝时脱,山图卧处悬。江僧闲独访,时得话林泉。

按此钱侍郎疑为钱惟演。《宋史》卷三一七《钱惟演传》云：

博学能文辞,召试学士院,以笏起草立就,真宗称善,改太仆少卿。献《咸平圣政录》,命直秘阁,预修《册府元龟》,

诏与杨亿分为之序。除尚书司封郎中知制诰。大中祥符八年为翰林学士，坐私谒事罢之。寻迁尚书工部侍郎。再为学士，会灵观副使，又坐贡举失实，降给事中，复工部侍郎，擢枢密副使。

钱惟演是西昆体主要作者，文名很盛，又为勋贵子弟，富于资财。此诗所云"清名冠集贤"，非惟演莫属。首句"解职因求养"是委婉地说其罢官事。从本传考之，此诗当作于钱为工部侍郎之时，约在天禧元年（1017）前后。

四

希昼《留题承旨宋侍郎林亭》云：

> 翰苑营嘉致，到来山意深。会茶多野客，啼竹半沙禽。雪溜悬危石，棋灯射远林。言诗素非苦，虚答侍臣心。

按此承旨宋侍郎当为宋白。《宋史》卷四三九《文苑·宋白传》：

> 太平兴国五年（980）与程羽同知贡举，俄充史馆修撰判馆事。八年复典贡部，改集贤院直学士判院事，未几召入翰林为学士。雍熙中召白与李昉集诸文士纂《文苑英华》一千卷。端拱初加礼部侍郎，又知贡举。
>
> 至道初为翰林学士承旨，二年进户部侍郎。
>
> 白善谈谑，不拘小节。

宋代前期，既为翰林承旨，又迁侍郎者，在宋姓惟宋白一人。而且其性简率，所谓"会茶多野客"正见出其为人。宋白为承旨在至道元年（995），二年迁户部侍郎，俄兼秘书监。此诗当作于

996年,为九僧诗中可确定准确作年者。

(原载《江海学刊》1995年第6期,
1996年第1、2、3期)

为宋祁辨诬

魏泰《东轩笔录》卷十记许将草曾布降谪的事,引及宋祁和晏殊,说:

> 曾布以翰林学士权三司使,坐言市易事落职,知饶州。舍人许将当制,颇多斥词。制下,将往见而告曰:"始得词头,深欲缴纳,又思之,衅隙如此,不过同贬耳,于公无所益也,遂黾勉为之。然其中语言颇经改易,公他日当自知也。"曾曰:"君不闻宋子京之事乎?昔晏元献公当国,子京为翰林学士,晏爱宋之才,雅欲旦夕相见,遂税一第于旁近,延居之,其亲密如此。遇中秋,晏公启宴,召宋,出妓,饮酒赋诗,达旦方罢。翌日罢相,宋当草词,颇极诋斥,至有'广营产以殖私,多役兵而规利'之语。方子京挥毫之际,昨夕馀醒尚在,左右观者亦骇叹。盖此事由来久矣,何足校耶?"许亦怃然而去。

蔡絛《西清诗话》说:

> 元献初罢政事,守亳社,每叹士风凋落。一日,营妓曰刘苏哥,有约终身而寒盟者,方春物喧妍,驰骏马出郊,登高冢旷望,长恸而卒。元献谓士大夫受人盼睐,随燥湿变渝,

如翻覆手,曾狂女子不若,为序其事,以诗吊之云:"苏哥风味逼天真,恐是文君向上人。何日九原芳草绿,大家携酒哭青春。"

胡仔在《苕溪渔隐丛话前集》卷二十六引了《东轩笔录》说:

> 元献《吊刘苏哥诗序》,盖指宋子京而言也。吾故录此事以附益之。

这件事,一向当成宋祁为人的污点。但是苏辙《龙川别志》卷上的记述却和这完全相反:

> 章懿之崩,李淑护葬。晏殊撰志文,只言生女一人,早卒,无子。仁宗恨之,及亲政,内出志文,以示宰相曰:"先后诞育朕躬,殊为侍从,安得不知?乃言生一公主,又不育,此何意也?"吕文靖曰:"殊固有罪,然官省事秘,臣备位宰相,是时虽略知之而不得其详,殊之不审,理容有之。然方章献临御,若明言先后实生圣躬,事得安否?"上默然良久,命出殊守金陵。明日,以为远,改守南都。如许公保全大臣,真宰相也,其有后宜哉!及殊作相,八王疾革,上亲往问。王曰:"叔叔不见官家,不知今谁作相?"上曰:"晏殊也。"王曰"此人名在图谶,胡为用之?"上归阅图谶,得成败之语,并记志文事,欲重黜之。宋祁为学士,当草白麻,争之。乃降二官知颍州,词曰:"广营产以殖货,多役兵而规利。"以它罪罪之。殊免深谴,祁之力也。

按《宋史》卷三一一《晏殊传》云:

> 殊出欧阳修为河北都转运,谏官奏留,不许。孙甫、蔡襄上言:"宸妃生圣躬为天下主,而殊尝被诏志宸妃墓没而

不言。"又奏论殊役官兵治僦舍以规利,坐是降工部尚书知颍州。然殊以章献太后方临朝,故志不敢斥言,而所役兵,乃辅臣例宣借者,时以谓非殊罪。

值得重视的,孙甫、蔡襄都称得上是名臣,特别是孙甫,被杜衍称为"吾辟属官,得益友"。"甫性刚果,善持论。"(《宋史》卷二五九)。他们攻晏殊的罪名相当严重,宋祁实际是采用避重就轻的办法,表面上"广营产以殖货,多役兵以规利"话很难听,但照《宋史》本传的说法,熟悉当时情况的,知道这不算什么罪过。

丁传靖先生《宋人轶事汇编》卷七引了上面的材料把《东轩笔录》误为《西清诗话》,文字也少有删改。而加按语说:

> 按李心传《旧闻证误》谓"殖货"、"规利"之语,皆孙甫、蔡襄弹章原文,非子京故为轻重。又记谓元献之罢,在九月十二日,亦非八月。然苏子由、曾布去元献未远,而魏泰又子宣之姻亲,所记未必尽诬也。

丁先生的按语是有道理的。两条材料都有事实根据,但这两条对宋祁之为人,评价却针锋相对。我认为苏辙所言可信,说明宋祁曲为晏殊解脱,丝毫没有背恩。但晏殊未能体谅宋之用心,而深深记住以为宋忘恩负义。曾布也信以为然,正好有许将这件事,所以用以刺许一下。这样宋祁背恩的说法就广为流传了。

晏殊在北宋也是名相,但气量相当狭。《东轩笔录》卷十一说:

> 庆历中,西师未解,晏元献公殊为枢密使,会大雪,欧阳

文忠公与陆学士经同往候之,遂置酒于西园。欧阳公即席赋《晏太尉西园贺雪歌》,其断章曰:"主人与国共休戚,不惟喜悦将丰登。须怜铁甲冷彻骨,四十馀万屯边兵。"晏深不平之,尝语人曰:昔日韩愈亦能作言语,每赴裴度会,但云"园林穷胜事,钟鼓乐清时",却不曾如此作闹。

以致后来欧阳修写信叙谢,言词恳切,晏只是叫书史随便写个回信(见《邵氏闻见后录》卷十五),又伺机"出欧阳修为河北都转运",以致受到蔡襄、孙甫的抨击。宋祁曲为辩护,避重就轻,晏反而当宋为忘恩负义。按《宋史》卷二八四《宋祁传》(附《宋庠传》后)来看,小宋敢于上书直言,"皆切中时病"。"温成皇后"当时为贵妃正得宠时,他敢坚持制度不进册而草制,以致得罪了温成皇后,"出知许州"。可见他不是趋炎附势之徒,而是颇有风骨的。尤其感人的是,到临死"自为志铭及《治戒》以授其子",对自己的后事做了从俭的交代,还说:

  且吾学不名家,文章仅及中人,不足垂后,为吏在良二千石下,勿请谥,勿受赠典。

这在追求身后虚名的人来看,该多么难能可贵。晏殊因为不明其中曲折而私憾于心,宋亦不便分说,因此为曾布、胡仔等所菲薄,如果没有苏辙的记载,真要背千万世黑锅了,所以姑且为之一辨。

(原载《考辩评论与鉴赏》)

王令"署门"诗不足信

《诗话总龟前集》卷三十七云:

> 王令逢原广陵人,既见知于舒王,声誉赫然,(一)时附丽之徒,望风伺候,守牧冠盖,日满其门,进誉献谄,初不及文字间也。逢原厌之,大署其门云:"纷纷闾巷士,看我复何为?来则令我烦,去即我不思。"意(当)有知耻者,而于谒不衰。(据《四部丛刊》本,明钞本为卷三十九)

此段亦见于《苕溪渔隐丛话前集》卷三十七,"舒王"作"王荆公",无上文"声誉赫然"、"望风伺候,守牧冠盖"之十二字,而有"一""当"二字。郭绍虞先生之《宋诗话辑佚》则改"舒王"为"王荆公",并加"一""当"二字。沈文倬《王令集》据以采入《又附录·诗话》之首。以予考之,王直方之说不足取信。故王逢原外孙吴说编集《附录》弃而不取。盖王令卒于嘉祐四年(1059),其时荆公仅为"提点江东刑狱",官非显要,又居江东,"群牧冠盖"何至趋炎附势若王直方所云?次年荆公召入为"三司度支判官",又八年始"参知政事",王令墓木已拱矣。此稍一按其年代即可洞然无疑。

窃疑王直方之说出于讹传,而《王令集》中有可附会者。

种花红不实,俗客醉仍喧。拔去树嘉谷,日无人过门。(卷九《偶感》)

"日无人过门",可见王令厌薄世俗之情趣,王直方或由此误会,但知两王交深,而未知荆公贵显时王令之殁已久,故于诗话为此谬记。

(原载《读常见书札记》)

《辨奸论》并非伪作

苏洵为攻击王安石而作《辨奸论》,为北宋文字方面一大公案。本文主旨惟在辨其真伪,而不评其当否。

《辨奸论》始见于张安道所为《文安先生墓表》,邵伯温《河南邵氏闻见前录》卷十二曾专言此事。吕祖谦编入《宋文鉴》,朱熹采入《名臣言行录》,元朝修《宋史》于《王安石传》亦曾提及。《辨奸论》为苏洵所作,自宋迄元无异辞。

清朝李绂《穆堂初稿》卷四十五有《书辨奸论后二则》始提出异议,定《辨奸论》意为邵博所伪造。蔡元凤《王荆公年谱考略》除在《卷首三·略例》提出外,又在卷十嘉祐八年下节录李文以为定谳,近人多信之而不疑,实则大谬不然。

按李文跋语前则文甚长,多发空论,首云:

> 老泉《嘉祐集》十五卷原本不可见,今行世本有《辨奸》一篇,世人咸因此文称老泉能先见荆公之误国。其文始见于《邵氏闻见录》中,编于绍兴二年。至十七年婺州学校教授沈斐编老苏文集,附录二卷载有张文定公方平所为老泉墓表,中及《辨奸》,又有东坡谢张公作墓表书一通,专叙《辨奸》事。窃意此三文皆赝作,以当日情事求之,固参差

而不合也……

李氏号称该博，然此文开首即误。老泉为东坡晚年所自号，见于叶梦得《石林燕语》卷十、吴景旭《历代诗话》卷五十八。余另文又补引东坡诗"宝公骨冷唤不闻，遂有老泉来唤人"作一旁证，此处不赘述。李氏中间辩驳数千言，然皆模糊影响之谈而无确证，文长不备录。跋文第二则李氏尤为得意，据录如下：

  余少时阅世俗刻本《老泉集》，尝书其《辨奸论》后，力辨其非老泉作，览者犹疑信参半，欲得宋本参考之，而购求多年，未之得也。盖马贵与《经籍考》列载苏明允《嘉祐集》十五卷，而世俗所刻不称嘉祐。书名既异，又多至二十卷，并刻入《洪范》、《谥法》等单行之书，又增附录二卷，意必有他人赝作阑入其中。近得明嘉靖壬申年太原守张镗翻刻巡按御史澧南王公家藏本，其书名卷帙并与《经籍考》同，而诸论中并无所谓《辨奸论》者，乃益信为邵氏赝作，确然而无疑，而又叹作伪者之心劳日拙，盖伪固未有不破者也。

粗粗一看，李氏铁证在手，踌躇满志，《辨奸》之为伪作，好像已成定案。其实呢，细心的读者一想，这个考证只建筑在十五卷本《嘉祐集》上。的确，南京图书馆所藏孙氏祠堂藏的旧钞本《嘉祐集》十五卷，也无《辨奸论》，能不能得出李氏之结论呢？否。宋人记载，确为苏作，且举三事为证。

一曰《苕溪渔隐丛话后集》卷二十七：

  苕溪渔隐曰：龟山谓老苏为荆公所薄，余观张安道作老苏墓表，老苏亦自鄙荆公。盖道不同不相为谋，宜其矛盾如此。墓表云：嘉祐初，王安石名始盛，党友倾一时。其命相制曰,生民以来,数人而已。造作语言,至以为几于圣人。欧阳修亦与之善。劝先生与之游,而安石亦愿交于先生。先生曰:吾知其人矣,是不近人情者,鲜不为天下患。安石之母死,士大夫皆吊之,先生独不往。作《辨奸论》一篇,当时见之者多不谓然,曰,嘻,其亦太甚矣。先生自殁,三年之后而安石用事,其言乃信。

胡仔既非元祐之党,《苕溪渔隐丛话》作于南宋绍兴年间,根据张安道之文,断非无中生有。

二曰张安道与苏洵两人之文集。

张安道《乐全集》四十卷,今日见于《四库珍本丛书》,《文安先生墓表》载于该书第三十九卷。其述苏洵著作,"所著集二十卷,谥法三卷,易传十卷……"并且强调他为苏洵作墓表的取材原则:

若夫乡党之行,家世之详,则有别传存焉。今举其大概,以表其墓。惟其有之,是以言之不怍云。

这就是墓表里要全录《辨奸论》的道理。

张安道的文集,苏轼全读过,而且为《乐全先生集叙》,说他对张安道的景仰:

轼年二十,以诸生见公成都,公一见待以国士。今三十馀年,所以开发成就之者至矣。而轼终无所效尺寸于公者,独求其文集手校而家藏之,且论其大略以待后世之君子。(郎晔《经进东坡文集事略》卷五十六,《四部丛刊》本,下引坡文同)

苏轼把张安道比为孔北海、诸葛孔明,张安道不敢当,《乐全集》卷三十四有《谢苏子瞻寄乐全集序》可证。

张安道为老苏作墓表，论其"大节"，东坡有《上张太保书》为谢：

> 轼顿首再拜，伏蒙再示先人墓表，特载《辨奸》一篇，恭览涕泗，不知所云……（《经进东坡文集事略》卷四十四）

《乐全集》、《经进东坡文集事略》二书决非元祐及道学党徒所能伪作，两书李氏均未提及，似未曾寓目，故只就十五卷本《嘉祐集》定《辨奸论》为伪作；且《文安先生墓表》明言"所著文集二十卷"，则十五卷本原非全璧。何况绍述之际，党祸甚烈，反荆公者诗文多被毁削呢？李氏仅据十五卷本立论，未免颟顸。

三曰叶梦得《石林避暑录话》，其自序所题年月为"绍兴五年六月十一日"，卷一曾记《辨奸论》始末，照录如下：

> 苏明允本好言兵，见元昊叛，西方用事久无功，天下事有当改作，因挟所著书嘉祐初来京师，一时推其文章。王荆公为知制诰，方谈经术，独不喜之，屡诋于众。以故明允恶荆公甚于仇雠。会张安道亦为荆公所排。二人素相善，明允作《辨奸》一篇密献安道，以荆公比王衍、卢杞，而不以示欧文忠。荆公后微闻之，因不乐子瞻兄弟，两家之隙，遂不可解。《辨奸》久不出。元丰间，子由从安道辟南京，请为明允墓表，特全载之，苏氏亦不入石。比年稍传于世。荆公性固简率不缘饰，然而谓之食狗彘之食、囚首丧面者，亦不至是也。（涵芬楼排印项氏宛委山堂本）

叶氏史称其党于章、蔡，是元祐党人的对立面。他虽不同意《辨奸论》对王安石的攻击，但却原原本本说出老苏写此文的背景,当然不会是跟着邵博来捏造。

总上三证,足以说明《辨奸论》确为苏洵所作,李绂的两则跋语,从考据看,鲁莽灭裂,不堪一驳。张安道、苏洵、王安石、苏轼都有值得称道之处。荆公晚年对东坡诗颇为欣赏,东坡和诗且有"劝我试求三亩宅,从公已觉十年迟"之语。苏洵之《辨奸论》决不足以否定荆公,然文章确非伪作。

(原载《南京大学学报》1979年第1期)

苏老泉就是苏东坡

"苏老泉,二十七。始发愤,读书籍。"《三字经》里这几句话,几乎是家喻户晓了,说的是北宋苏洵(老苏)年长力学的事,用以激励青年人力学攻苦。但王伯厚在这里由于疏忽,误把苏轼的外号加到他父亲苏洵的身上了。明清学者纷纷提出过,所以章太炎增修《三字经》就改成"苏明允,二十七",这早已是稍微留心旧书人所周知的常识了。奇怪的是,解放后出的许多文学史或教学参考书,介绍苏洵时,仍然加上"号老泉"字样,因此有重新澄清一下的必要。

宋朝叶梦得在《石林燕语》卷十里记载说:"子瞻晚年号老泉山人。以眉山先茔有老人泉,故云。"他还说"于卷册间见有'东坡居士老泉山人'八字共一印,其所作一竹,或用'老泉居士'朱文印章。"明末清初的吴景旭(旦生)在《历代诗话·辛集四·老人泉》里根据这个记载,确定老泉是子瞻的号。叶石林所见到的图章今天是否还在,无从查考。吴景旭还从欧阳修作《明允墓志》里提出一条理由。欧阳修在那篇文章里只提到"人号老苏"而不曾说"自号老泉"。如果苏洵确有这个号,墓志里是不会疏忽的。

另外还可从苏轼诗里找出反证,"老泉"决非其父之号。

古香斋本《施注苏诗》卷三十四有一首《六月七日泊金陵阻风,得钟山泉公书寄诗为谢》:

今日江头天色恶,炮车云起风欲作。独望钟山唤宝公,林间白塔如孤鹤。宝公骨冷唤不闻,却有老泉来唤人。电眸龙齿霹雳舌,为予吹散千峰云。南行万里亦何事,一酌曹溪知水味。他年若画蒋山图,仍作泉公唤居士。

在封建社会里,儿子决无直呼父亲名号的道理。这首诗里"老泉"二字近于戏笔,可以反证决非其父之号。

(原载《南京师院学报》1979年第2期)

老泉、东坡赘语

拙作随笔《苏老泉就是苏东坡》一文发表后,颇多异同之论。南京师院学报编辑见示刘法绥、闻虞及一水三同志意见,嘱更赘数语,以活跃争鸣气氛。因不惮辞费,阐述己意,以就正于编者及读者同志。

刘法绥同志博取诸书,证成余说,余自无间言。闻虞、一水两同志各举所见以相论难,约略论之,计有三端,兹分述于下,以就教于两君。

一曰关于避讳及所引诗句问题。避讳于唐为尤烈,当然为避名讳。唐人举进士科,如遇题触家讳,则托辞病假而退场。此见诸说部,无待赘言。《中庸》谁作,迄无定论。闻虞同志举《中庸》称仲尼以证不讳字号,此自有理。然一则主者难定,二则时代遥远,似可不辨。韩愈作《讳辨》一文,足可反证唐时忌讳之恶性发展。朱熹博极群书,非村学究之流,曾为《韩文考异》。以朱熹不为子思回护为理由,窃所未安。姚鼐《古文辞类纂序》曾言:"苏明允之考名序,故苏氏讳序,或曰引,或曰说。"此当明指父讳。然父之字、号,行文尽可不讳,但亦未见全字号引用如《中庸》之于"仲尼",见诸家集则多称之为"先大夫"、"先府君"。苏轼集中亦未见直呼"明允"者。此诗僧名"泉公",古诗不避字复,改唤"老泉",纯属戏呼,若果父号"老泉",能如此呼乎?余前文草草,以致有误以为非父即子者,故略申之。又阮葵生《茶馀客话》已见及此,引之如下,以示所见正同,非敢掠美:

东坡得钟山泉公书寄诗云:"宝公骨冷唤不闻,却有老泉来唤人。"果老苏号老泉,敢作尔语乎?惜不令焦文端(淳按:指焦竑,弘光朝追谥文端)闻之也。(戴璐选本卷三)

二曰老苏之号不足为据。除欧阳公外,张安道《乐全集》卷三十九(《四库珍本初编》)《文安先生墓表》亦云:"时文为之一变,称为老苏。"此非对举而言,可证确有此称。宋人非皆有号可称,故欧阳志墓多不之及;然于石介则称之为"徂徕先生",可见体例非决不称号也。其文与《故霸州文安县主簿苏君明允墓志铭》并列卷三十四。《乐全集》题为《文安先生墓表》。如老苏确有自号,当不致借一主簿以为之荣,亦可补前人"老泉"之一说。《宋史》卷三一九《欧阳修传》云:"修始在滁州,号醉翁,晚更号六一居士。"卷四四三于苏洵则仅云"字明允",不著老泉之号,此亦可疑者。《宛陵集》卷五十三《苏明允木山》卷五十九《题老人泉寄苏明允》但称之为"苏子"。此可见明允于北宋文集及《宋史》中无称其"号老泉"者。

三曰《石林燕语》仅属孤证,南宋以老泉为明允者甚夥,故不能定其谁属。"老泉"之误属明允,当始自南京,两君所举外,如所传王十朋之《集注分类东坡先生诗》(《四部丛刊》影印宋本)卷一《荆州十首》题下引"子仁"(淳按:书前所列姓氏"蕲阳林氏敏功字子仁")注亦云:"庚子正月先生与子由侍老泉自荆州游大梁。"然明清人持属"子瞻"之说者,多据《石林燕语》,除余前文及刘文所引外,上海图书馆藏明万历四十一年刊本程良孺《读书考定》卷六"东坡"条亦持此说。余意叶虽一人，证极有力，渠明言子瞻"晚又号老泉山人，以眉山先茔有老翁（焦氏引作"人"字）泉故云"。按之《嘉祐集》卷十四《老翁井铭》，则所谓先茔者，明允"卜葬亡妻"之所，即长公母墓也。此可信者一。二者时代相接，不容舛误。姑引焦竑《笔乘续集》卷六语为证：

> 世传老苏号老泉，长公号东坡，而叶少蕴《燕语》云……欧阳公作老苏墓志但言人号老苏，而不言其所自号，亦可疑者。岂此号涉一老字，而后人遂加其父耶？叶苏同时，当不误也。

焦氏之言，实得我心。纷纷南宋之说，似不足动摇余论。质之两君，以为何如？

（原载《南京师院学报》1979年第4期）

附记：

王明清《挥麈录·后录》卷五183条"国朝以来，父子兄弟叔侄以名望显著荐绅间称之于一时者"。"三苏：文安先生洵、文忠轼、文定辙"，不称"老泉"，于"二张"则称"横渠先生载、天祺（戬）"，可为"老泉"非老苏之又一旁证。

又《随园诗话》卷十五："老泉者，眉山苏氏茔有老人泉，子瞻取以自号，故子由祭子瞻文云：'老泉之山，归骨其旁。'而今人多指为其父明允之称，盖误于梅都官有老泉故诗也。"按袁枚所言见《栾城后集》卷二十《再祭亡兄端明文》："先茔在西，老泉之山；归骨其旁，自昔有言。"亦可为余说之力证也。

1983年8月补记

"羽扇纶巾"究竟指谁？

东坡五游赤壁,两赋一词,脍炙人口。直至今日,大中学校都列为教材。其中"羽扇纶巾"一句,一般注释者皆以为指周瑜,其理由有二:一曰葛巾羽扇为一般儒将装束,非诸葛所独有;二曰换头处"遥想公瑾当年"一气贯注,若指诸葛则割断文气。

龙榆生《东坡乐府笺》于其下注云:

《蜀志》:"诸葛武侯与宣王在渭滨,将战。宣王戎服莅事,使人视武侯,乘素舆,葛巾毛扇,指挥三军,皆从其进止。宣王闻之,叹曰:'可谓名士也。'"傅注引,今本《三国志》无此节。

《晋书·顾荣传》:"广陵相陈敏反,周玘与荣及甘卓、纪瞻潜谋起兵攻敏。荣发檄敛舟南岸。敏率万馀人出,不获济,荣麾以羽扇,其众溃散。"

《晋书·谢万传》:"万早有时誉,简文帝作相,召为抚军从事中郎,著白纶巾、鹤氅裘,履版而前。既见,与帝共谈移日。"

龙笺征此数事,模棱其词,未能确指其谁属。持周瑜说者,盖取顾荣羽扇、谢万纶巾先定其为一般儒将装束,然后定周瑜为儒将，因而属之周瑜。窃以为不然。史传特写大将服装，意在明其风度，必表其特异者，如诸葛亮羽扇纶巾、羊叔子轻裘缓带。若将皆如此，则不烦浪费笔墨矣。今请先征史籍，后疏本词，以破此惑。

卢弼《三国志集解·蜀书·诸葛亮传》：

《世说》曰："诸葛武侯与司马宣王治军渭滨，克日交战。宣王戎服莅事，使人视武侯，独乘素舆，葛巾毛扇，指麾三军，随其进止。宣王叹曰：'诸葛君可谓名士矣。'"

淳按卢氏所引，今本《世说新语》未见其文，疑为《语林》之误。《太平御览》卷七〇二《服用部四·扇》：

《语林》曰："诸葛武侯与宣王在渭滨将战。武侯乘素舆，葛巾，白羽扇，指挥三军，三军皆随其进止。"

又按，同书卷六八七《服章部四·巾》：《蜀书》曰："诸葛武侯与宣王在渭滨将战，宣王戎服莅事。使人视武侯，乘素舆巾葛，毛扇，指挥三军皆随其进止。宣王闻而叹曰：'可谓名士矣。'"

疑傅注所引《蜀志》即由此而来。《太平御览》成书在太宗时，苏轼及见此书，《蜀书》名或有误，诸葛事必不虚，《语林》可以互证。龙笺仅检今本《三国志》，未及旁搜，依违两可，致生葛藤。苏轼以羽扇纶巾写诸葛风度可有诗为证。《集注分类东坡先生诗》卷九《犍为王氏书楼》云：

书生古亦有战阵，葛羽巾扇挥三军。

缜注："诸葛亮葛巾羽扇，指挥三军。"犍为为蜀地，此处非诸葛亮莫属，葛巾之变纶巾，则因叶平仄而然，可以无辨。此其一。

465

二曰此词换头处"遥想公瑾当年"全言公瑾，若以"羽扇纶巾"属之诸葛则割断文气，且与上文"三国周郎赤壁"不合，故仍应指周瑜。此语实由误读词律而来。按诸词律，"羽扇纶巾谈笑处"七字为句，不当于"巾"字处点断。金赵秉文用此韵赋《大江东去》，此处为"澹澹长空千古梦，只有飞鸿明灭"，亦为七字句。七字成句"羽扇纶巾"指诸葛，"羽扇纶巾谈笑处"曰谈笑则非一人。与诸葛亮谈笑者正指周瑜，并未割断文气。诗词因就音律，常省介词，此句补足则为周瑜［与］诸葛亮在谈笑之间即成破曹大业。按之史实，赤壁之战孙刘联合破曹。且上文有"一时多少豪杰"，此处因周瑜而附及诸葛，既非割断文气，且与"多少豪杰"有照应。周瑜英气逼人，赤壁之战谓刘备云"受命不得妄委署"，何等严肃。苏氏用"雄姿英发"强调其英武，而羽扇纶巾则形容诸葛之潇洒，二人相映成趣。若属之一人，"雄姿英发"与"羽扇纶巾"势难相调协也。

又按南宋张孝祥词已有"一吊周郎羽扇"之句，或以为指周瑜之证，此仅可证东坡此词确有人如此理解，而不能证其必然。辛弃疾《满江红·贺王帅宣子平湖南寇》上半阕云："笳鼓归来，举鞭问，何如诸葛？人道是，匆匆五月，渡泸深入。白羽风生貔虎噪，青溪路断鼪鼯……"此则指诸葛言，与张词皆属苏轼后人之体会，证之往籍，则羽扇纶巾终当属之诸葛也。

（原载《南京师院学报》1981年第2期）

关于苏轼《石钟山记》

苏轼《石钟山记》提倡调查研究，不肯人云亦云，意自新颖，文亦峭拔。大中学文科教材历来入选，然标点有可议者。苏轼此文为驳正李渤《辨石钟山记》。李文有云：

因访其遗踪，次于南隅。忽遇双石。欹枕潭际，影沦波中。询诸水滨，乃曰石钟也，有铜铁之异焉。扣而聆之，南声函胡，北声清越。桴止响腾，馀韵徐歇。若非泽滋其山，山含其英，联气凝质，发为至灵，安能产兹奇石乎？

苏文利用撮序和引用方式，概括李文此段云：

至唐李渤，始访其遗踪，得双石于潭上。"扣而聆之，南声函胡，北音清越。桴止响腾，馀韵徐歇"，自以为得之矣。

其中"扣而聆之"至"馀韵徐歇"乃直接引用李文，应加引号，以见错综变化之妙。惜乎各种选本包括十三校之本，皆未注李渤之文，于此数语亦未加引号。不仅不合原意，且不见苏轼此处行文之妙也，故为拈出。

石钟之名，自唐及明，各从一说。有从李渤者，有从苏轼者。

明丘濬《后石钟山赋有序》最能得其实,盖山之得名,当以其形如覆钟而然。因从古名山多以其形而不以其声。且如苏说,夏季水涨,可以相搏,冬季水落则不同矣。丘亦曾游其处,未闻苏公所云钟声,而以疑问发之,亦可以广见闻。其序云:

  石钟山在湖口县,东坡居士游山记,千古无改评矣。曩余尝游其地,诵其辞,而又窃有所见焉。夏官郎中王君尚忠县人也。近出示其图求赋。盱江何秋官廷秀既为君赋之矣。大率本坡意而广之,意尽而语工,余无容其喙。乃即所见为《后石钟山赋》云。

何廷秀之赋无新意,丘盖有所不满,而以疑问以明坡之非是。其赋先写其气势云:

  余尝舣舟其下,履险陟崇。爰穷幽而探微,尽诡状兮奇踪。望天堑之渺茫,极岳祠之穹窿。适晴空之过雨,晃晨曦之昭融。云澄澄其归岫,波泛泛其成溵。万籁阒息,一碧连空。于斯之时,但见石之为石,千态万状,怪外而中空。而竟莫得闻噌吰之无射,窾坎镗鞳之歌钟也。余乃悠然而思,悚然以兴。揆厥山之所元兮,始于郦注之解桑《经》。继以少室山人之博兮,终以东坡老仙之精。曰古人之名山兮,多惟其形;夫何独兹一拳兮,乃不以形而以声?矧石之在水兮,不能自鸣。必风涛之搏击兮,然后滂濞而訇砰。风或有时而息,波亦有时而平。名山者顾舍其天然常有之巍巍,而下取夫适然作辏之硁硁?吾恐君子之正物名以明民,不如是之浮缓不情也。于是呼儿抱酒,注之巨觥。釂江流,酹巨灵;起而问诸,以订兹山之所以名。

此与坡文可谓相反相成,盖皆强调实际调查。然前修未密,后出转精,调查愈全面,愈深入,愈能揭此山之奥秘。以之补充坡文,足以启发学生之思考,不无小补,故录之。

(原载《读常见书札记》)

《四书》始名志疑

《四库全书总目·四书类一》云：

> 《论语》、《孟子》，旧各为帙；《大学》、《中庸》旧《礼记》之二篇，其编为《四书》自宋淳祐始；其悬为令甲，则自元延祐复科举始，古来无是名也。

前书《大学章句》一卷、《论语集注》十卷、《孟子集注》七卷、《中庸章句》一卷云：

> 宋朱子撰。案《论语》自汉文帝时立博士，《孟子》据赵岐《题词》文帝时亦尝立博士，以其旋罢，故史不载。《中庸说》二篇见《汉书·艺文志》，戴颙《中庸传》二卷梁武帝《中庸讲疏一卷》见《隋书·经籍志》。惟《大学》自唐以前无别行之本，然《书录解题》载司马光有《大学广义》一卷《中庸广义》一卷，已在二程以前，均不自洛闽诸儒始为表章。特其论说之详，自二程始，定著《四书》之名则自朱子始耳。

此书两处皆题"四书"之名始于朱元晦，然有可疑者，偶读《大清一统志》卷四十七《吉林·流寓》云：

宋洪皓，鄱阳人，使金不屈，将杀之。后流于冷山，又迁之离会宁府二百里，金陈王晗室知皓贤，延使教子。凡留金十五年，和议成，乃南归。初，皓留金时以教授自给，因无纸则取桦叶写《论语》、《孟子》、《大学》、《中庸》传之。时谓之《桦叶四书》。

洪皓为洪迈之父，在南北宋之交，早于朱熹数十年。惜乎《一统志》未注原出处，洪皓《松漠纪闻》既未言及，而洪迈《容斋五笔》卷三《先公诗词》条仅言及拘北时所作《江梅引》而未及教授及《桦叶四书》事。《金史》亦未之及。然观"初"与"时"字，则可知其远出朱熹之前也。姑志于此，以俟异日或可征此条之原始出处。《四书》之名当不始于元晦，惟宣扬发挥之，家喻户晓，则元晦之功，非洪皓所可取代也。

（原载《读常见书札记》）

王庭珪别号、贬年及生卒
——《宋诗选注》有关王庭珪材料正误

绍兴八年,胡铨上封事请斩当时炙手可热的秦桧等人,震动了南宋小朝廷和金人。胡铨因而得罪贬斥,后来贬到新州。当时"直声振天壤,一时士大夫畏罪箝舌,莫敢与立谈,独王卢溪庭珪诗而送之"(岳珂《桯史》卷十二《王卢溪送胡忠简》)。王庭珪这样杰出的义士和诗人,《宋史》却没有传,但《卢溪集》今存,前面附有《行实》,应该是没有问题的,可是选到王庭珪的诗,卒年,别号等常有错误。钱锺书先生《宋诗选注》选了王庭珪三首诗,接触到他的行实的撮抄如下:"王庭珪(1079—1171)字民瞻,安福人,有《泸溪集》。"(人民文学出版社版136页)又云:"这两句是讽刺朝廷上的执政,王庭珪因反对秦桧卖国苟安,已在绍兴八年冬天贬斥到湖南泸溪。"(同书137页)

这里牵涉三个问题,分辨如下:

泸溪和卢溪

看了上面的引文,很容易使人误会王庭珪因为贬居泸溪,所以取号泸溪,因以名集。实际上王庭珪的集子叫《卢溪集》,今天还存在。上引的《桯史》也称"卢溪",卢溪是王庭珪在家乡退隐的地方。明嘉靖本《卢溪集》前有胡铨、杨万里等人的序,又载有《卢溪先生行实》,周必大写的《行状》说:"邑有卢溪,筑草堂其上,乡人号卢溪先生。"胡铨撰的《墓志铭》说:

> 宣和末,公见祸根已萌,筑草堂卢溪之上,年未四十(淳按当依《行状》作"五十"),弃官却归,教授乡里,执经踵堂者肩摩,人不称其官,曰卢溪先生。

《四库全书总目集部·别集类》亦取此说,无争议。《宋诗选注》既改集名为"泸溪",又附注绍兴八年贬泸溪之说,实误当正。

遭贬之年

《宋诗选注》以为绍兴八年冬天,大约据胡铨绍兴八年上封事推测想其当然,实则大误。胡铨八年上书,秦桧虽然大怒,但贬到新州在四年之后,原因是秦桧听了范同的话和迫于公论:

> 杀岳武穆,范同谋也。胡铨上封事,桧怒甚,问范如何处置。范曰:"只莫睬,半年便冷了。若重行谴谪,必成竖子之名"(《宋人轶事汇编》卷十六引《宋稗类抄》)

杨万里在《卢溪文集序》里说:

> 绍兴八年前资政殿学士胡公言事忤时相,黜,又四年谪岭表。卢溪先生以诗送其行,有"痴儿不了公家事"之句。小人飞语告之,时相怒,除名流夜郎,时先生年七十矣,于是先生诗名一日满天下。

胡铨在《卢溪文集序》里写得非常具体:

绍兴壬戌（十二年，1142），铨坐不肯与丑虏和议且乞斩主议大臣二人，铨爵削窜岭表，先生送行诗有云："名高北斗星辰上，身落南州瘴疠间。"人争传诵。至达权臣耳，奏下江南帅司鞫治，久之，窜辰州，时绍兴己巳（十九年1149）秋七月壬午也。先生贬八年，会权臣薨得旨自便。先生思益苦，语益工，盖如杜子美到夔府后诗、韩退之潮阳归后文也。

胡铨贬新州在绍兴十二年，《宋史》亦然。

（八年）十一月辛亥以枢密院编修官胡铨上书直谏，斥和议，除名，昭州编管，壬子改差监广州部盐仓。（《宋史·高宗纪》）

书既上，桧以铨狂妄凶悖，鼓众劫持，诏除名，编管昭州，仍降诏播告中外。给、舍、台、谏及朝臣多救之者，桧迫于公论，乃以铨监广州盐仓。明年，改签书威远军判官。十二年谏官罗汝楫劾铨饰非横议，诏除名，编管新州。十八年新州守臣张棣讦铨与客唱酬，谤讪怨望，移谪吉阳军。二十六年，桧死，铨量移衡州。（《宋史》卷三七四《胡铨传》）

胡铨贬新州在绍兴十二年，王庭珪作诗送行，后来被同乡小人欧阳识告讦（《娱书堂诗话》），这已是十二年以后的事。秦桧"奏下江西帅司鞫治"，可见王庭珪仍在江西老家。"久之，窜辰州，时绍兴己巳（十九年，1149）秋七月壬午也。"周必大在《行状》里这样叙述：

十二年，今敷文阁直学士胡公铨，以忠言忤时相，谪岭南，亲交无敢通问。公独送以诗，语奇峻惊人。后数年，时相知之,命帅臣鞫治谤讪,坐流辰州,远人素重公,争以为师。

胡铨在《墓志铭》里说:

> 绍兴戊午,铨以狂瞽忤时相,壬戌秋谪岭表。士皆刺舌,公独以诗送行,有"痴儿不了公家事,男子要为天下奇"之句,婉变(淳疑为"娈"字之误)者告讦,诏帅臣沈昭远鞫治以闻,除名窜夜郎。公至,人争迎劳,执经踵门者屦满⋯⋯

王庭珪被贬在绍兴十九年,这时胡铨又被放逐过海。胡铨在序里说:"先生贬八年,会权臣死,得旨自便。"秦桧死在绍兴二十五年(1155)十月,从十九年到二十五年首尾只有七年,为什么说八年呢?这里是说"得旨自便"的年份,从桧死,到对这些被放逐者的重新处理要经过一定时间,再加上交通的险阻,必在第二年才行。即如胡铨的事,《高宗纪》绍兴二十五年十二月"移胡铨衡州",《胡铨传》却说:"二十六年,桧死,铨量移衡州。"所以王庭珪的贬斥岁月明确无误,绍兴十九年被贬,二十六年"得旨自便"回乡。绍兴八年绝无被贬到湖南泸溪的事。

生卒

胡铨在《墓志铭》一开头就明说:"乾道八年,岁在壬辰(1172),卢溪先生王公卒。"周必大《行状》说"享年九十三",岳珂也说"终于家,寿九十三"(《桯史》卷十二),杨万里在《卢溪文集序》说王被贬时,"时先生年七十矣",如前所举,绍兴十九年(1149)被贬年七十,至乾道八年(1172)卒,正好九十三岁。王的生卒应为(1080—1172),此事老友于北山兄已有辩证,就姜亮夫先生《历代人物年里碑传综录》致误之由,加以剖析,信而有征。(见淮阴师专《活页文史丛刊》161号8页)遗憾的是现出之书有关王庭珪的生卒仍沿用姜说之误,故聊为申之。

(原载《考辩评论与鉴赏》)

陆游《钗头凤》主题辨疑

红酥手,黄縢酒,满城春色宫墙柳。东风恶,欢情薄。一怀愁绪,几年离索。错,错,错! 春如旧,人空瘦,泪痕红浥鲛绡透。桃花落,闲池阁。山盟虽在,锦书难托。莫,莫,莫!

陆游这首《钗头凤》词流传甚广,再由于戏曲的演播,差不多是妇孺皆知。唐圭璋先生《宋词纪事》引了两段南宋人的笔记,转录如下:

《耆旧续闻》(按:陈鹄撰,《四库提要》指为开、禧间人,生卒年代无考)卷第十:务观一日至园中,去妇闻之,遣遗黄封酒果馔,通殷勤。公感其情为赋此词。其妇见而和之,有"世情薄,人情恶"之句,惜不得其全阕。未几,怏怏而卒。闻者为之怆然。

《齐东野语》(周密撰)卷一:陆务观,初娶唐氏,闳之女也,于其母夫人为姑侄。伉俪相得,而弗获于其姑。既出,而未忍绝之,则为别馆,时时往焉。姑知而掩之,虽先知挈去,然事不得隐,竟绝之,亦人伦之变也。唐后改适同郡宗子士程,尝以春日出游,相遇于禹迹寺南之沈氏园,唐以语赵,遣致酒肴。翁怅然久之,为赋《钗头凤》一词,题园壁间。实绍兴乙亥(二十五年,1155)岁也。

现在一些选本,要说明这首词时,大都沿用周密的说法。但周密的说法,很成问题。陆游前妇某氏被母亲硬逼着"出"了,后来别嫁他人,几年之后,他俩又在沈园巧遇,这个基本事实是有的。但是否就如周密所说的那样,和《钗头凤》有关呢?我们不妨先引出刘克庄(1181—1269)《后村诗话·续集》卷二所云:

放翁少时,二亲教督甚严。初婚某氏,伉俪相得,二亲恐其惰于学也,数谴妇,放翁不敢逆尊者意,与妇诀。某氏改事某官,与陆氏有中外。一日通家于沈园,坐间目成而已。翁得年甚高,晚有二绝云:"肠断城头画角哀,沈园非复旧池台。伤心桥下春波绿,曾见惊鸿照影来。""梦断香销四十年,沈园柳老不吹绵。此身行作稽山土,犹吊遗踪一泫然。"旧读此诗,不解其意,后见曾温伯,言其详。温伯名黯,茶山孙,受学于放翁。

曾茶山(几)是陆游的老师,曾黯又是陆游的学生,刘克庄郑重其事从曾黯那里得知详细内容,应该是可信的。拿刘克庄的记载和周密比较,有几处明显的不同:

一、陆游和前妇:周密说是表亲,刘克庄未说两人本是表亲,而是说和她的后夫是表亲。

二、离异的原因和过程:刘克庄只说"放翁不敢逆尊者意,与妇诀",表明陆游父母都有责任。周密却说是陆母的一意孤行。刘克庄只说两人离散,周密却说:"既出,而未忍绝之,则为别馆,时时往焉。姑知而掩之,虽先知挈去,然事不得隐,竟绝之。"

三、两人相遇的由头：周密说是春游偶然碰着，某氏倒向后夫介绍，招待陆游。刘克庄说是两个男的是表兄弟，在沈园因为亲戚交往，偶然见面。

四、周密说见面后写了《钗头凤》，刘克庄却只提晚年的《沈园》二首，压根儿未提《钗头凤》事。刘克庄提供了一条重要的线索，值得重视。

我从当时礼俗推测，认为刘说可信而周说有难通之处。古代妇女被丈夫遣离，照例应送回娘家，如乐府《孔雀东南飞》所写。照周密描述的那种过程，只有对妓女出身之妾，才可能藏之别馆。如果是这样身份的人也难以再婚士族，何况是嫁给宋的宗室赵士程呢？另外男女大防，某氏居然可以向新夫介绍前夫，并且以酒馔招待。这种男女交往的解放程度，恐怕只有在近代西方社会才有可能。而刘克庄的叙述却是合情合理的。某氏后夫和陆游是表兄弟，亲戚通家宴会相遇，只能"目成而已"，连句话也不好说。所以，周密的叙述，恐怕真是"齐东野人之语"，不足为据。

我们再从词的本身来看，一开头的"红酥手"等三句，如果指"唐氏"亲自送酒，恐怕更难想象。曾慥《类说》卷四十七引《遁斋闲览》有《凤州三出》一条："陕西凤州妓女手皆纤白，翠柳色尤可爱，又公库酒美，故世言凤有三出，谓手、柳、酒也。"这首《钗头凤》词前三韵正好是手、酒、柳。"东风恶"，照《齐东野语》的说法是指斥母亲，从陆游所处的环境、所受的教育来看，也是不可想象的。再看下半阕"山盟虽在，锦书难托"，一个重嫁，一个再娶，还要说这种话，也未免想入非非了。

根据刘克庄所提供的可靠线索和我们的分析，可以作出这样的推断：陆游和前妻某氏的爱情、婚姻际遇，只是在《沈园》

(二首)中得到反映,跟这首《钗头凤》词根本无涉!

那么,这首《钗头凤》的主题究竟是什么呢?根据词旨分析,我认为,它是对于当年狎游之事的回忆(这一点从上引《凤州三出》可以看出),虽然未能忘情,但已能有所克制。上片云三个"错"字,大有唐人"谁遣同衾又分手,不如行路本无情"(长孙佐辅)的意味,觉得不该相识,分明有忏悔之意。后面的三个"莫",就像陶渊明的《闲情赋》认为要跳出来,不能再枉自相思抱怨"锦书难托"了,则又分明在超脱。

刘克庄早于周密四十多年,又亲自得其详于陆游的弟子,而一句未提《钗头凤》事,我认为,陈鹄、周密的说法捕风捉影,实在不足置信。但因《齐东野语》的写法很有戏剧性,因此不胫而走。时至今日,一些重要的诗词选本仍采周密捕风捉影的说法,一些电影、戏剧脚本也以此作为构思依据,真像陆游当年所写的"满村听说蔡中郎"的情况。这样,也就不能不认真辨正了。

(原载《江海学刊》1985 年第 6 期)

元好问《论诗绝句》非青年之作

用绝句的体裁来论诗,起源于杜甫《戏为六绝句》,正式用《论诗绝句》为题目,始于元好问。对于这组绝句,施国祁《元遗山诗集笺注》及前面所附《年谱》,都说是"丁丑岁(1217年)三乡作"。其时元虚龄二十八岁。今日选这组诗的人,都以施说为依据。但是仔细读这三十首诗,绝对非青年时的口气。

比如,诗的第一首:

> 汉谣魏什久纷纭,正体无人与细论。谁是诗中疏凿手?暂教泾渭各清浑。

口气何等自信!正如清代诗人查慎行说的,元"分明自任疏凿手",这就很难说是青年诗人的"自信"。再看末一首:

> 撼树蚍蜉自笑狂,书生技痒爱论量。老来留得诗千首,却被何人校短长?

这"老来留得"分明是"实录"而不是悬揣的口气。按今本元好问诗正是1361首。对于元好问一生所作诗篇数字,郝经《遗山先生墓铭》(大德碑本)亦云"至千五百馀篇"(北京图书馆藏抄本《陵川集》文同),举其成数可称千首。当然,这并不是说《论诗绝句》是元的绝笔,诗中"老来留得"只说明是年事已高,诗篇已盈千。

如果这组诗真是元好问在三乡所作,那么也不可能是丁丑的事。元好问一生两次到过三乡,第一次是廿七八岁时,蒙古兵侵扰山西全境,围太原,元的故乡忻县惨遭蹂躏,诗人侍奉老母到河南避乱,住在福昌县三乡镇。这时金虽风雨飘摇,但还没有亡国。元好问如果在这时有此闲情逸致,大论诗歌,但言为心声,在诗中不可能不涉及担心战乱的内容,可《论诗绝句三十首》一点也没有这方面的影子。元好问在金亡以后乙巳(1245)年五十六岁,又到三乡,曾有《过三乡追怀溪南诗老辛敬之二首》诗。在《论诗绝句》中有一首特别值得注意:

乱后玄都失故基,看花诗在只堪悲。刘郎也是人间客,枉向春风怨兔葵。

粗粗一读,这首诗是评刘禹锡的,但如果把《刘禹锡集》卷二十四有关材料对照一下,不能不引起疑窦:

紫陌红尘拂面来,无人不道看花回。玄都观里桃千树,尽是刘郎去后栽!(《元和十年自朗州承召至京,戏赠看花诸君子》)

《再游玄都观绝句并引》又说:

余贞元二十一年为屯田员外郎时此观未有花。是岁出牧连州,寻贬朗州司马。居十年,召至京师,人人皆言有道士手植仙桃,满观如红霞。遂有前篇,以志一时之事。旋又出牧,今十有四年,复为主客郎中。重游玄都,荡然无复一树,唯兔葵燕麦动摇于春风耳。因再题二十八字,以俟后游。时大和二年三月。

　　百亩中庭半是苔,桃花净尽菜花开。种桃道士归何处?前度刘郎今又来。

很显然,刘禹锡只从桃花的兴衰,讽刺弄权者的没落,他根本没有涉及玄都观的建筑。刘禹锡贬出这几十年,长安也没有大乱。"乱后玄都失故基",对刘诗可说无的放矢。如果看成元好问借题发挥,写自己的伤感,反而觉得言之有味,"乱后玄都失故基",不过借指国亡家破,"看花诗在只堪悲",自伤身世。"刘郎也是人间客,枉向春风怨兔葵",正是一种亡国的哀思,如《黍离》、《麦秀》之歌。这首诗表面上评刘禹锡,实际借以抒怀,分明有亡国之后的感伤在。所以如果说《论诗绝句》确实在三乡作,那不可能是"丁丑",而只可能是"乙巳",可惜无法从版本校勘方面取得力证,只能作此悬揣之词;但绝非青年之作,可以论定。

(原载《考辩评论与鉴赏》)

关于《五人墓碑记》

明朝天启末年苏州市民奋击阉党的事,是值得大书特书的,张溥的《五人墓碑记》在这方面是代表作。文章熔记叙、议论、感叹为一炉,回肠荡气,一唱三叹,几百年来,一直为人所传诵。江苏人民出版社《中国古代文学作品选》下册也选入其中,作为大学文科教材。但看了说明及注释觉得有几点可以商榷之处,参稽他书,写出以供参考。

关于这次暴动的时间。课文说明"明天启七年",这是根据文中"予犹记周公之被逮,在丁卯三月之望"推来的。然而这个"丁卯"却是"丙寅"之误。且举数证:

《明史·熹宗纪》:

> (天启)六年二月……戊戌以苏杭织造太监李实奏,逮前应天巡抚周起元、吏部主事周顺昌……

《明史》卷二四五《周顺昌传》记其死于狱中"时六年六月十有七日也"。

也许可以这样说,史书不如碑文可信,这在前代也是常有的。那末让我们检一些第一手材料来对证,如丛书集成本《周忠介公烬馀集》卷四附录几篇文章。

殷献臣所写的《年谱》,殷的媳妇是周的女儿,当天被逮时殷在场,事后为此受到降斥处分。《年谱》说:

> 丙寅,公年四十三,三月五日有旨逮周、缪二公……十五日途中喧传驾帖又至,薄暮果逮公。

张溥文末提到的"孟长姚公"姚希孟,有《开读始末》一文,说:

> 天启六年丙寅三月,吴氓因开读鼓噪,击杀旗尉李国柱……越三日始宣诏,则三月十八日也。

周顺昌的长子周茂兰于崇祯元年上《鸣冤疏》云:"三年立庭,寝苦尝胆。"从天启六年到崇祯元年头尾共三年。

彭定求《端孝先生传》说周茂兰"年八十二而终,距忠介之变,岁纪同丙寅也"。

《五人传》说:

> 丙寅三月望,吏部被逮,士民震骇喧聚……十八日吏部囚服出候宣诏。

综合上述材料看,事件确实发生在天启六年丙寅三月。《明史·熹宗纪》的二月是北京发令时间,三月十五日是缇骑到苏州的时间,十八日是正式开读和市民暴动时间。翦伯赞先生主编的《中外历史年表》于天启六年二月记"苏州以缇骑捕周顺昌,民变",盖仅据《明史·熹宗纪》,错前一月。选文说明说成"天启七年"则错了一年。张溥文中的"丁卯"是"丙寅"的错误,后来写到碑上时已经改正了。碑在苏州,南京博物院有拓本。《作品选》的说明是错的,应该改正。

为什么要称"五人墓",称"人"是有深意的。姚希孟在《开读始末》末尾说：

> 后二年，顺昌昭雪蒙恩邮，乡先生吴默收佩韦等遗骸，瘗于逆祠之旁，题曰五人之墓。书人以愧不人者。

《五人传》的结尾说：

> 外史氏曰：人情贵则公之，贤则君之。龙门之壮刺剑也，则容之。贤之，壮之而人之，惟五人著也。呜呼，人之义大矣。余尝游吴，要离、专诸尚炙人口，然犹死知己尔。五人公正发愤，何所为而为乎？其可以为人矣。不然，彼脂韦附阉、佩玉鸣履者，若若也。人耶？否耶？

掌握这些材料，才较易了解张溥文中议论也是扣紧这个人字发的。如果在解题中对这层定义点一下，学生将会有所启发。

文中"蓼洲周公"的读音，《年谱》说：

> 公讳顺昌，诸生时以字行，曰景文，其号蓼洲，盖成进士后，痛禄养之不逮，志蓼莪之永感也。故题其书屋曰蓼庵，而缀一联曰："咬菜留先泽，焚香问自心。"噫，即此可想公之概矣。

据此，这个"蓼"是用《小雅·蓼莪》之义，应该读 lù，不能读 liǎo。如果不注，势必易读错，作为教材，这种特殊的读音似不应忽略。

（原载《读常见书札记》）

普及性著作也要防止错误

——《宋诗鉴赏辞典》硬伤十例

不知什么原因,《辞典》之名忽然变成了"流行色",人民文学出版社起先把一些唐诗名篇的赏析文章编到一起,称为《唐诗鉴赏集》,是名实相符的。后来上海辞书出版社扩大了选目,却改名为《唐诗鉴赏辞典》。大约那是辞书出版社的出版物就以辞典命名,和我们常识中的辞典含义显然不大一样。从那以后"鉴赏辞典"就大为流行。这类书是普及性读物,发行量大,出版社经济效益好,所以趋之若鹜。就质量言,因为出自众手,作者水平不齐,文章质量深浅不一,这是不可避免的,我们也不能天真地要求它们能够起到"典范"的作用。但尽管诗无达诂,见仁见智,不能强求一律,定于一尊,但无论如何不该出现"硬伤",贻误读者。可惜的是,随便翻翻,再版许多次的《宋诗鉴赏辞典》就有若干不该有的错误,从初版起一直相沿不改,是没有发现还是不予重视?我就所碰到的"硬伤"列举十条,希望出版社能够郑重对待。

例一　原书 580 页,关于黄庭坚《清明》:

由于宜州官府施加压力,连要找个比较安静的住所也不可能，只有寄居在城头一座戍楼的破败房子中，度过了他的晚年最终一段生活，就在这沉重心情下，他写下了《清明》一诗，期之以旷达，大有万事成尘之想。

接下去就大加发挥。奇怪的是《黄山谷诗集注》有明确编年，这首诗史容注为熙宁元年（1068）所作，写鉴赏的人不顾这个时代却拉三十多年后的宜山时期大谈生死观，岂非梦呓？

例二　582页，《徐孺子祠堂》：

> 第三句"藤萝"承乔木而来，乔木高耸，藤萝依附乔木，也干云蔽日，显出"得意"的样子，看来以喻小人依附君子而得意，造成浮云蔽日之势。在当时，如果以指吕惠卿、蔡京等人，倒也确切。

这首诗史容注也明确作于熙宁元年，这一年宋神宗改元召对王安石，次年才擢王安石为参知政事，怎么扯得上吕、蔡依附王安石呢？

这种随意"创造"时代背景的作法，还可举出例三，1326页丁开《建业》：

> 这首诗写作时间不详，大约是南宋灭亡后，作者途经建业，有感于它的残破荒芜而作。

同书1325页丁开《可惜》一诗述丁之经历说："这首诗是为南宋末年的名将向士璧鸣不平的，大约作于向士璧被诬致死、即宋度宗咸淳三年（1267）前后。""丁开为人正直敢言，向士璧被诬时他义愤填膺，独自诣阙上疏，力陈士璧赫赫战功，以为军府小费不宜再加推究。他的刚直激怒了当局，被羁管扬州（今属江苏），一年后便死了。"

这里明明说丁开死在宋亡之前十年左右,而1326页却说大约在宋亡之后写了《建业》一诗,同一本书,仅仅一面之隔,出了这样不能两立的分析文章,也未见编辑任何说明,教读者何所适从呢?

唐庚的《张求》刻画一个穷愁潦倒卖卜为生的老兵却能坚持原则不肯苟且从俗的品质。写作者弄错一个字,却出现如下一段分析。

例四 723页:

> 所以下面紧接着又写他一向好骑马、好生事,以散财济贫为乐。《礼》云:"蓬户瓮牖",瓮牖即以破瓮口当窗,代指寒微之家。此处着一"投"字,足见张求对金钱的不在乎,联系上文所说老兵生活的贫困,这种仗义助人的精神更显得难能可贵。

一个穷愁潦倒的老兵,靠卖卜糊口,哪来的马匹金钱?不妨把此诗前八句引出来:"张求一老兵,着帽如破斗。卖卜益昌市,性命寄杯酒。骑马好事人,金钱投瓮牖。一语不假借,意自有臧否。"这里本来说的是一些豪贵有时也给张求金钱问卜,张却不肯随便说一句逢迎的话(这是江湖术士的惯技),而是有自己的是非褒贬。写这篇文章的人,把"骑马好事人"错成"骑马好事久",因而说得离奇。《四库》本《眉山集》卷二、《四部丛刊三编》本《眉山集》卷十七都是"人"字,从抄本字迹看先错成"久"后把一撇描粗为"人"字,张元济"校记"此句也无异文。《宋诗钞·眉山集抄》也是"人"字。写稿人和编者不去核对一下原文,就一个错字弥缝其说,弄得上下都不连贯。

和这一例相似的即误读原文而致错。

例五　892页,《登岳阳楼》:

这首题为《登岳阳楼》的五律,在杨万里《诚斋诗话》(《历代诗话续编》本)中不知何故竟被加了两句且改了题目,并说东夫(诗人表字)《饮酒》云:"信脚到太古,又登岳阳楼。不作苍茫去,真成浪荡游……更上岳阳楼"……其四,通篇毫无饮酒之意,因此这应该是一首题《登岳阳楼》的五言律诗。

《历代诗话读编》的标校者把标点弄错了,应该是"《饮酒》云,'信脚到太古',又《登岳阳楼》……"怎么能怪到《诚斋诗话》,费了那末多笔墨来分疏呢?

至于字句疏释明显有误的就更多。

例六　248页,王安石《岁晚》五律:

月映林塘淡,风含笑语凉。俯窥怜绿净,小立伫幽香。携幼寻新的,扶衰坐野航。延缘久未已,岁晚惜流光。

"的"鲜明,常用来描写花色,如梁简文帝《咏栀子花》:"素华偏可煮,的的半临池。"本诗指花,菊花始开,故称"新的"。

写作者这样曲解"新的",所以分析出王安石坐船去寻菊花,真是匪夷所思,李壁注里这个"的"字即"菂"字明明指莲子,这儿即指莲蓬,带着小孩去水里寻找新莲蓬,所以要乘船,本来文从字顺,何以视而不见? 有一些习用的典故因为不知用典而误解,下面顺原书次序再举几例。

例七　64页,晏殊《示张寺丞王校勘》:

"莫惜青钱万选才"一句,诗人旷达豪迈的性格毕现。

晏殊地位显要,厚于自奉,且不惜钱财收留宾客。欧阳修也出自晏殊之门,他在《六一诗话》中说:"晏元献公文章擅天下,尤善为诗,多称引后进。"一个"万"字写出自己的选才宏旨,显出宰相风度。

写的人似乎不知道"青钱万选"是文章典故,晏殊是用此典要求他俩大展文才,《新唐书》卷一六一:"员外郎员半千数为公卿称(张)鷟文辞犹青铜钱,万选万中,时称鷟'青铜学士'。"晏殊用以称赞张寺丞王校勘的才能,怎么扯得上晏殊"不惜钱财"呢?

例八　629页,《垂虹亭》:

于是他在第三句(淳按,指"好作新诗寄桑苎")中写道,要把这描绘秋景的新诗寄往遍植桑苎的家乡。

③桑苎:桑树与苎麻,民间养蚕与纺织所必需,此处因以代指广植桑苎的故乡。

如果作者要说故乡,"桑梓"不是更现成吗?用桑苎代称故乡,恐怕仅见于这条注中。这里桑苎是指人而不是乡,唐朝陆羽号桑苎翁,如果一定扯同乡关系,陆羽是竟陵人和米襄阳是湖北老乡。实际这句诗只是说要把这种感受寄语友朋而已。陆羽隐居苕溪,和东南关系更密切,米诗只是以桑苎翁代指友人。

例九　731页,惠洪《竹尊者》:

"未见同参木上座,空馀听法石于菟。""同参木上座"指共同参拜木莲花座上的佛。修竹虽被呼为"尊者"却非真僧,故说"未见同参"。佛经故事中有老虎听法的故事(于菟即虎的别称),这里说"空馀听法石于菟",谓"竹尊

491

者"亦未听法。自唐代后期南宗禅流行,重顿悟而不重渐修,诗人暗示这位"竹尊者"也是这一流僧人。

读了这段赏析,人们不禁会问:既然称为"尊者",怎么"却非真僧"?须知"尊者"也可译作"圣者",谓智德具尊者,罗汉之尊称(参见《佛学大辞典》1110面),而木上座的解释更为荒唐,木上座可戏指手杖,苏轼《送竹几与谢秀才》云:"留我同行木上座,赠君无语竹夫人。"惠洪这里借指树木,"未见同参木上座"言没有看到和你一同参修的木上座(上座也是佛教用语,指修行20—49年的出家人)。竹木常生长在一起所以如此说来风趣些,就是竹尊者边上没有树却只有石头。("于菟"应作於菟,"於"读乌,淳附注。)

例十　737页,《谒狄梁公庙》:

"君看洗日光,正色甚闲暇。"接下来两句,进一步形容狄仁杰的政治家风度。"洗日光"似指君主接受谏诤,两句谓狄仁杰看着洗日重光,态度庄重安祥,绝无躁急自诩的表现。

写稿的人大约《狄仁杰传》也未查,不知道这里造语的根据。《新唐书·狄仁杰传》最后赞语中说:"故唐吕温颂之曰:'取日虞渊,洗光咸池。潜授五龙,夹之以飞。'臣以为知言。"《全唐文》卷六二九《狄梁公立庐陵王传赞并序》:"乃建国本,代天张机。取日虞渊,洗光咸池。潜授五龙,夹之以飞。临终指麾,皇业再基。"

十个例子已满了,还想附带加两点。814页《墨梅》注:"据《独醒杂志》这幅墨梅为花先仁所画"。这个"花先仁"不知是排字工人的误漏还是别的原因,《独醒杂志》原文是"花(华)光仁老",是指华(花)光寺的仲仁和尚擅画墨梅,后来称为"花(华)光梅"错成"花先仁"就费解了,这个错误责任何在,我无法悬推,但在这样畅销书中却能误人。

1435页有梁栋《四禽言》,写稿人分析第一首写杜鹃(不如归去),第二首(脱却布裤)"仍然写杜鹃"也令人费解,这一首明明是布谷,当然布谷是"大杜鹃",如果从动物学来说,布谷也是杜鹃之一种,但作者题目明明是《四禽言》把它分析成三禽,恐怕也欠妥当。

写普及性读物是一件很不容易的事,要求深入浅出,对于所写内容必须掌握较深较广的知识,经过消化提炼然后形诸文字,才能真正起到普及的作用。《宋诗鉴赏辞典》确实也有一些写得好的,能够给读者以启发,但像上面举的硬伤,有的是不查对起码的材料,想当然地乱发挥,有的是习见的成语典故也视而不见,弄得不能自圆其说,有的穿凿附会,强不知以为知,贻误于人。这里既有水平问题,也有态度问题。可能有人把写这类文章看成轻而易举,摇笔即来,殊不知要真正写得深入浅出使读者得益,又谈何容易!往往随着写稿人的学识修养之提高,对所写之篇章之理解也从之加深。如苏轼《书王定国所藏烟江叠嶂图》首句:"江上愁心千叠山",如果我们读过《文苑英华》卷九一张说《江上愁心赋》,那理解就会又深刻些。我想写这类稿子切不可掉以轻心。这是本人写此文目的之一。其二,对出版社来说,应该尽量避免硬伤,一版出现了,再版应即更正。为什么会几版都照错呢?不外两方面,这类书的读者大都不是行家,发现不了;行家偶尔发现了又不屑一提,而出版社满足于印数,于是仍而不改,一误再误。因此应该提请编辑出版部门注意。这是我不惜词费而草此文的目的。我不是对这部《宋诗鉴赏辞典》

做总体评估,平心而论,这部书对普及宋诗的知识还是起了很大的作用,有些篇也确实写得很好,给人启发。不能因为举出一些硬伤就否定它的作用。我想,读者也不会产生否定本书的想法。同时这类硬伤也不是本书才有,好像是流行病,比如《唐诗鉴赏辞典》分析岑参的《白雪歌》把原作写的几个断面说成连贯动作,作者晚上送客骑马出东门上路,大雪纷飞中,夜间骑马赶夜路,合乎情理吗?出版部门是不是可以登一个"求疵"的广告,希望读者指出本社出版物的疵病,一个标点也不放过。这样这类硬伤便无继续存在之可能,造福读者,功德无量,我愿拭目以待这种广告的出现。

(原载《淮阴师专学报》哲社版 1991 年第 4 期)

《中国古代文化史》指疵

北京大学出版社出版，阴法鲁、许树安两先生主编，由三十多位专家学者分工编写的《中国古代文化史》涉及中国文化的各个方面，为这门课程做出了自己的贡献。我采用为教材，选讲了若干章节，深受其益。书因为出自众手，水平难免参差。在教学中发现若干不应有的硬伤，再版也未改正，我感觉有分类举例说明之必要，以免以讹传讹。

一、错字

从理论上说，教科书中不应出现错别字，但因印刷工人水平及责任心问题，今天"无错不成书"已成规律，有些错误可能是印刷厂问题，如以下几例：

①"了少数民族"（一册4页14行） 按"了"字应在引号外。
②"将其丑类"（一、85、11—12）当为"类丑"。
③"草书笔法写技干"（二、269、3、4）当为"枝干"。
④"石如飞白木加籀"（二、265、7）当为"如籀"。
⑤"后见王晕"（二、287、14）当为"王翚"。
⑥"《女儿山图》"（二、279、7）当为"女几山图"。

495

以上几例,字形相近,校对不细,极易致误,读者易于分辨,另如:

⑦"既使"(二、276、倒13)当为"即使"。

⑧"高自远引的情怀"(二、278、8),当为"高举远引",恐怕不能委之排字工人,因为这是常见之错别字。还有些字,一错再错就更令人费解:

⑨"精鹜八极"(二、299、倒8、321倒4)当为"骛"。

⑩"下品无势族"(一、247、1、三、329、倒2)当为"世族"。

⑪"藩殖"(三、467、10、13)当为"蕃殖"。

⑫更为严重者"羁縻"皆印成"羁糜",计有七处之多,无一对者(三、283、倒2,284、1、2、4、6,293、6,302、倒12)。

二、弄错人名、书名、篇名

①"唐代马贽《云仙杂记》"(二、305倒10)当为"冯贽"。

②"李鲜"(二、291、12,293、倒4)当为"李鱓",二字音义迥异。

③"《经学理窘·宗法》"(一、103、2、11) 张载所著为《理窟》,两处皆误为"理窘"。

④"据《孙子兵法·擒庞涓》"(三、259、倒4) 按《孙膑兵法》首篇为《擒庞涓》,《孙子兵法》13篇无此名。

⑤"李思训,字健"(二、252、10) 按李思训字"健见",脱"见"字。

⑥"畜兽画家韩干和韩幂"(二、252倒2) 按当为"韩滉"。

⑦"边景昭,字文进"(二、274、倒6、5) 按边文进字景昭,将名和字写颠倒,使人难以寻觅。

⑧"汉代司马相如写《长杨赋》,扬雄写《校猎赋》"(二、63、11—12) 按李善注《文选》卷八扬雄《羽猎赋》,卷九扬雄《长杨赋》,卷八司马相如《上林赋》,编者信笔乱写,既将作者张冠李戴,又将篇名写错,教材如此荒唐,令人费解。

三、引用材料,随意解释,往往不合原意

①"《国语·齐语》中记载齐国管仲实行了"三国五鄙制'。这就是在国中建立轨、里、连、乡四级行政体制,分别设置轨长、里有司、连长、乡良人为其长官。"(三、257、13—17)

按原文为"三国五鄙"而解释却变成四级行政体制。经查原文《国语·齐语》:

"管子对曰:昔者圣王之治天下也,参其国而伍其鄙。"韦昭注:"参,三也,国,郊以内也。伍,五也,鄙,郊以外也。谓三分国都以为三军,五分其鄙,以为五属。"(商务印书馆本《国语韦解补正》119页)

管子于是制国五家为轨,轨为之长;十轨为里,里有司;四里为连,连为之长;十连为乡,乡有良人焉。以为军令。五家为轨,故五人为伍,轨长帅之。十轨为里,故五十人为小戎,里有司帅之。四里为连,故二百人为卒,连长帅之。十连为乡,故二千人为旅,乡良人帅之。五乡一帅,故万人为一军,五乡之帅帅之。(同书123页)

很显然在《齐语》本文及韦昭注中都得不出编者的结论。第二段引文只在表明寓军令于内政的作法。

②"它第一次实行农牧两类民族分别由南北面官管理。"(一、31、2—3)"一是北面官,掌管朝廷大政及契丹本部事务,另

一是南面官,掌管境内汉人州县等事。"(三、296、4、5)

按《辽史·百官志》:"辽国官制分北南院,北面治宫帐部族属国之政,南面治汉人州县租赋军马之事,因俗而治,得其宜矣。"这里南面、北面之说实为南院官、北院官之变称,辽代实无"北面官"、"南面官"之称。

③"北宋初年只有'同中书门下平章事'或'同中书门下二品'的宰相"。(三、289、6—7)

经查《宋史·宰辅表》并无"同中书门下二品"之称,而同书290页《宋代宰相名称变更表》也未见"同中书门下二品"之名。叙述和表矛盾。

④"古人形容美女,也有类似描绘,'直把西湖作西子,浓妆淡抹总相宜。'"(二、311、倒7)

按此处所引诗句为苏轼《饮湖上先晴后雨二首》之次首,原文应为"欲把西湖比西子,淡妆浓抹总相宜。"这样万口传诵的诗句,14个字中错了4个,而且与苏轼的原意有出入。

⑤"东坡自己也很自负。他曾自诩地说'短长肥瘦各有度,玉环、飞燕谁敢憎。'"(二、314、倒11—10)

按此处所引为苏轼《孙莘老求墨妙亭诗》七古中一联"度"当为"态"。此诗从"兰亭茧纸入昭陵"起,论述唐代书家之代表,此联上两句为"杜陵评书贵瘦硬,此论未公吾不凭"。因为杜甫在《李潮八分小篆歌》中提倡"书贵瘦硬方通神",苏轼针对杜老而提出此二句,看出他评书之辩证观点,而决非"自诩"之言。

⑥"南宋宁宗庆元中,由朱熹改定乡饮酒礼,加以推行。"(二、34、倒8—7)

淳按,庆元中,朱熹被认为伪学,严厉禁止。照编者这样叙述,似乎朝廷推行朱熹所改定乡饮酒礼,这与"庆元党禁"不是正相反吗?追其原由,盖由编者误读《宋史》卷一一五《礼志》17所致。其文云:

> 庆元中,朱熹以《仪礼》改定,知学者皆遵用之,主宾僎介之位,始有定说。

此处所云"知学者皆遵用之"是指懂得学古礼的人都遵照朱熹的办法,而非指官方肯定,编者改为"加以推行",就变成官方推行,岂非"差以毫厘,谬以千里"?

⑦"面对这种争论,宋哲宗时采取了一种折衷办法,即把进士分为考诗赋和考经义两科。此后直到北宋灭亡,时而或两科同时进行,时而或不考诗赋,始终未成定制。"(三、343、末3)

这段叙述完全不合事实,普通讲哲宗是指绍圣亲政之后,前面元祐则为太后听政。《宋史·哲宗纪》绍圣元年,五月"甲辰罢进士习诗赋,令专二经,立宏词科"。又《宋史·选举志》:

> 神宗始罢诸科而分经义、诗赋以取进士,其后遵行,未之有改。

> (元祐)四年乃立经义、诗赋两科,罢试律义。

> 绍圣初议者益多,乃诏进士罢诗赋专习经义。

宋人葛立方《韵语阳秋》卷五可资参证:

> 绍圣初,以诗赋为元祐学术,复罢之。政和中遂著为令,士庶传习诗赋者杖一百,畏谨者至不敢作诗。时张芸叟有诗云:少年辛苦校虫鱼,晚岁雕虫耻壮夫。自是诸生犹习气,果然紫诏尽驱除。酒间李杜皆投笔,地下班杨亦引车。唯有少陵顽钝叟,静中吟撚白髭须。

可见哲宗亲政之后,至徽宗政和中,作诗都是犯禁的,根本不存在哲宗采取折衷调和之现象。

⑧"《太平御览》引《妖乱志》说,吕用在木偶人背上刻着高骈的生辰八字,高骈便神不知鬼不觉地被吕用挟制着,吕用好像得到神助一般。"(三、473、15—17)

《太平御览》共千卷,不注卷数,使人无法确定引文之根据,从常识上看,惑乱高骈的是吕用之、张守一、诸葛殷等人,而上述文字三处皆只用"吕用",是否《御览》只作"吕用"?作为备课,不能不查个究竟。《太平御览》卷七三五"方术十六厌蛊"全文如下:

> 《唐书》曰:《高骈传》云,毕师铎入城,吕用之、张守一出奔杨行密,诈言所居有金,行密入城,掘其家地下,得铜人长二尺馀,身被桎梏,钉其心,刻高骈二字于胸。盖以魅道厌胜,蛊惑其心,以致族灭。

这段话完全抄自刘昫《唐书》(今称《旧唐书》)卷一八二《高骈传》,后来《新唐书》卷二二四下全采其文而文字小异,不赘述。《太平御览》根本未提《妖乱志》也未提生辰八字,只是铜人。《太平广记》卷二九〇《吕用之》条虽两引《妖乱志》,根本未提厌胜之事。上述编者那段话,完全是想当然地信口开河,作为引用材料,尤其是历史材料,这种态度实在荒唐到令人骇怪。

四、时间之混乱颠倒

①"他创造的颜书与杜诗、韩文共同构成了'盛唐之音'。"(二、324末至325首行)

按颜真卿已在盛唐中唐之间,一般划入中唐,而韩愈无论如何与盛唐时代不相及,是标准的中唐大家,怎么能构成"盛唐之音"呢?显然是违背常识的论断。

②"在宋朝,理学家们把《孟子》也提高到经的地位。宋仁亲刊刻'嘉祐石经'时就包括《孟子》了。"(一、227、7、8)

根据这段论述,似乎宋仁宗是受理学影响而将《孟子》刊入经中。实际上推尊《孟子》始于韩愈《原道》"孔子传之孟轲,轲之死不得其传焉。"宋仁宗时理学还未大盛,拿二程来说,程颢生于仁宗天圣十年(1032),程颐小一岁,到嘉祐(1056—1063)年间还才三十上下,怎么影响'嘉祐石经'呢?北宋最尊重《孟子》的要推王安石,司马光因为不赞成王安石而作《疑孟》,可参见《四库提要·孟子音义》条。但那也在嘉祐之后。

③"朱熹从'天理'永恒的基本观点出发,提出'君臣父子,定位不易,事之常也',以此表示封建秩序不应有丝毫的动摇。朱熹还用'存天理,灭人欲'的说教,反对农民的武装反抗。所以宋高宗就曾经褒扬儒家理学是'高明自得之学,可信不疑',并且在科举选官时,凡是崇信理学的儒生都得到录取和任用。"(三、344、13—18)

从这段论述看,宋高宗是因为朱熹的理论才褒扬理学,科举选官作为标准。然而对照《宋史》中《高宗纪》、《孝宗纪》和《道学·朱熹传》,以上都为想当然地捏合。朱熹绍兴十八年才中进士,"主泉州同安簿","罢归请祠,监潭州南岳庙。明年以辅臣荐,与徐度、吕广问、韩元吉同诏,以疾辞。孝宗即位,诏求直言,熹上封事"(《朱熹传》)。"(乾道九年)五月壬辰朔,日有食之,己未,以迪功郎朱熹屡诏不起,特改宣教郎主管台州崇道观"(《孝宗纪》)。"熹以求退得进,于义未安,再辞"(《朱熹传》)。朱熹在孝宗时代才上过封事,谈论当时该行改革等,和高宗恐怕根本未见面谈论过。编者那段叙述把历史时间全忽略了。同样的毛病在论述科举制度的实行也犯过。

④"科举制度的实行,还须有必要的物质条件……唐朝发展起来的雕版印刷术,对文化的传播与发展起了巨大的推动作用。书籍可以大量抄写、印行,使读书人便于阅读和应付考试。特别是五代时期,开始由朝廷主持刻印儒家的《九经》,更为投考科举的读书人提供了大量的规范课本。"

按科举制度在唐太宗时已确立,此时印刷术已否发明尚成问题,何况今日能见之《咸通本金刚经》、《陀罗尼经咒》,都是晚唐的。编者本身也明说板印《九经》(还有《文选》)是五代时,那末拿这条材料说明为"科举制度产生的社会条件"(本节总标题),和"必要的物质条件"岂非时代倒置,徒滋纷扰?

三册598至507页,柳彧奏疏反对正月十五奢靡之风,编者云:"隋炀帝没有接受他的建议,反而为了向外国使节夸耀天朝的富足,每到正月十五便在皇朝内外张灯结彩。"

按柳彧奏疏为文帝仁寿之前。《隋书》卷六二本传云"诏可其奏"。编者这一论断又是凭空捏合,时代倒置。

五、未明所据,可能有误者

①"银紫光禄大夫"(三、285、倒11) "金紫""银青"未闻有"银紫"之说,"紫"或为"青"之误。

②"庶人……(笏)竹木"(三、288、13) 据常识"笏"为官吏专用,未闻庶人亦用"笏",未知所据。

③"鸿鹈"(三、309、16) 诗文中常见"鹔鹈"而未闻"鸿鹈",恐为误字。

④"'高丽纸以棉、茧造成,色白如绫,坚韧如帛,用以书写,发墨可爱。此中国所无,亦奇品也'。正因为它色白如绫,坚韧如帛,故又称'茧纸'。所谓'茧纸'并非用'蚕茧'制成,而是用楮树皮制的。"(二、309、1—3)

编者的解释和所引谷应泰《博物要览》的说法明相矛盾。据我所知,前几年江苏泗阳绢纺厂用蚕茧确实制成了"茧纸",是否打入市场则无下文。编者此处断言非用蚕茧,不知有何根据。

⑤"怀素《草书歌》云:含毫势若斩蛟蛇(龙),挫骨还同断犀象。兴来索笔纵横扫,满座词人皆道好。一点二笔(峰)巨石悬,长画万岁枯松倒。叫啖忙忙礼不拘,万字千行意转殊。壁间飕飕风雨飞,行间屹屹龙蛇动。"(二、313、6—10)

按《全唐诗》仅录怀素两首七绝。今人陈尚君《全唐诗补编》仅辑得两句。《宣和书谱》录有怀素作品101件,有《草书诗》二件,下注"不全"二字。说明宋徽宗时代,怀素《草书诗》已不全。编者此处既为重大发现,应该说明根据,以免见者骇怪。从所引诗句"满座词人皆道好"、"叫啖忙忙礼不拘"等句看,疑为别人看怀素作草书之歌;当为《怀素草书歌》,限于条件,无从检索,如果编者确有所据,自应加以说明,以免书籍少,检索工具不全而又不轻信"新奇事物"者惶骇不安。

编这样一种教本确实不易,我只是泛泛浏览,而要教的十多章节则因备课需要看得仔细一些。自维年逾古稀,见闻既寡而又易忘却,以上刺举各条,意在引起编者注意,能够使此教本少些纰漏,有益于学者,是所至盼。

(原载《淮阴师专学报》1994年第1期)

"鲍叔和"现象亟应防止

《复旦学报》1990年第2期周维衍《关于〈金瓶梅〉的几个问题》一文，洋洋万言，提出了几个值得思考的问题。其中第四个问题"田艺蘅——一个极有可能撰写《金瓶梅》的人物"，1990年6月《新华文摘》全部转载而改题为《〈金瓶梅〉作者新探》，可以想见其影响。粗读一过，觉得虽然有点系风捕影，总还可以说事出有因。那里引了《钱塘县志》："海上变，立草丈二，橄鸠义民千人，保障社里。"《留青日札》："惟官之邪，则有贿赂公行，是非不白，利害莫恤，控诉无门，此民瘼之所以，日深而积之忧，可为长叹息而痛哭流涕者也。""橄"字应该属上，"以"字后不能逗，这是明显的破句，或者是排字工人误植且校对不精的缘故而不关作者阅读文言的能力。但是读到下面一段妙文却使我莫名惊诧，几乎不敢相信自己的眼睛：

《金瓶梅》第八十一回有诗："燕入非傍舍，鸥归只故池。断桥无复板，卧柳自生枝。遂有山阳作，多惭鲍叔和。素交零落尽，白首泪双垂。"按此五律与本回内容并无关系，实是作者的自我叹息。作者天南地北走了不少地方，最后还是回到了梓里杭州。"故池"者指"西湖"也。"断桥"

仍然是原来的模样。湖畔的垂柳，随岁月流逝而不断更新。那些故友们能有几个像鲍叔和那样！现在都不来往了！想到这里，老人慨然流下了眼泪。这与田艺蘅晚年在西湖放浪的情感多么切合！（132页）

这里的"鲍叔和"三字真是石破天惊，因为读过《史记·管晏列传》的人，只知道鲍叔牙，记得管仲"生我者，父母，知我者鲍子也"的名言，我从未听说朋友之道有鲍叔和其人。原来只是作者对这首五律一点不懂，抄错了字。这是杜甫《过故斛斯校书庄二首》之二。斛斯融是杜甫的朋友，这时已死了，所以题中有个"故"字。原文第一首："此老已云殁，邻人嗟未休。竟无宣室召，徒有茂陵求。妻子寄他食，园林非昔游。空馀繐帷在，淅淅野风秋。"这第二首就"园林非昔游"发感慨，断桥卧柳不过写庄的荒凉，怎么扯得上西湖的"断桥"？而且西湖的断桥是拱桥而非破板桥，田汝成《西湖游览志馀》卷二十《熙朝乐事》引凌云翰《断桥雪棹》云："桥迷蝃蝀高高耸，船压玻璃细细流"。桥像彩虹高高耸起，当然有些夸张，但绝对不是"无复板"的"断桥"。至于"卧柳"和"垂柳"也是不同的形态，作者又以意混一，毫无根据。"素交零落尽"指朋友的死亡者多，作者又说成"不来往"，解释也是匪夷所思。

这种"鲍叔和"现象使我想到几个问题。一是杜甫这样有名的诗，作者竟然当成田艺蘅的自叹而信口开河地乱加发挥，实在教人觉得心中不是滋味，这样的"功底"，怎么能有所发现呢？

二是把"知"字错成"和"字，在韵脚上出毛病，稍微有点押韵常识的人也能断定"和"字错了，因为杜甫这首诗用的"支脂之"韵。查一查北大影印的《金瓶梅》正作"多惭鲍叔知"并不错，说明作者竟然不知道引用材料应该核对一下善本。浦起龙《读杜心解》解释这句很有见地："鲍叔，公自谓也。知其贫而不能存恤，是以惭也。"这句实是对上首"竟无宣室召"说的，惭愧自己不能像鲍叔牙推荐管仲那样举荐斛斯融。

三是引用材料来作为论据，首先得逐句弄懂，不能想当然地乱加解释。旧小说是综合性文学作品，要想不出错，得有多方面的修养，白话小说也少不了文言材料，少不了旧诗词的知识，研究者应该使基础打得牢一些，不能急功近利，只抓一点，结果闹出"鲍叔和"这类笑话。

四是这种"鲍叔和"式的语误，稍有一点旧文学常识的人一望而知，何以堂堂名牌大学的学报竟然视而不见，任其流布；《新华文摘》这样全国性的权威刊物又毫无批评地加以转载，使其流布海外。这会给人对我们的学风、我们的研究水平、我们刊物的质量有什么样的评价呢？这恐怕不能当一个字的小事而漠然置之吧！作为一个古典文学工作者，我实在不能不喊上一句："鲍叔和"现象亟应防止！

(1990年7月6日于淮阴师专，
原载《淮阴师专学报》哲社版1990年第4期)

风马牛不相及

《左传·僖公四年》：

> 楚子使与师言曰："君处北海，寡人处南海，惟是风马牛不相及也。不虞君之涉吾地也，何故？"

后人习用"风马牛不相及"之语以喻事物毫不相干。然"风马牛"之"风"究作何解，则颇纷纭。约略古人及时贤之解计有三端：

一以"风"为"牝牡相诱"之义，谓如使马与牛相配，终于不合。此说从之者众，然以当时外交辞令而取譬于牝牡相诱，未免不伦，故后人多不取，惟王力先生主编之《古代汉语》尚从此说。

二以"风"为"放佚"解，以谓两地悬远，虽马牛奔佚，亦无由从北海以至南海。此解着眼于地区迥隔，似可贯通。故新版《辞海》"风马牛"条即取此解，而以第一说为附见。

三以古诗"胡马依北风"为言，谓马性逆风而奔，牛喜顺风而走，一南一北，各不相涉。盖以"风"为自然界之大风。此说近人颇从之。

近阅马永卿《嬾真子》卷四，别有发挥，可备一说，转录于下：

楚子问齐师之言曰："君处北海，寡人处南海，唯是风马牛不相及也，不虞君之涉吾地也。何故？"注云：马牛之风佚，盖未界之微事，故以取喻。然注意未甚明白。仆后以此事问元城先生，曰："此极易解，乃丑诋之辞耳。齐楚相去，南北如此之远，虽马牛之病风者，犹不相及。今汝人也，而辄入吾地，何也？"仆始悟其说，即书所谓"马牛其风"，注云马牛其有风佚。此两风字同为一意。

按刘安世此解能贯通全文，且传出楚人词锋之利，似甚于前引三说。盖"风"即"疯"字，谓马牛虽发疯乱走，亦未能由齐之楚。马永卿即以风佚解之，犹未达一间，盖风佚即放佚，非指发狂也。

(1981年8月于淮阴师专中文系。
原载《读常见书札记》)

《离骚》"委厥美"辨

《离骚》中"委厥美"凡两见：

> 予以兰为可恃兮，羌无实而容长。委厥美以从俗兮，苟得列夫众芳！

王逸注："委，弃。"按以"弃"释"委"见于《广雅·释诂一》。诸家注《离骚》者于王注无异词，然以此例于下文则多碍。

> 惟兹佩之可贵兮，委厥美而历兹。芳菲菲而难亏兮，芬至今犹未沫。

诸家于此多守上文王注"委弃"之说：

洪兴祖《补注》："上云委厥美以从俗，言子兰之自弃也。此云委厥美而历兹，言怀王之见弃也。"

朱熹《楚辞集注》："言琼佩有可贵之质而不能挟其美以取世资，委而弃之，以至于此。然其芬芳实不可得而减损昏暗，此原之自况也。然上章讥兰既有委厥美之文矣，此美琼佩又以为言者，盖彼真弃其美之实以从俗，此则弃其美之利以徇道，其事固不同也。"

朱熹为守"委弃"之说，缴绕难通，游国恩先生《离骚纂义》

评其"殊迂曲不合",而取汪瑗之说以为"较确",汪说云：

> 委厥美而历兹,是屈子自言己有琼佩之美而为党众蒉然而蔽之,嫉妒而折之,其弃之一至于此也。

与汪氏说相近而游先生亦评其"有独到处",尚有徐焕龙《屈辞洗髓》：

> 兹佩,即偃蹇琼佩。惟兹可贵,非原自夸,谓群小意中惟恨兹佩独贵,相形举朝之陋贱,是以必不见容,委弃其美而历于今兹。前委厥美,兰之自弃；此委厥美,众共弃之。历兹者,见弃久于时也。

戴震《屈原赋注》："委厥美而历兹,言人弃其美,所谓众蒉然蔽之也。"以上各家均以"委"训"弃",然细加寻绎,殊多扞格,有意曲成,遂有捉襟见肘之窘。

胡文英《屈骚指掌》但云："历兹,历此摧折而不变也。"未言"委厥美"为何义。其不同于诸家之说者有鲁笔《楚辞达》："委,积也。委积厥美以历此时俗,终不为所变化。"游先生以为"鲁笔训委为积非是",余独以为"委"当训"积",然鲁氏于"历兹"未得其解,故全句难以服人。今按《吕氏春秋·士容论·任地》："今兹美禾,来兹美麦。"高诱注："兹,年也。"《古诗十九首》："为乐当及时,何能待来兹。"李善注亦引高氏注"兹"为"年"。此为常语,"历兹"犹后世言"多历年所",言时之久,徐氏已有此义,但未明言"兹"为"年"耳。

"历兹"之义既明,当求"委厥美"之主语谁属。上文明言"惟兹佩之可贵",则此"委厥美"之主语当指"兹佩"犹上例"委厥美"之主语为"兰"也。朱熹所言虽迂曲,然未变主语之"兹佩",尚有可取。洪兴祖、汪瑗、戴震于句外增"党众"为主语,语似较通达,然未免增字解经之失,故所不取。

"历兹"与"委厥美"之主语既明,则训"委"为"积",盖言兹佩之所以可贵,乃多年修养之结晶也。"委"训为"积",较之"弃"更属常见,如《广雅·释诂一》、《公羊·桓十四年传》"粢盛委之所藏也"何休注,《孟子·万章下》"孔子尝为委吏矣"赵岐注等,遽数之不能终其物也。

以《离骚》本文修辞之手段言,以服饰喻品德修养贯串全篇:首言"扈江蓠与辟芷兮,纫秋兰以为佩",中又言"折琼枝以继佩","何琼佩之偃蹇"等语,皆可为余释"委厥美"为积年修养之根据。正以此佩乃积年修养之美,故"众薆然而蔽之","恐嫉妒而折之",屡受嫉妒摧残而贞质不变。即使处"固时俗之流从兮,又孰能无变化"之恶劣环境,仍然"芳菲菲而难亏兮,芬至今犹未沬",此则"兹佩之可贵"所在也。四句语义甚明,与全文主旨相吻合,固无烦守王逸"委弃"之注而曲为之说也。

然则"委厥美以从俗"之"委"当从何训?曰:仍以"委积"为是。盖若本无所知而从俗,此滔滔者天下皆是,何足深责;经辛苦培育深辨美恶之人,竟亦同流合污,试思当日辛苦培育之者其悲痛为何如!"兰芷变而不芳兮,荃蕙化而为茅",此屈原之至感悲痛者。"予以兰为可恃"者,正以其"委厥美"也,亦即前文"滋兰"、"树蕙"云云,原以为"可恃"乃变而"从俗",故发出"苟得列夫众芳"之呵斥也。若训"委"为"弃",语句虽顺,然义则单一,盖既"从俗"必弃厥美,尚何须重言?"委"训为"积","以"与"而"同,楚辞习见,此语为转折句,先扬后抑,弥见伤心。且如上文所析"委美厥而历兹"当以"委积"为义,此处句法既同,义须同训,庶免龃龉。

511

久蓄此疑，聊复辨之如上，未知有当于屈子原意否？姑记之以俟知言。

（1957年初稿，1983年改订。原载《读常见书札记》）

"触龙"与"触詟"

触龙说赵太后让长安君出质于齐,事初见于《战国策·赵策四》。文曰:"左师触龙言愿见太后。"司马迁全文采入《史记·赵世家》,为后世所艳称。人名触龙,坊间古文选本多从吴师道合龙、言为一字,于是《触詟说赵太后》,曾为若干人所接受。长沙汉墓出土帛书《战国策》文与《史记》同作"触龙",按理应无疑问了。但是1978年中国青年出版社出的冯其庸同志主编《历代文选》上册标题仍然是《触詟说赵太后》,45页芦荻注:"触詟,人名。"看来这个问题还得澄清一下。

不肯接受汉墓帛书"触龙"之说,也许是说那只能说明有这个本子,不代表汉朝中秘书及他本不作"触詟"。但宋代以前《战国策》全作"触龙",没有作"触詟"的,例如:

《史记·赵世家》作"触龙",三家注本未提《战国策》作"触詟"。

《汉书·古今人表》作"左师触龙",颜师古也未注《战国策》有异文。

司马光《资治通鉴》卷五作"触龙",胡三省注:"春秋时宋国之官有左右师,上卿也。赵以触龙为左师,冗散之官以优老臣者也。"

日本泷川资言《史记会注考证》于《赵世家》"左师触龙言愿

见太后"注:"《策》龙言作謦"又引胡三省《通鉴注》(同上),泷川所据者吴师道之误,宋本无作"謦"者,说详后。

苏轼《贺杨龙图启》:"左师触龙语馈粥而及长安之质"(《经进东坡文集事略》卷二十七)也作"触龙",如果说苏轼未明言《战国策》可能就《史记》而言,那末洪迈《容斋四笔》卷三《陈翠说燕后》条云:

> 赵左师触龙说太后,使长安君出质,用爱怜少子之说以感动之。予尝论之于《随笔》中(按见卷十三《谏说之难》条),其事载于《战国策》、《史记》、《资治通鉴》……

按情理言,触龙言愿见,所以太后才"盛气以胥之",去一"言"字,"愿"就太突然了。宋剡川姚氏本《战国策》"龙言",二字共占一格半,"言"字较小,可能为补刻,姚氏注:"一本无'言'字。"也决没有"触謦"的痕迹,只有元朝的吴师道《战国策补注》别出心裁改为"触謦",理由是站不住的,清人黄丕烈《战国策札记·中》"左师触龙"条已予驳正,谨录于下:

> 吴氏补曰:"《史记》作龙。按《说苑》鲁哀公问孔子夏桀之臣有左师触龙者谄谀不止。人名或有同者。此当从謦以别之。"丕烈按吴说非也,当作龙。《古今人表·中下》云左师触龙,即此。言字本下属愿见读,误合二字为一。《史记》言"触龙愿见"不误。

综上所说,既有宋以前版本的根据,又有出土帛书,加上清人的驳正,吴师道之说是站不住的。

(原载《读常见书札记》)

"飞霜"与"埋轮"别解

邹衍下狱,六月飞霜,事出《文选》李善注引《淮南子》(今本未见,李注或本《初学记》卷二霜第三"燕系邹衍"注),本言五月,故李白诗云:"燕臣昔恸哭,五月飞秋霜。"略早于李白之张说《狱箴》:"匹夫结愤,六月飞霜。"(《全唐文》卷二二六)此新版《辞源》、《辞海》所收之条目,大抵皆以为贬辞。然亦有以之褒美名宦者,则辞书例皆忽略。按《一统志》卷一百八十七《江西统部·名宦》云:

> 明王哲,吴江人,弘治中,以御史巡按江西,时大旱,亲录罪囚,出数百人。翌日雨,岁大稔。有大家被盗。诬其冤家,赂镇守论死,哲讯释之。后果得真盗。民为之谣曰:"江西有一哲,六月飞霜雪;天下有十哲,太平无休歇。"

此为特例用法,辞书似不应忽略。

"埋轮"一词常用有二义,一固守不退,如《孙子·九地》:"是故方马埋轮,未足恃也。"二指弹劾权贵,不避危害,多引《后汉书·张皓传》附《张纲传》,所谓"豺狼当道,安问狐狸",此皆人所习知者。按程良孺《读书考定》卷九《张纲埋轮》条云:

> 朱遵字孝仲,蜀人。当公孙述僭号时为犍为郡功曹。

领军拒战于六水门，兵少，乃埋车轮绊马，以示必死。述杀之。光武追赠汉将军，为立祠。（淳按：事见《华阳国志》卷十中《犍为士女》）。按此事，则死封疆者亦可用埋轮。

"埋轮"可用以表死守阵地以身殉者，盖本于《九歌·国殇》："埋两轮兮絷四马，援玉枹兮击鸣鼓。"此例诸辞书皆未收。亦应补入。

谢 客

钟嵘《诗品·上·宋临川太守谢灵运》云：

> 初，钱唐杜明师夜梦东南有人来入其馆，是夕，即灵运生于会稽。旬日，而谢玄亡。其家以子孙难得，送灵运于杜治养之。十五方还都，故名客儿。

谢灵运亦名谢客，当以此故。然检沈约《宋书·谢灵运传》验之，未言此事。"旬日，而谢玄亡"尤不可信。本传云：

> 祖玄，晋车骑将军。父瑍，生而不慧，为秘书郎，蚤亡。灵运幼便颖悟，玄甚异之。谓亲知曰："我乃生瑍，瑍那得生灵运！"

若灵运生十日而玄即亡，何由知其颖悟？考《晋书·谢玄传》："(太元)十三年卒于官，时年四十六。"《宋书·谢灵运传》记其被诛："时元嘉十年，年四十九。"上推生年当为太元十年。则谢玄亡时，灵运虚龄四岁，"幼便颖悟"，可得而言。钟嵘之说，实出无稽。惜乎近人陈延杰《诗品注》既未拈出，而北京大学《魏晋南北朝文学史参考资料》亦两系之而不言其龃龉。此倘所谓"睫在眼前长不见"者乎？

"天下非小弱"解

贾谊《新书·过秦》是脍炙人口、千古传诵的名文,司马迁曾全部采入《史记》。作者以"过秦"名篇,目的在于批评秦统治政策的错误,以为汉家统治的借鉴,这在下篇的结尾说得非常明白:

> 鄙谚曰:"前事之不忘,后事之师也。"是以君子为国,观之上古,验之当世,参之人事,察盛衰之理,审权势之宜,去就有序,变化因时,故旷日持久而天下安矣。

三篇之中,上篇文字尤其精采。他先用辞赋的铺排手法,尽力渲染秦消灭诸侯统一天下的赫赫声威和陈涉起义后迅速土崩瓦解的可悲下场,对比鲜明,为后文议论的根据。再用"且夫天下非小弱也"一节总结上文,对比今昔,最后自然得出"仁义不施而攻守之势异也"的结论。

"且夫天下非小弱也"一句在全篇中带有关键性。可是对这个句子的理解,却存在问题。江苏人民出版社《中国古代文学作品选》上册注云:"且夫天下非小弱也:秦的力量并没有缩小和减弱。"这大概是有代表性的。曾记以前中学课本或参考书解为"地方没有缩小,力量没有削弱",总之以"天下"指秦,

"小弱"当做并列结构:"缩小和减弱"。我以为细绎全文,这样的解释是站不住脚的。先把本篇"天下"的范围弄清楚,"小弱"也就容易解决了。

在本篇里,作者把"天下"和"秦"基本上作为对立的双方来对待,"天下"和"山东"、"诸侯"、"六国"、"九国"的含义大致相同。我们试将有关语句顺序排列起来看一看:

一、秦孝公据崤函之固,拥雍州之地,……有席卷天下、包举宇内、囊括四海之意……

二、诸侯恐惧,会盟而谋弱秦,不爱珍器重宝、肥饶之地,以致天下之士。……于是六国之士有宁越、徐尚……

三、秦无亡矢遗镞之费,而天下(一本作"诸侯")固已困矣。

四、秦有余力而制其弊……因利乘便,宰割天下,分裂山河。

五、及至始皇……履至尊而制六合,执敲朴以鞭笞天下,威振四海。

六、堕名城,杀豪俊,收天下之兵,聚之咸阳,销锋镝,铸以为金人十二,以弱天下之民。

七、天下已定,始皇之心,自以为关中之固,金城千里,子孙帝王万世之业也。

八、天下云合响应,赢粮而景从,山东豪俊遂并起而亡秦族矣。

九、且夫天下非小弱也,雍州之地,崤函之固自若也。

十、一夫作难而七庙堕,身死人手为天下笑者,何也?

上列十例,除最后一例"天下"含有"天下后世"的广泛意义外,其馀的"天下"都是和"秦"对举的。一例"席卷天下"是秦的目标,自然不包括"秦"在内。三例"秦"和"天下"对举非常明显。四、五、七三个例子的"天下"都根据第一例来的,说明秦孝公以来的"席卷天下"的目标逐步实现。二例里的"诸侯"、"天下"、"六国"所指范围大体相同。六、八和二例里的"天下"是一致的。"堕名城"是指毁去六国的都城如"屠大梁"之类,决不包括秦城在内。"收天下之兵,聚之咸阳"当然指收山东诸侯之国的兵器。这些措施的目的是"以弱天下之民",好便于秦国的长期统治,这里天下之民也不包括秦民在内。"天下云合响应"和下文的"山东豪俊遂并起而亡秦"相一致,指的山东诸侯旧地人民的反抗,有《史记》可证,而历史上决没有秦地人民起义响应陈涉的记载,所以这里的"天下云合响应"范围仍排除秦故地在外。

　　"天下"的范围弄清楚了,"且夫天下非小弱也"就较易理解。这句话是根据秦始皇"以弱天下之民"来的。说明秦始皇原想用"愚民""弱民"政策来巩固秦的统治,"弱民"的目的是达到了,因为名城尽毁,豪俊多诛,兵仗已销,所以天下之民非仅"弱",而且是"大弱"而非"小弱"。"小"是"弱"的状语。《作品选》释为"缩小和减弱"逻辑上很别扭,因为两个概念重复了。"弱"的前面可不可用"大"、"小"之类的状语呢?曰可。《战国策·西周》"秦不大弱而处三晋之西"就是明证。不曰"已大弱"而曰"非小弱"只是强调的说法,表明"天下之民"再弱,秦的声威再大,秦王朝也不能维持长久,因为秦始皇打错了算盘。这就有力地为下文中心论点服务。

　　从篇章结构上看,"且夫天下非小弱也"是总结上面"弱民"政策,"雍州之地,崤函之固自若也"是回应篇首秦地形势。两句对举成文,从上文一直贯下来。下面又用陈涉之徒和六国相对比,一强一弱,甚为鲜明。为什么"成败异变,功业相反"呢?这就自然引出"仁义不施,而攻守之势异也"的结论。这和陆贾批评汉高祖马上得之不能马上治之的意思相同。所以从文章结构上看,"天下非小弱也"也决不能解释为"秦的力量并没有缩小和减弱"。

"中外"质疑

蔡琰《悲愤诗》:"既至家人尽,又复无中外。"王先谦《后汉书集解》引惠栋曰:"中外即中表。"语本甚明,新版《辞海》"中外"条:

⑥中表兄弟。《世说新语·赏誉》:"谢胡儿作著作郎,尝作《王堪传》,不谙堪是何似人,咨谢公。谢公答曰:堪,列之子,阮千里姨兄弟。潘安仁中外。安仁诗所谓:子亲伊姑,我父唯舅。"

此说至明,两人母为姊妹,则称姨兄弟、姨姊妹,今日淮阴地区尚如此称,其他地区亦有称姨表兄弟姊妹者。两人父母为兄妹、姊弟关系者,古人称为"中外",今日或称中表、姑表。而北大《魏晋南北朝文学史参考资料》独辟新说:

"中外",犹言"中表"。"中"指舅父的子女,为内兄弟;"外"指姑母的子女,为外兄弟。

十三校《中国古代文学作品选》从其说:"中:指舅父的子女,为内兄弟姐妹。外:指姑母的子女,为外兄弟姐妹。"

猛一见之,以为简明易懂;稍一思之则自相矛盾,窒碍难通。

设甲乙为兄妹,各生一子丙丁。依上说,乙为丙之姑,则丙与丁为"外兄弟姐妹"。而甲为丁之舅,则丁与丙为"内兄弟姐妹"。同此二人而有此异称,岂不谬哉?故此说为强生分别,不思之甚。

按之《世说新语·言语》:

> 张玄之、顾敷是顾和中外孙,皆少而聪惠。和并知之,而常谓顾胜,亲重偏至,张颇不厌。

此处所云"中外"亦即今日俗言之表兄弟。中孙,指孙;外孙即女子子,今日亦称外孙。按《世说人名谱·吴国吴郡顾氏谱》五世和;六世隗,和子;七世敷,隗子。可为中外之说补一力证。故中外即中表,亦即今日所谓姑表兄弟姐妹,不当如北大、十三校之强生分别,转致葛藤也。

(原载《读常见书札记》)

孔雀　磐石　蒲苇
——《孔雀东南飞》教学拾零

　　古乐府《焦仲卿妻》一诗倍极凄艳,传诵千古。篇首"孔雀东南飞,五里一徘徊"笼罩全诗,后人多以"孔雀东南飞"名篇。今日解此二语,多缘汉乐府《艳歌何尝行》为说:"飞来双白鹄,乃从西北来……五里一反顾,六里一徘徊。"以为写夫妇离散,往往借鸟飞起兴。然他诗言"白鹄""黄鹄",何以此诗独言孔雀?他诗言"西北来",此诗何以独言"东南飞"?此篇篇首言"孔雀东南飞",结局"徘徊庭树下,自挂东南枝"。"东南"二字前后呼应,绝非泛指。或疑女家位于男家东南,似可信从。孔雀起兴,不仅可见兰芝之美丽,且见其忠于爱情。桂馥云:

　　　　古诗孔雀东南飞,此鸟非自偶者,终不相合,强以雌雄同笼,距如仇敌。(《札朴·览古》《诗人因物起兴》条)

　　以此兴起全篇,则兰芝之美丽坚贞,终于以死殉情,自在其中。桂氏此说,多为近日注家所忽视。甚有以孔雀为南禽而断言故事发生于广州,令人瞠目结舌,难以言喻。

　　考之古籍,孔雀颇见珍异。《汉书·南粤王赵佗传》云:"文帝元年献孔雀二双。"魏杨修有《孔雀赋》。《春秋元命苞》云:

"火离为孔雀。"《尔雅翼》云:"孔雀生南海,鸾凰之亚。"宋林希逸《孔雀赋》:"嗟俦匹其奈何,痛天属之睽异。"张治道《孔雀赋》:"何伉俪之相比,固中礼之足称。"凡此皆足证桂说于书有据。然古人传说如此,至孔雀是否有此特性则属动物学范畴,不当援以相诘难。释氏《增益经》云:

> 孔雀有九德:一、颜貌端正,二、音声清澈,三、行步翔序,四、知时而行,五、饮食知节,六、常念知足,七、不分散,八、少淫,九、知反覆。以此喻比丘之行仪也。

以此赞孔雀之德,亦可为此诗用孔雀喻兰芝作一旁证也。

此诗新妇、府吏几番问答,新妇云:"君当作磐石,妾当作蒲苇。蒲苇纫如丝,磐石无转移。"以"磐石"为喻,可以远溯《诗经》"我心匪石,不可转也",易于领会。而以"蒲苇"为说,则易忽略其用意,此盖与新婚礼仪及上文"以此下心意,慎勿违吾语"相呼应也。按段成式《酉阳杂俎·礼异》有云:

> 婚礼纳彩有:合欢、嘉禾、阿胶、九子蒲、朱苇、双石、绵絮、长命缕、乾漆九事,皆有词:胶、漆取其固,绵絮取其调柔,蒲苇为心可屈可伸也,嘉禾分福也,双石义在两固也。

明乎此,于房中相劝时,府吏望新妇:"以此下心意,慎勿违吾语",而"新妇谓府吏,勿复重纷纭",已加以拒绝。迨至车马既行,府吏下马入车中,重申誓愿,故新妇感激涕零,乃以蒲苇自居,既联系纳彩之言可屈可伸,又以回答"以此下心意"之语。如此理解,始可见新妇此语实有双关之义,非泛泛设譬也。

(原载《读常见书札记》)

唐代取人之"身"

《新唐书·选举志下》云：

> 凡择人之法有四：一曰身，体貌丰伟；二曰言，言词辩证；三曰书，楷法遒美；四曰判，文理优长。四事皆可取，得先德行，德均以才，才均以劳。

洪迈取以入《容斋随笔》，可见唐代取官之重视官相。证之以《鉴戒录》所载方干因兔唇，有司以为不能予科第，其后十馀年遇名医补唇，始能应举。可证其风至唐末尤然。孔子云："以貌取人，失之子羽。"然竟以貌为首条，令人不解。开国之初，如欧阳询其貌寝陋，长孙无忌嘲之曰：

> 耸膊成山字，埋肩不出头。谁教麟阁上，画此一猕猴。

长孙无忌体貌丰伟，欧阳询反唇相讥：

> 索头连背暖，完裆畏肚寒。只由心溷溷，所以面团团。

（《唐语林》卷五）

殷安嘲讽其子堪为宰相云：

> 汝肥头大面，不识今古，噇食无意智，不作宰相而何？

（《太平广记》卷二百六十）

欧阳询为开国功臣,其时惟才是举,不暇究其体貌。后期殷安之言,可证"体貌丰伟"之必要。然唐代中叶,亦有其貌不扬而竟居相位。姑举两例:

李揆秉政,苗侍中荐元载。揆不纳,谓晋卿曰:"龙章凤姿之士,不可见獐头鼠目之人,乃求官耶?"及载入相,除揆秘书监,江淮养疾,凡十餘年。

卢杞貌丑而蓝色,人皆鬼视之。(钱易《南部新书》)

方干缺唇,不能应举;元载獐头鼠目,卢杞面如蓝靛,竟能致身相位,"体貌丰伟"之要求,竟同虚设,其故何在?《南部新书·乙》为破此疑:

吏部常式:举选人家状须云:"中形,黄白色,少有髭。"

或武选人,家状云:"长形,紫黑色,多有髭。"

盖当时无摄影术,而所谓"身"但凭家状填写,文武各有定式。有势力者则可任意填改。韦澳所谓"增年矫貌,尽取于朋比群强"(《唐摭言》卷二)。"身"之要求,便同虚设。以貌取人,已属可笑;公式一律,徒滋烦扰。唐代中末叶之失政,固有多端,取人以身亦助其失才,在位者所当殷鉴也。

(原载《读常见书札记》)

古典作品教学拾零（四则）

如闻泣幽咽

杜甫"三吏"、"三别"传诵千古。"三吏"之中，《石壕吏》尤为突出，大中学文科一直作为传统教材。其中"如闻泣幽咽"一句，聚讼纷纭。有以为"老翁"，有以为"儿媳"，有以为"老妇"临行之泣，有以为"石壕全村"，或以为既用"如闻"，则泣声未必真有而为作者之幻觉。诸说之中，后者似胜。盖"三吏"与"三别"立言各别，"三别"作者未出面，"三吏"则作者均为叙事主线。《新安吏》云"白水暮东流，青山犹哭声"，而后来以"送行勿泣血，仆射如父兄"相劝慰。《潼关吏》则以"请嘱防关将，慎勿学哥舒"相勖戒。《石壕吏》逮及老妇，作者欲言实无可言。平叛之战，理应支持，故"三吏"、"三别"与《兵车行》主旨迥异。而胡乱捉人，殃及老妇，此风焉可长！作者目击心伤，无可言说，仅以"如闻泣幽咽"一语表现诗人主观之感慨万端。既曰"如闻"则重在主观之感受。以"既经丧乱少睡眠"之诗人，见此人间之惨剧而无可奈何，故耳边似有幽咽之泣声，以百姓之痛苦如身受也。谁为"泣幽咽"者固不必追，即果有无"泣幽咽"之声亦不可必；但从五字中领会诗人之万感交集无可奈何之心情，庶乎得之。

畏我复却去

《羌村三首》"娇儿不离膝，畏我复却去"句，约有二说：一以为往日娇儿不离膝下，今日因乱离巨变，竟然畏我而远远退避，盖以"复却去"之主语为娇儿。一以为"娇儿不离膝"者，畏我再度离去也，盖以"我复却去"四字作"畏"之宾语。征之同时所写之《北征》，各有所据。持后说者云：《北征》"问事竟挽须，谁能即嗔喝！翻思在贼愁，甘受杂乱聒。"可为"不离膝"之证。持前说者云《北征》："平生所娇儿，颜色白胜雪。见爷背面啼，垢腻脚不袜。""背面啼"即"复却去"之说也。余意《北征》序事有初归及归后之别。初归之时儿则"见爷背面啼"，诗人因之"老夫情怀恶，呕泄卧数日"。几日之后，父子悉熟，因有"问事竟挽须"之亲热。《羌村三首》第一首写初归之夕，第二首亦为初归几日，首云"晚岁迫偷生，还家少欢趣。娇儿不离膝，畏我复却去。"娇儿二句盖以申述"少欢趣"之一端，故余以为应以前说为长，即"见爷背面啼"之意。若已入"问事竟挽须"之时，似与"少欢趣"情味迳庭，恐杜诗不如此唐突。

李氏子蟠

韩愈《师说》末云"李氏子蟠，年十七……"，此李蟠恐非贞元十九年进士及第者，以年岁计之即大可疑，此姑勿论。退之造语惜墨如金，不肯浪下一字。此处"李氏子蟠"如省其字即迳曰"李蟠"可矣。如以为四字文气较舒畅，则何不援《张中丞传后叙》"吴郡张籍"之例著其籍贯或郡望？故称"李氏子蟠"者实有深意。征之韩愈《柳子厚墓志铭》：

> 子厚少精敏，无不通达。逮其父时，虽少年已自成人，能取进士第，崭然见头角，众谓柳氏有子矣。

云"李氏子者"即"李氏有子"之谓。以《师说》全文考之，韩愈方慨叹"师道之不传也久矣"，而李蟠能"不拘于时""能行古道"，此韩公之欲树为典型者，故于序其姓氏之中深寓褒奖之意，读《师说》似亦不可忽之也。

不畜猫犬

柳宗元《三戒·永某氏之鼠》言某氏拘忌异甚，"以为己生岁值子，鼠，子神也，因爱鼠，不畜猫犬，禁僮勿击鼠"。"犬"宋本注云"犬，一作又"。今世俗谚有云狗逮耗子，多管闲事，以为犬不逮鼠，故若于选本改"犬"为"又"，断句为"不畜猫，又禁僮勿击鼠"。实则古人有专畜逮鼠之犬。《吕氏春秋·士容论》曰：

> 齐有善相狗者，其邻假以买取鼠之狗。期年，乃得之，曰："是良狗也。"其邻畜之数年，而不取鼠，以告相者。相者曰："此良狗也。其志在獐麋豕鹿，不在鼠。欲其取鼠也，则桎之。"其邻桎后足，狗乃取鼠。

柳文盖取诸此，自当作"不畜猫犬"也。

（原载《读常见书札记》）

"炼师"词意变迁说略

《唐六典》卷四:"其(道士)德高思精者谓之炼师。"新旧《辞海》率皆据此为说。然唐中叶历五代至宋,炼师一词除此官方称谓外,派生新义,多指女道士而言,姑举两例:

行军司马向仆射(瓒)《咏乘烟观蒋炼师》,蒋甚伟,非妇人之状:"怪得蹒跚不上升,白云踏绽紫云崩。龙腰凤背犹嫌软,须向麻姑借大鹏。"(《鉴戒录》卷四《蜀门讽》)

开宝中,尝见一叟角发被褐,与一炼师舁药入城鬻之,获赀则求鲊就炉对饮,旁若无人,歌曰:"蓝采和,尘事纷纷事更多。争如卖药沽酒饮,归去深崖拍手歌。"疑其为陶夫妇焉。或云得仙矣。(《诗话总龟前集·隐逸门》引《江南野录》,"夫妇"二字依明抄本及缪荃孙校本补。引者注)

观此可知"炼师"一词至此已专指女道士,而不问其德行如何。《三水小牍》绿翘称鱼玄机为"炼师",重复多次。《太平广记》卷三百一十四《崔练师》条云:"晋州女道士崔练师,忘其名。"洪迈《夷坚甲志》卷十四《妙靖炼师》云:"妙靖炼师陈氏,名琼玉……"可见从北宋至南宋皆以"炼师"称女道士。葛常之《韵语阳秋》卷十二云:

唐张炼师不知何人，观唐人赠其诗，若有讥诮，钱起云："仙侣披云集，霞杯达晓倾。同欢不可再，朝夕赤龙迎。"刘禹锡云："金缕机中抛锦字，玉清台上著宽衣。云衢不要吹箫伴，只拟乘鸾独自飞。"其华山女之流乎！

按钱起（722—780）与刘禹锡（772—842）相去五十年，钱诗题为《宴郁林观张道士房》未指言为"炼师"，葛氏之误，盖亦疑其为女道士而致。刘禹锡集卷二十四题为《赠东岳张炼师》：

东岳真人张炼师，高情雅淡世间稀。堪为烈女书青简，久事元君住翠微……

此则可证中唐时"炼师"已指女道士。或者举《李太白文集》卷九（王琦注本）《赠嵩山焦炼师》序云："嵩山有神人焦炼师者，不知何许妇人也。"以为盛唐时已有此义，然此时非专指女道士而仍以道行为准。杜甫《忆昔行》末云："更访衡阳董炼师，南浮早鼓潇湘柁。"浦起龙以为即《昔游》之董先生。彼诗云："伏事董先生，于今独萧索。"故知李杜之时，炼师不问男女，仍指"德高思精"为言。至刘禹锡时已变为指女道士。犹如"真人"一词原指德行，而至《会真记》中即指美女，或由女道士称女真，再舍其道士之涵义而取其美女意，更一变几同于妓女，即如游仙窟之仙。

又吴曾《能改斋漫录》卷七《炼师练师》条，此字亦可作"练"，然《辞海》亦未之及，似宜以"炼师"为主，以"练师"附见，即可引吴氏之说为证。

（1982年5月于淮阴师专，原载《读常见书札记》）

"圣"为"侦探"说溯源

《宋朝事实类苑》卷七十三引《倦游杂录》有"三虎四圣"一条,节录如下:

庆历中,诏诸郡转运使各带按察使,于是江东有三虎,山东有四圣。三虎者,监司有王诰、杨闳辈,事务苛察。圣者,探侦之义也。谓俾部下小官奸恉好进者,廉察属郡官吏之过失。自是,吹毛求疵,刑狱滋彰矣。

圣字可以作侦探(名词)解,这个义项,现有字典辞书都没有涉及。如果稍微注意一下,它也有些变化迹象可以追寻的。《洪范》里有"睿作圣"的话,圣的境界好像高不可攀,孔子的学生称孔子为圣人,孔子不敢当。孟子虽然很自负,但当他的学生恭维他"夫子既圣矣乎"时,他却说:"夫圣,孔子不居,是何言也?"也是不敢当这个称号(事见《孟子·公孙丑上》)。封建社会中为了阿谀君主,"圣"字变成称皇帝的习用语,如"圣上"、"圣驾"、"圣躬"、"圣谕"等等,圣字已远离"睿作圣"的本义了。

另一方面,群众却把专精一行的人称为圣,如张芝草圣,张衡、马钧木圣等等,这仍然和它的本义相通。《庄子·胠箧》里讲盗亦有道时,曾说:"妄意室中之藏,圣也。"就是说能估到要

533

偷的对象的"室中之藏",这"妄意"二字实际应包括侦查探询的内容。黄庭坚《豫章集》有《次韵中玉早梅二首》第二首说:

> 折得寒香不露机,小窗斜日两三枝。罗帏翠幕深调护,已被游蜂圣得知。

在黄山谷之前,韩愈《盆池》诗已有"泥盆浅小讵成池,夜半青蛙圣得知"的话,所以任渊注《山谷内集》卷十五就引了这后一句。但这个"圣"字究竟作何解释,旧注颇为纷纭。今人张相先生《诗词曲语辞汇释》说:"圣,神通之意,圣得知一语,犹云神通得之也。"新版《辞源》对"圣"字的解释说:

> 唐宋人诗中多用作精灵乖觉或敏锐迅速的意思。宋黄庭坚《豫章集》十《次韵中玉早梅诗》之二:"罗帏翠幕深遮护,已被游蜂圣得知。"

按韩诗黄诗中的"圣得知",圣字正用"探侦之义"(动词),侦探的动作称"圣",专干这种事的密探也就称"圣","三虎四圣"正是由这个意思转来,只解释为精灵乖觉或神通的意思尚隔一层未透。而这种用法求其渊源,似不能不想到盗跖的"妄意室中之藏,圣也"的话来。

"圣"字有侦探(动词,名词两用)之义,为现有字典词书所忽略,所以不惮辞费,略为探索,以供编词典者采择。

(原载《汉语大辞典编写工作简报》第 112 期)

何谓"周星"

"辛苦遭逢起一经,干戈寥落四周星。"这是文天祥祥兴元年(1278)写的《过零丁洋》诗的头两句,上距德祐元年(1275)起兵勤王,头尾四年。"四周星"正指四年。"周星"即指一年。但是旧《辞海》、《辞源》和新修订的《辞源》第一分册,都没有作一年的注释,其注释是:

> 周星:岁星也。岁星十二年一周天,故亦有谓十二年曰周星者。庚肩吾诗:"周星疑更落。"常衮表:"减论之贷、曾示周星。"(旧《辞海》。新《辞海》连条目删去,未详何故)

> 周星:《通鉴宋武帝永初三年》:皇子煮年将周星。注"岁星十二年一周天。"(旧《辞源》)

> 周星:岁星。《艺文类聚》七六梁庚肩吾《咏同泰寺浮图》诗:"周星疑更落,汉梦似今通。"岁星十二年在天空循环一周,因此把十二年叫周星。唐白居易《长庆集》五九《与刘苏州书》:"岁月易得,行复周星。"(1979年修订本《辞源》)

到底"周星"何所指,我们试来探看。

先谈常衮:

代宗崩……初换祐甫河南少尹,再贬潮州刺史……建中元年迁福建观察使,四年卒。(《旧唐书·常衮传》)

德宗即位,衮奏贬崔祐甫为河南少尹,帝怒,使与崔祐甫换秩,再贬潮州刺史。建中初,杨炎辅政,起为福建观察使。(《新唐书·常衮传》)

按常衮《谢让加银青福建观察使表》见《全唐文》卷四一七,说:

奉五月二十五日恩制授臣银青光禄大夫,使持节都督福建诸军事……圣朝使过,始有庸臣。特赐崇阶,超授连率。减论之贷,曾未周星;录用之荣,顿极今日。(嘉庆刊本)

代宗大历十四年(779)五月死,德宗立。闰五月常衮奏贬崔祐甫为潮州刺史,德宗以为太重,壬申贬祐甫为河南少尹。六月初六贬常衮为潮州刺史。八月份起用杨炎为相,于建中元年(780)五月二十五日提升常衮为福建观察使,前后不及一年。所以常衮谢表说:"减论之贷,曾未周星;录用之荣,顿极今日。""周星"明指一年。

《白氏长庆集·与刘苏州书》:

去年冬,梦得由礼部郎中集贤学士迁苏州刺史,冰雪寒路,自秦徂吴。仆方守三川,得为东道主,阁下为仆税驾十五日朝觞夕咏,颇极平生之欢。各赋数篇,视草而别。岁月易得,行复周星……

上文云"去年冬",下文云"行复周星",这里的"周星"与常衮表相同,明指一年。修订本《辞源》第一分册引以为十二年之

536

证,是不妥的。

孙光宪《北梦琐言》卷十三记李匡威与马郁事云:

> 先是,匡威少年好勇,不拘小节,自布素中以饮博为事。渔阳士子多忌之……有马郁(原作都,据《刘抄本》校改)者,少负文艺。匡威曾问其年。郁曰:"弱冠后两周星。"傲形于色。后匡威继父为侯,首召马郁问曰:"子今弱冠后几周星岁?"郁但顿颡谢罪。

此可证唐末五代之时,"周星"仍指一年。

综上几例,在唐朝都以"周星"为一年。这可能是根据《礼记·月令》"季冬之月……是月也,日穷于次,月穷于纪,星回于天,数将几终,岁且更始",这"星回于天……岁且更始"当指"周星"。因为一年结束,各种星和地球的位置,大体又和岁始相同。

宋朝的官方文字,也以"周星"指一年。欧阳修庆历五年(1045)到任滁州太守,庆历八年(1048)转起居舍人、依旧知制诰、徙知扬州。嵇颖行的"制词"里说:"向直内阁之严,实分北道之寄。爰司方郡,屡易周星。"头尾不过四年,"制词"里用"屡易周星"字样,可见此时"周星"仍指一年。

如果要找周星作十二年的根据,可以上溯到《左传》和《史记》,但那里并无"周星"一词:

> 公送晋侯。晋侯以公宴于河上,问公年。季武子对曰:"会于沙随之岁,寡君以生。"晋侯曰:"十二年矣,是谓一终,一星终也。"(《左传·襄公九年》)

> 岁星出,东行十二度,百日而止…率日行十二分度之一,十二岁仰周天。出常东方,以晨;入于西方,用昏。

(《史记·天官书》)

所谓"十二年一星终"就是指的"木星"十二年一周天这种情况,也可叫"一周"。

《魏书》卷三十五《崔浩传》:"浩曰:'今长皇子焘,年渐一周,明睿温和……'"《北史》卷二十一改"一周"为"一纪",宋司马光《资治通鉴》卷一一九则改为"皇子焘年将周星,明睿温和。"元胡三省注:"岁星十二年一周天。"以"周星"为十二年,仅见于《通鉴》此条,是特例。

旧《辞源》"周星"条以特例为通例,失之于隘。旧《辞海》引庾肩吾诗"周星"与纪年无关,引常衮表则误以一年为十二年。修订本《辞源》意在溯源,白氏早于司马,然以先后论,常衮早于白氏几十年,所引非源,内容有误。应加更正。

(原载《辞书研究》1980年第三辑,略有修改)

"金埒铜山"

陆游《老学庵笔记》卷九云："韩子苍《和钱逊叔诗》云：'叩门忽送铜山句,知是赋诗人姓钱。'盖唐诗人钱起赋诗以姓为韵,有'铜山许铸钱'之句。"按此处韩驹及陆游均为误记。《诗话总龟》卷二十二引《古今诗话》：

> 郭暧,升平公主之婿也。盛会文士,即席作诗,公主自帏中观之。李端中宴诗成,有"熏香荀令偏怜小,傅粉何郎不解愁"之句,众皆称妙；或谓宿思,端自愿赋一篇,钱起曰："请以起姓为韵。"遂有金埒（《四部丛刊》误为"埒"）铜山之句。暧出名马金帛为赠。

《唐诗纪事》卷三十于"李端"亦云："始,郭暧尚升平公主,贤明有才思,尤多招士,端等多从暧游。暧进官,大集客,端赋诗最工。钱起曰：'素为之,请赋起姓。'文工于前,客乃服。"钱易《南部新书·戊》云"升平公主宅即席,李端擅场",当即一事。李端两首均为七律,《唐诗纪事》全录之。其精采一联云："新开金埒看调马,旧赐铜山许铸钱。"故知诗为李端作而非钱起。《老学庵笔记》偶涉误记。《涌幢小品》及《四库全书总目》均未涉及,故为拈出。

（原载《读常见书札记》）

新版《辞源》、《辞海》释词义项补正举隅

一壶

新版《辞源》"一壶"条云：

> 道家所指仙境。唐李商隐《李义山诗集》四《玄微先生》："仙翁无定数，时入一壶藏。"参见"壶天"。

淳按：李诗实用《后汉书·方术·费长房传》，作为溯源，似应引"壶公"事，此条仅注参见"壶天"而不曰"壶公"，似欠周密。又按《鹖冠子·学问篇》："中流失船，一壶千金。"此"一壶"同"一瓠"，即大葫芦，为别一义，亦应引入。《鹖冠子》，柳宗元《柳河东集》卷四《辩鹖冠子》以为伪书，而《韩昌黎集》卷十一《读鹖冠子》云：

> 《学问篇》称贱生于无所用，中流失船，一壶千金者……
> 廖注："壶或作瓠，音义同。"

《鹖冠子》之真伪可不置辩，而"中流失船，一壶千金"则为常语，《辞源》"一壶"条不应忽略此义。

六道

新版《辞源》注云:"佛教用语。指天道、人道、阿修罗道、饿鬼道、畜生道、地狱道。"按此为佛教常语,然文学笔记中有与此小异者,如钱易《南部新书·辛》云:

> 畿卫有六道:入御史为天道,入评事为仙道,入京尉为人道,入畿丞为苦海道,入县令为畜生道,入判司马为饿鬼道。

作为古汉语专门工具书,《辞源》对钱易此说亦应收入,以广异闻。

宋五坦率

新版《辞源》土部"坦率"条②云:

> 粗鲁。五代王定保《唐摭言》十《海叙不遇》:"宋济老于辞场,举止可笑。尝试赋误落官韵,抚膺曰:'宋五坦率矣。'由此大著。后礼部上甲乙名,明皇先问曰:'宋五坦率否?'"

按《唐摭言》此条采自李肇《国史补》卷下,而有错误,现将《国史补》原文录下:

> 宋济老于文场,举止可笑。尝试赋,误失官韵,乃抚膺曰:"宋五又坦率矣。"由是大著名。后礼部上甲乙名,德宗先问曰:"宋五免坦率否?"

两相比较,《国史补》多"又"、"名"、"免"三字,从语言情味看,远较《唐摭言》为长。而其中"德宗"和"明皇",显然应以《国史补》为是。按宋济与符载、杨衡同隐青城,见于计有功《唐诗纪事》卷五十一《符载》条。杨衡、符载又与崔群同隐庐山。崔群与韩愈同时。柳宗元有《贺赵江陵宗儒辟符载启》,见《柳河东集》卷三十五,由此可见当从《国史补》为"德宗",宋济无由得及明皇时之科举,《唐摭言》之误,不辩自明。

以时代言,李肇《国史补》为元和间作,早于五代时之《唐摭言》。举典从祖,当从《国史补》,且《唐摭言》又有明显错误。修订本《辞源》舍李肇而从王定保,可谓两失,当更正。

次韵

新版《辞海》冫部"次韵"条云:

> 作旧体诗方式之一,亦称步韵。即依照所和诗中的韵及其用韵的先后次序写诗。

按此条解释仅适用于中唐以后诗题中"次韵"字样。在此以前,凡将文字编次成韵文的也可叫"次韵"。如旧时蒙学读本的《千字文》,就是梁武帝将钟繇、王羲之拓本的一千来个不同的字"召周兴嗣韵之,一日缀成"。见《尚书故实》。今天辽宁美术出版社印行的所谓《唐欧阳询行书千字文》首行作"千字文",次行"敕员外散骑侍郎周兴嗣次韵",这里的"次韵"二字至少在初唐前已有,远较诗题中所用为早,应该收入。即以新《辞海》本身的体例来看,如禾部"和韵"条:

> ①和,指句中音调和谐;韵,指句末韵脚相叶。《文心雕龙·声律》:"滋味流于字句,气力穷于和韵。异音相从,谓之

和:同声相应,谓之韵。"②(hè)作旧体诗方式之一……

准此例,先见者居前,"次韵"也应先收上举《千字文》条,再收"诗题"之条,前后体例才统一。

娘子军

新版《辞海》"娘子军"条云:

唐高祖的女儿平阳公主曾组织妇女成军,帮助高祖作战。《新唐书·诸公主列传》:"主(平阳公主)引精兵万人与秦王会渭北。绍(柴绍,平阳公主丈夫)及主对置幕府,分定京师,号称娘子军。"

按刘𫗧《隋唐嘉话》卷上云:

平阳公主闻高祖起义太原,乃于鄠司竹园招集亡命以迎军,时谓之"娘子兵"。

此所谓"娘子兵"或"娘子军",乃指统帅为平阳公主(妇女)而非指战士皆为女性,与后世习用者有别。《新唐书》只言"精兵万人"未言皆妇女,《隋唐嘉话》则言"招集亡命",其非纯女性更属显然。新版《辞海》所云"曾组织妇女成军"实为主观想当然,殊有悖于平阳公主之史实也。

"顷"字可泛指从前

新《辞海》"顷"字条注:

①"市顷"的简称。②短时间;不久;才方。如:有顷;少顷;顷接来信。

淳按：古人用"顷"字也可指"以前"，时间不一定很短。姑举王明清《挥麈录·后录》卷六一条：

> 张芸叟治平初以英宗谅闇榜赴春试，时冯当世主文柄，以《公生明》为赋题，芸叟误叠压明字，试罢，自分黜矣。及榜出，乃居第四。芸叟每窃自念，省场中鲁莽乃尔，然未尝辄以语人也。当世后不相闻。至元祐中，芸叟以秘书监使契丹，当世留守北门，经由，始修门生之敬，置酒甚欢。酒半，当世谓芸叟曰："京顷作知贡举时，秘监赋中重迭用韵，以论策甚佳，因自为改去，擢置优等，尚记忆否？"芸叟方饮，不觉杯覆怀中，于是再三愧谢而去。

从治平元年（1064）到元祐（1086—1094）中，已经是二十多年，冯京叙述二十多年前的事，却用"顷"字提起。所以"顷"应有一个泛指"从前"或"过去"的意思，不限于"短时间"，在唐宋人诗文中并非特例，应补入。

海豹

新版《辞海》"海豹"条从动物学角度记载甚细。但是于中国往籍未加征引，似嫌不足。宋朱彧《萍洲可谈》卷二云：

> 元祐间有携海鱼至京师者，谓之海哥。都人竞观。其人以槛置鱼，得金钱则呼鱼，应声而出，日获无算……海哥，盖海豹也。有斑纹，如豹，而无尾。

这则记载不但补出海豹的异名，且能看出我国至少在宋代已有驯养海豹，教会它听人语言的记录。新《辞海》既有百科全书性质，似不应忽略这方面的记载。

至宝丹

新版《辞海》"至宝丹"条,仅释为中成药名,然后详细注出方剂。但是文学术语上的"至宝丹"却被忽略了。旧《辞源》注说:

  《后山诗话》王岐公诗喜用金玉珠璧以为富贵,其兄谓之至宝丹。

按《苕溪渔隐话丛前集》卷二十六:

  《后山诗话》云:王岐公(淳注:王珪,字禹玉)诗喜用金璧珠碧,以为富贵,而其兄谓之至宝丹也。《王直方诗话》云:王禹玉诗,世号至宝丹,以其多使珍宝,如黄金必以白玉为对。

不管取哪个例子,文学上术语的"至宝丹"也不应忽略。

阿婆

新版《辞海》对"阿婆"收了两条解释:①母亲,②对老年妇人的敬称。以我所见,男子也可自称"阿婆",显然有"以老卖老"的意味。《唐摭言》卷三:

  薛监(指薛逢)晚年厄于宦途。尝策羸赴朝,值新进士榜下,缀行而出。时进士团所由辈数十人,见逢行李萧条,前导曰:"回避新郎君!"逢辗然,即遣一介语曰:"报道莫贫相:阿婆三五少年时,也会东涂西抹来。"

薛逢自称"阿婆"虽是比喻,然后世文人习用此义,不是《辞海》上两条所能概括,应予补入。

楷

旧版《辞海》云:"植物名,亦名孔木、黄连木,属漆树科。《广群芳谱》引《淮南草木谱》:'楷木生孔子冢上,其干枝疏而不屈,以质得其直故也。'《清一统志》:'楷木出曲阜县孔林,文如贯钱,有纵有横,可以为杖。'"

旧版《辞源》云:"木名。曲阜孔林有子贡手植楷,高四丈五尺,围一丈,枯而不朽。见《山东通志》。"

新版《辞海》修订如下:

①木名。刘献廷《广阳杂记》卷一:"楷木,即今之黄连头树也。树有瘿,可以为器。"②相传楷树枝干疏而不屈。因以形容刚直。《人物志·体别》:"强楷坚劲,用在桢干,失在专固。"

楷树我未见过。但孔林有子贡植楷处,原树早焚于火,又经后人补植,几经盛衰。现在那儿保留清初诗人施闰章的一块诗碑。总之楷木和孔林的关系,我认为从文化史角度不应删去。同时旧《辞海》云"可以为杖"这个特点,也不应删去。曲阜文物商店即有楷木手杖供应外宾,每根价 200 元。我觉得从外贸旅游考虑,旧版《辞海》的说法不能忽视。

新版《辞海》于楷木出处不取康熙钦定的《广群芳谱》而取清初刘献廷的《广阳杂记》,不知是否以刘书略早。但应举唐段成式的《酉阳杂俎续集》卷十:

蜀楷木,蜀中有木类柞,众木荣时枯梈,隆冬方萌芽布阴,蜀人呼为楷木。

"隆冬方萌芽布阴",这是楷木不同于他木的地方。段成式以博物著名,至少可备楷木之一说,也应补入。

船 馅 觥

新版《辞海》"船"字注云:

②酒器。李濬《松窗杂录》:"上因联饮三银船,尽一巨馅。"苏轼《二月三日点灯会客》诗:"试开云梦羔儿酒,快泻钱塘药玉船。"

按所引并不错,然"尽一巨馅",颇难理解。《说郛》卷四十六引《松窗杂录》全文云:

上自临淄郡王为潞州别驾。乞假,归京师,观时晦迹,尤用卑损。会春暮,豪家子数辈盛酒馔,游于昆明池选胜。方宴,上戎服臂小鹰于野次,因疾驱,直突客前。诸子辈颇露难色。忽一少年持酒船唱令曰:"宜以门族官品备陈之。"酒及于上,因大声曰:"曾祖天子,父相王,临淄郡王某也。"诸少年闻之,惊走四散,不敢复视于车服。上因联饮三银船,尽一巨馅。徐乘马而东去。"

这里"尽一巨馅",实在令人费解。宋初钱易《南部新书·甲》也有类似的记载:

开元皇帝为潞州别驾,乞假归京。值暮春,戎服臂鹰于野次。时有豪氏子十馀辈,供帐于昆明。上时突会,座中有持酒船唱令曰:"今日宜以门族官品。"至上,笑曰:"曾祖天子,祖天子,父相王,临淄郡王李某。"诸辈惊散。上联举三船,尽一巨觥而去。"

钱易虽然时代略迟于张浚,但这段记载较张浚简要详明。

547

唐玄宗是高宗的孙子，钱易多"祖天子"三字，比张浚为详。结尾"联举三船，尽一巨觥而去"，不但使我们知道"船"是酒器，而且知道"船"比"觥"为小，略如今之杯。如果要引，《南部新书》此处较妥。否则"巨觥"和"三船"各不相干。如果只为了证明"船"是酒器，那末引《松窗杂录》前半"忽一少年持酒船唱令"即可，何必舍前取末"尽一巨觥"反生葛藤？如果引诗句为证，那末韦庄《绛州过夏留献郑尚书》云"朝朝沉醉引金船"也就行了。

引苏诗"快泻钱塘药玉船"，不如引韦诗。因"药玉船"非指一般酒杯，新《辞海》"药"字下未收此条目，初学仍然费解。按苏轼《独酌试药玉滑盏，有怀诸君子，明日望夜月庭佳景不可失，作诗招之》（古香斋本卷三十），解释这种酒杯的特点说：

  熔铅煮白石，作玉真自欺。琢削为酒杯，规摹定州瓷。荷心虽浅狭，镜面良渺瀰……

可见这是"以药煮石而似玉者，可作酒杯"（施注），新《辞海》既然引苏轼此诗，对"药玉船"就应加注，以便读者，否则不如即引韦庄诗了。

（原载《读常见书札记》）

关于《汉字的忧思》的忧思

中央电视台《观察与思考》栏目连续几次播出《汉字的忧思》专题,对街头用字的混乱现象大张挞伐,但那矛头好像专指写繁体字。"教育家"认为写繁体字影响对小学生热爱祖国文字的教育,"专家"们认为繁体字破坏文字的统一,节目主持人要人们思考,简化字已经推行了三十六年,繁体字又"卷土重来"的现象令人忧虑。看了以后,我却大惑不解。简化汉字和繁体字本来是相辅相成的,看节目里的提法,好像是两军对垒,水火不相容。我先得声明一句,我是赞成汉字规范化的,譬如有些城市的路牌,写什么"亍",实在令人难认,多亏有繁体字知识,知道是杜撰的"街"字的简化才算未闹笑话。但老字号的牌匾写的是繁体字,究竟对四化大业碍了什么事,我确实百思不得其解。

今年是旅游观光年,风景名胜大约都有楹联匾额之类,恐怕也还没有大量简化,是不是都该因为小学生认不得而加以改造以求一律呢?我想恐怕没人出这个馊主意吧!简化字从数量说只占汉字总量百分之一二,即使以扫盲二千字为准,也并非都是简化字。把简化字和繁体字对立起来,只会不利于文字的规范化。堂堂中央电视台的屏幕上不是出现过"皇後"的字幕吗?

让认得汉字的人笑掉大牙,毛病是因为繁体字作祟,还是写字幕的人没有繁体字的知识?追根到底,恐怕还是采用同音替代的方式来简化的负效应。现在跟学生讲到"南宫适"、"洪适"的名字就非常吃力,说明这批简化字未必尽善尽美。这是一。

其二,从历史来看,如果汉字楷书起源于魏晋,那末也有一千五六百年的历史,而简化字是1956年才颁布的。在这以前,所有印刷品都是繁体,是不是一律不加利用呢?恐怕没有一个人敢说这种大话:1956年前的印刷品一律不予采用。今天台湾地区用繁体字印刷,我们能不能就以不是简体而加以排斥呢?文字必须规范,这谁也不反对,但需要加以区别。路牌和一些公共设施,应该写规范化的简体字,但如果考虑到港台和海外华人的方便,在简化字标牌的下面加一行小的繁体字也不会犯不爱祖国文字的错误,只不过使中小学生能借以认识若干繁体字,比只凭港台影片字幕猜也许还好一些。

我认为有人提出"识繁用简"的主张是切实可行的。因为今天一些研究不可能完全不接触1956年前的出版物和今天海外的汉字出版物,极力反对认繁体字的人也许未想到北京大学图书馆借不到一本《後漢書》的笑话。让我们借用任继愈教授在第三次全国古籍整理出版规划会议上的一段发言来证明识繁用简的重大作用:

> 繁体字是普通人阅读古籍的一大障碍,如果能多与繁体字见面,对接受中国传统文化大有好处,台湾的中小学生从小就接受繁体字教育,所以他们对中国传统文化比大陆青年知道得多。去年我们与美国国会图书馆搞了协作,整理民国以来的书目,我们派去的都是四十多岁的人,不识繁

体字，给工作带来了很大的困难，做得很慢，完不成定额任务。是否可考虑建议国家教委在编印中小学语文教材时，在简体字旁括号内加上繁体字，对学生不要求他们考试，对教师不要求他们讲授，使他们从小学到中学都接触繁体字，有十二年长期与繁体字接触的机会，对中国古典文化遗产不致形成断层。我的意思是"识繁，用简"。在不增加现在中小学师生负担的条件下，使他们比较容易地接受古代文化的熏陶。这个意见虽不是专门解决古籍整理问题的，但对于继承优秀文化遗产，建设社会主义精神文明的长远效益大有好处。(《古籍整理出版情况简报》第259期第40页)

请那些把繁体字看成洪水猛兽的各种"家"们平心静气地读一读任先生这段语重心长的发言，想一想到底怎样对待繁体字才对社会主义精神文明建设真正有利。

(原载《汉字文化》1992年第4期)

古代诗国里的王昭君

王昭君,因为晋朝避司马昭的讳,又被称为王明君或明妃。在古代诗歌里有数的女角中,王昭君是最常出现的。宋代郭茂倩的《乐府诗集》里所收宋代以前的乐府体诗,以昭君、明君、明妃为题的就有五十三首之多,至于古代诗人诗作中涉及到昭君的,那就多得难以数计了。

王昭君原是西汉元帝的妃子。竟宁元年,也就是公元前三十三年,她答应呼韩邪单于的请求,远嫁匈奴,对两族人民的和好与融合,做出了贡献,受到两族人民尤其是匈奴族人民的尊敬。她的墓就在今天的内蒙古自治区呼和浩特市的南郊。人们传说,每当凉秋九月,塞外草衰、大地一片枯黄的时候,唯独昭君墓上的草是青乎乎的,所以叫做"青冢"。王昭君的形象在历史上是光彩照人的,但在古代诗歌里,却几经曲折。

较早把王昭君引进诗歌的是西晋的石崇。他创作《明君怨》乐曲,写了题为《王明君词》的三十句五言诗,今天仍保存在《昭明文选》第二十七卷里。但是石崇绝不是王昭君的知己,他把一个有胆有识、自愿远嫁的刚毅女性,歪曲成一个受人摆布、被迫出塞的薄命佳人;把一个促进民族团结友好的使者,歪曲成一个歧视少数民族的典型;把一个深明大义、值得崇敬的英雄人物,歪曲成一个忍辱含羞、偷生异域的悲剧形象。

在石崇的笔下,昭君远行是悲悲切切、哭哭啼啼:"仆御涕流离,辕马悲且鸣。"在陪同她的一行人马中,人是一把鼻涕一把泪地离开汉宫,连马也禁不住悲惨地嘶鸣,舍不得走。而主角昭君呢,就格外地伤感了:"哀郁伤五内,泣泪显朱缨。"过分的哀怨和悲伤使她的五脏六腑都破碎了,泪水把帽缨子都沾湿了。由于她怀有民族偏见,到了匈奴之后,虽被拜为阏氏,也就是王后,但她总觉得不是滋味:"殊类非所安,虽贵非所荣。"认为异族之邦哪是安身立命之所,虽然贵为阏氏,也并不感到荣耀。甚至她认为:"昔为匣中玉,今为粪上英。"说她以前在汉宫犹如匣中的美玉,然而现在在匈奴却好比牛粪堆上的一朵鲜花了。"父子见凌辱,对之惭且惊"。她为自己适应匈奴当时的风俗夫死再嫁感到羞惭心惊,而且已经到了恨不欲生的地步:"杀生良不易,默默以苟生。"她多么想寻求一死,可是死也不容易,只好默默地忍辱偷生。所以,她怨恨无穷,后悔不尽。很明显,石崇在这里把他自己的歧视其他民族的思想和他自己的封建伦理观念硬加到昭君身上,他完全歪曲了王昭君的形象。

西晋以后咏昭君的诗不少,尽管诗的主题不同,高下不同,但是把昭君的和亲出塞写成人生悲剧,则是相同的。我们熟悉的大诗人李白是这样写的:

　　汉家秦地月,流影照明妃。一上玉关道,天涯去不归。汉月还从东海出,明妃西嫁无来日。燕支长寒雪作花,蛾眉憔悴没胡沙。生乏黄金枉图画,死留青冢使人嗟!

诗人写只有一轮孤月陪伴出塞之人,以此形容昭君的寂寞悲苦。然而更可悲的是,孤月明日还可以再出,昭君西嫁却永无归期,她的容华只能一任塞外的雪霜风沙湮埋。最后,诗人由同情昭君的不幸,一转而为揭露汉朝宫廷的黑暗——"生乏黄金枉图画,死留青冢使人嗟!"正是皇帝近臣毛延寿的敲榨弄权,造成了千古遗恨!

北宋的大诗人王安石写了两首《明妃曲》,开始扫去昭君的一些愁容,让她露出了一点笑脸。这是昭君在古代诗歌里的第二阶段。王安石一反前人咏叹昭君的不幸的老调,并把前人对毛延寿和汉元帝的态度正好来了个颠倒。在他看来,王昭君远嫁之说,纯属莫须有罪名;而汉元帝的埋没人才,才是罪可不恕。

他的第一首《明妃曲》前半部是这样写的:

明妃初出汉宫时,泪湿春风鬓脚垂。低徊顾影无颜色,尚得君王不自持。归来却怪丹青手,入眼平生几曾有?意态由来画不成,当时枉杀毛延寿。

"明妃初出汉宫时"的仪态"泪湿春风鬓脚垂",既是写昭君对汉宫冷遇的怨恨,又是为下文写昭君美丽做铺垫笔。正因为是"泪湿春风鬓脚垂",才"低徊顾影无颜色";而"无颜色",正是为了说明"有颜色":因为这时泪痕满面"无颜色""尚得君王不自持",那么假若在春风得意之时,不就更美丽动人"有颜色"了吗?"尚得君王不自持"也有一箭双雕的效果,表面上是渲染昭君漂亮,暗地里是讥讽元帝的好色,一见美人就神魂颠倒。"意态由来画不成,当时枉杀毛延寿"两句,不仅为毛延寿翻了案,因为人的风度和仪态压根儿就没法画出来;而且又从另一角度批判了汉元帝,说他滥施杀伐,草菅人命。这首诗最后几句,更显出诗人见地的与众不同:

家人万里传消息,好在毡城莫相忆。君不见咫尺长门闭阿娇,人生失意无南北。

诗人以家人的口气,劝昭君在匈奴不要想家;因为在汉宫不得志,同样也是不幸的。王安石的这种思想,在另一首《明妃曲》中发挥得更充分了。前一首说"明妃初出汉宫时,泪湿春风鬓脚垂",这一首写"明妃出嫁与胡儿"是怎样一种情绪呢?她在"毡车百两"的浩大队伍里怀抱琵琶,满面含情。"黄金捍拨春风手,弹看飞鸿劝胡酒。"她拿着黄金捍拨,妙手就像春风一般奏出和悦的乐曲;她遥视云天,望着那凌空翱翔的大雁;一会儿她又端起浓烈的胡酒,频频相劝。昭君不仅情绪高昂,而且思想也很大胆、解放,当"汉宫侍女暗垂泪"的时候,她劝慰她们:"汉恩自浅胡自深,人生乐在相知心。"说汉朝对她们恩情本来就浅,匈奴对她们的恩情才深呢;而相互知心,不就是人生最大的快乐吗?这样的诗句,当然更是发前人所未发。

王安石的这两首诗当时就受到人们的重视,他的老师欧阳修就非常推崇。但也有人认为"汉恩自浅胡自深,人生乐在相知心"议论太尖锐了,打破了民族界限,所以也受到一些人的攻击和非难;即使是同情他的人也说他为了好奇说过了头。

从石崇以来,都认为昭君出塞是大不幸;王安石不因袭前人,独抒己见,他的《明妃曲》的确是一曲不同凡响的新唱。但同前人一样,也是从个人遭遇,而不是从民族愿望来描写这一事件的。在古代诗国里,明末清初并不太著名的诗人胡夏客,从民族和好与民族交融的角度,对昭君及其和亲事件又唱出了另一种新调。他的《谷水集》中有七言绝句《王明君辞四首》,第一首写道:

斿衮款塞罢弯弧,欲立阏氏请汉姝。但就掖庭遴粉黛,至尊亲按美人图。

这一首是写和亲的历史背景。"旃裘款塞罢弯弧,欲立阏氏请汉姝。"呼韩邪单于认识到对汉族的侵扰,只能给两族人民带来灾难,所以他决心不再弯弓事战了,而到边塞提出和亲请求,要求一位汉族的美女做王后。而当时的汉族皇帝汉元帝呢?也比较开明:"但就掖庭遴粉黛,至尊亲按美人图。"他欣然答应呼韩邪单于的要求,并且亲自按照"美人图",在宫廷里进行选拔,要挑出真正的美女去完成和亲的使命。开头的这首诗清楚地说明了和亲是顺应历史潮流的,是建立在自觉基础上的,从而扫荡了石崇强加给昭君和亲的被动愁苦气氛和《西京杂记》等书中的一切附会不实的说法。那末,"至尊亲按美人图",到底选出什么样的美女出塞和亲呢?诗人的第二首中写道:

美人光艳六宫惊,为结单于当远行。竟别紫台将出塞,韦鞲稽颡后先迎。

这首诗主要写昭君之美。"美人光艳六宫惊",是写昭君的貌美,说六宫里的嫔妃都是从无数女子中挑选来的美人,可是一见昭君,犹自震惊,那么昭君的美丽就可想而知了。昭君不仅外貌美丽,而且胆识过人:"为结单于当远行。"具有这样的花容玉貌,自愿远行万里去与单于结亲,如果不是有胆有识,性格坚毅的人,怎么能做到呢?一个"当"字,充分说明她的远见卓识和主动精神。"竟别紫台将出塞",昭君辞别汉宫,出塞和亲,就这样成为事实了。这里,诗人又用一个"竟"字,说明了事件成行之不易,流露了自己的赞赏之情。昭君喜应单于之求,乐从汉宫之命,加上美貌绝世、胆识超人,所以她必然受到匈奴合族的热烈欢迎。从"韦鞲稽颡后先迎"一句,完全可以想象,当时匈奴上下穿着民族的服装隆重迎接和热忱感激这位汉族使者的盛况,我们就像身临其境看到那种两族人民融洽和好的动人景象。

第三首是这样的:

> 出塞香车关路长,焉支妇女学官妆。穹庐自此多颜色,草亦青青拒雪霜。

这首诗歌颂昭君传播文化之功。"出塞香车关路长,焉支妇女学官妆。"昭君千里出塞,不仅带去了汉族人民的友好感情,而且还送去了汉族人民的精神文明。你看,焉支山下的匈奴妇女不是在对镜凝妆、学习昭君的打扮吗?"穹庐自此多颜色,草亦青青拒雪霜。"昭君传播的新的文化,不仅使匈奴妇女的服饰改观,而且也使他们的帐篷生辉,甚至使广袤原野上的牧草也从此抗霜拒雪、一片青葱。这里,诗人用夸张想象的浪漫主义手法讴歌昭君和亲的历史事件,真可谓酣畅淋漓,无以复加了。显然,诗人在"草亦青青拒雪霜"中化用了"青冢"这个前人惯用的典故。然而前人把"青冢"当作昭君冤魂的悲惨结穴,胡夏客却把它当做昭君和亲功绩的历史见证。"草亦青青拒雪霜"的变化,预示着和亲必将给匈奴民族带来经济上的巨大发展;在章法结构上,又自然地引出了最后一首:

> 水草逐居驼马繁,拥妻世世款中原。他时舅甥今翁婿,绝国长亲大汉恩。

这首诗写和亲的历史意义。由于和亲代替了侵扰仇杀,匈奴民族出现了一片繁荣的景象:"水草逐居驼马繁",水草茂盛,驼马兴旺。自此以后两个民族再也不用征战了,"拥妻世世款中原",匈奴世世代代都要求与汉族结亲,于是出现了"他时舅甥今翁婿"亲上加亲的现象,形成了遥远的匈奴同汉朝长期亲近友好"绝国长亲大汉恩"的局面。历史上也正是如此。昭君和亲以后,南匈奴就不再为边患了。这一首和第一首"旃裘款塞罢弯弧"正相呼应,表明呼韩邪单于要求和亲与汉元帝的欣然应允都是非常正确的,它促进了社会的发展,为两族人民带来了和平。

有比较才能鉴别。在这四首绝句的序文里,胡夏客说他的诗是"尽反众作,唯咏本事",我们认为确实是这样的。石崇以来的昭君诗,把昭君和亲的历史事件写成悲剧,较多地渲染了悲怆气氛,情调低沉。胡夏客扫去昭君身上的愁云苦雾,再现了昭君在历史上的本来面目,他的诗情调欢快,载歌载舞,似锦如花。

石崇以来的昭君诗,都是从个人恩怨方面着眼,正说也好,反说也好,始终未离一己的遭逢;昭君悲愁也好,欢笑也好,始终未脱一个柔弱女子形象。而胡夏客能看到汉和匈奴两族人民要求和睦相处的愿望,顺应历史潮流,歌颂了昭君和亲的历史功勋。这里的王昭君已不是一个满面胡沙、满面泪水的薄命红颜,也不仅是一个饱尝恩爱、笑容可掬的受宠贵妇,而是一个美女其颜、英雄其识的巾帼之杰。她认识到和亲的意义,也知道塞北的苦寒,但是为了两个民族的利益,毅然离开汉宫,香车出塞,赢得了人民的尊敬。她用自己的行为为匈奴民族的生活增添了光彩,增进了幸福。

无疑,胡夏客对王昭君的认识是超过前人的,这是王昭君在古代诗国里的第三阶段,也是她的形象最真实最美好的阶段。

(载《阅读和欣赏》古典文学部分〔五〕,
广播出版社1982年2月版)

董道不豫，日月齐光
——《涉江》赏析

《涉江》选自《楚辞·九章》。《九章》一共九篇，大约是后人搜集起来的，不是一时一地之作。各篇语气既多分别，标题方式也不统一，有人甚至怀疑其中有些篇并非出于屈原之手。《涉江》却一致公认是《九章》中的精华，也是屈原后期的代表作，和《离骚》相比，可以说是"具体而微"。千百年来，一直为人传诵。

《涉江》写于顷襄王之世。屈原正道直行，不肯阿谀取容，以致怀王之世先亲后疏，终于被逐出郢都，安置于汉北。顷襄王即位，又把屈原从汉北的中原开化地区，迁流到沅湘蛮荒之地。屈原追念身世，瞻念前途，"水陆所历，步步生哀"，写下这篇《涉江》以明志。所谓涉江就是指从长江以北渡到江南，直到沅湘流域。全篇一共六十句（有人怀疑有两句脱文未计），我们可以分为五节来欣赏：

> 予幼好此奇服兮，年既老而不衰。
> 带长铗之陆离兮，冠切云之崔嵬。
> 被明月兮佩宝璐。

> 世溷浊而不分兮,吾方高驰而不顾。
> 驾青虬兮骖白螭,吾与重华游兮瑶之圃。
> 登昆仑兮食玉英。
> 与天地兮比寿,与日月兮齐光。
> 哀南夷之莫吾知兮,旦余将济乎江湘。

这十四句写涉江前的思想。既是自我信念的表白,又是对溷浊时世的批判。幼好奇服,老而不衰。起首二句高唱入云,笼罩全篇,看到诗人守正不阿一以贯之的品格。以服饰饮食比喻德才修养和理想追求,原是《离骚》习用的手法。本篇正是继承这样的手法,以奇服比美行:高冠切云,长剑陆离,明月之珠,宝璐之饰,奇服的光彩夺目,正是诗人美德懿行照耀一世的写照。

"世溷浊而不分兮",笔势作一顿挫,正补足篇首申明的"年既老而不衰"的含意。长年累月,自少而壮而老,人不我知,我行我素。但求一己心安,不计全世浑沌。"吾方高驰而不顾",既是回答世俗,又复振起下文,上下求索,一往无前,世论何足顾恤!高驰之地为昆仑,高驰之伴为重华(舜),高驰之目标则为"与天地兮比寿,与日月兮齐光"。几句譬喻,将自己素行之高洁,自信之坚贞,目标之远大,理想之光明写得淋漓尽致,情绪昂扬,臻于顶点。

"哀南夷之莫吾知兮,旦余将济乎江湘。"两句一落千丈,点明涉江远徙。哀南夷之不知人才,也是自伤孤独。江湘连用,表明既过长江,又渡湘水,无穷险阻,困难重重。两句在结构上承上启下,"哀南夷之莫吾知"与"世溷浊而不分"一脉相承,愈见孤独无告;将济江湘,引出下文旅途所见所闻所感。

> 乘鄂渚而反顾兮,欸秋冬之绪风。

> 步余马兮山皋,邸余车兮方林。
> 乘舲船余上沅兮,齐吴榜而击汰。
> 船容与而不进兮,淹回水而凝滞。
> 朝发枉陼兮,夕宿辰阳。
> 苟余心之端直兮,虽僻远其何伤!

这十二句写旅途的徘徊顾念,心不欲行而身不由己不能不行,千愁万绪,齐集笔端。鄂渚为江北准备渡江之地,反顾留连,因风兴叹。秋冬绪风,既表始涉之时令,冬末春初,又含难言之忧思。由冬徂春,馀寒未已。天道将由寒转暖,而己行则去国日遥,归途难必。不能不因风寄慨。步马邸车,乘舲击汰,容与凝滞,旅途何其艰辛,一生坎坷,正复如是。然徘徊无益,不如奋然前往,朝发夕宿,听其自然。"苟余心之端直兮,虽僻远其何伤!"问心无愧,自慰自勉,与前两节相呼应。

> 入溆浦余儃佪兮,迷不知吾所如。
> 深林杳以冥冥兮,乃猿狖之所居。
> 山峻高以蔽日兮,下幽晦以多雨。
> 霰雪纷其无垠兮,云霏霏其承宇。
> 哀吾生之无乐兮,幽独处乎山中。
> 吾不能变心以从俗兮,固将愁苦而终穷。

这十二句先渲染凄惨气氛以烘托孤独无告的精神苦闷;最后重申甘心愁苦矢志不渝的高洁心怀。和首节对照读,更见深意。林云铭的《楚辞灯》分析前八句的特点,颇有见地:

> 以上叙见放之涉历。前高驰者,今愈驰愈卑矣;前不顾者,今不得不屡顾矣。前与重华游者,今与猿狖侣矣;前与

天地同寿日月同光者,今入山林雨雪中并不知有天地日月矣。字字与前互映。

后面四句先抑后扬,先自哀,后自信。世既溷浊,己不变心,愁苦终穷,自在意中。着一"固"字,其旨自见。对上面八句所写骤来所见之凄惨气氛收入意中,推而广之,甘与终身。气氛愈惨,信念愈坚,发自内心,感人肺腑。缅怀古昔,何处不然,引起下文。

> 接舆髡首兮,桑扈臝行。
> 忠不必用兮,贤不必以。
> 伍子逢殃兮,比干菹醢。
> 与前世而皆然兮,吾又何怨乎今之人。
> 余将董道而不豫兮,固将重昏而终身。

这十句历举前人正道直行而遭难逢殃之事,一方面自解自勉,同时进一步抨击当时之黑暗。前六句举古人古事,有人怀疑上有脱文。第七句从古至今,表面说不值深怨,自古而然,实则怨更深沉。九十两句仍以申明己志作结,着一"固"字用同上节。"重昏终身"由上节的气氛来。终身与终穷相呼应,表示甘心终身忍此,决不变心。

见放涉江,愈行愈僻远,愈久愈凄惨,其原因皆因己之端直不容于世之溷浊,古往今来志士仁人,同此遭遇。屈原抒一己之情,意义却有普遍性。环境愈来愈险,心志愈说愈坚,屈原之可贵精神借此而愈益彰明。

> 乱曰:鸾鸟凤凰,日以远兮,
> 　　燕雀乌鹊,巢堂坛兮。

> 露申辛夷，死林薄兮。
> 腥臊并御，芳不得薄兮。
> 阴阳易位，时不当兮。
> 怀信侘傺，忽乎吾将行兮。

《离骚》和《九章》中的《抽思》、《哀郢》、《怀沙》等篇都有"乱"，乱有总理全篇重申主旨的作用。《涉江》的"乱"也不例外，但大同而小异，有它本身的特点。这里全用对比的手法写明阴阳易位是非颠倒。这一方面总结上文将"世之溷浊"写得淋漓尽致；另一方面上文"与前世而皆然"从历史至今天为竖的叙述，到此节世间百物无不颠倒的横的概括，表明己之深忧非一己之穷达，实宗国的安危。"腥臊并御，芳不得薄"，国君用人如此，朝政还堪设想吗？当时列强争雄，得士则昌，失士则亡，楚国何以自存，作者"怀信侘傺"触景伤怀的忧国心情，使人不忍卒读。"忽乎吾将行兮"，着一"将"字是无可奈何的自遣。实则茫茫大地，屈原既不忍去其宗国，也就无所逃于天地之间。董道不豫，怀沙自沉，终以悲剧了此一生。屈原的形体的生命是不幸的，但这种董道不豫，之死靡它的爱国精神却永耀史册，真正做到了"与天地兮比寿，与日月兮齐光"。

全文脉络林云铭曾作如下概括：

> 屈子初放涉江，气尚未沮，故开口自负，说得二十分壮；先哀南夷，不知用贤；取道时，徘徊顾望，犹以端直无伤自慰，似不知后面之穷苦者。迨涉历许多荒凉地面，忽转而自哀，方知见疏于君之后，不知改行从俗，宜至于此。再思古人忠贤者往往未必见用，又以守道不恤穷达为是，亦未用改悔也，还是幼好奇服老而不衰口吻。末以阴阳易位欲去远

逝作结,正是不能去又不忍去念头,为此无聊之语耳。

这对我们欣赏本文的思想脉络还是有参考价值的。

欣赏这篇作品还有两点要重述一下:

一、篇首奇服贯串全文。奇服比懿行,这无异议。但奇和正要辩证地对待。危冠带剑,被珠佩玉,在古代这是男子的盛服,但是因为后来人从俗变化,就把这看成了奇服。黄维章说:"世无先王之法服者。则法服即为奇服矣。"(《楚辞灯》)这话是有见地的。从结构看"奇服"领起全文,下面就此发挥。"年既老而不衰"即指"好奇服"而言,与体格健康无关。

二、全文结构以记行为骨干,有人认为这是后人述征纪行之作的源头。但理解本文不能只着眼于纪行而应重视环境气氛的渲染反衬意志的坚贞。篇中在纪行叙事写景之后总有几句直抒胸臆的自誓。这正是全篇的脉络。而且这种自誓随着环境的愈来愈险而分量愈来愈重。全文几部分抑扬顿挫,螺旋上升以趋顶点,这是《涉江》谋篇布局的一个特点。

(原载《教学通讯》1983年第11期)

《长歌行》赏析

　　青青园中葵,朝露待(《文选》作"行")日晞。阳春布德泽,万物生光辉。常恐秋节至,焜黄花叶衰。百川东到海,何时复西归! 少壮不努力,老大徒(《文选》作"乃")伤悲。

　　这是一首不知作者姓名的古诗,一直为人传诵,载于《昭明文选》卷二十七和《乐府诗集》卷三十。诗里反映的是一个普遍性的问题:宇宙间的一切都在变化,盛极而衰,人生也得由少变老,逃不脱这个规律。面对这样的现象,我们应该如何办呢? 请看诗人的态度:

　　一个大好春光的季节,早晨,园子里青青的葵叶上,凝着露珠,晶莹美丽。可是等到太阳一照,它们即将干灭。然而太阳的功德是无与伦比的,它可以使万物欣欣向荣。诗人把眼光展开,好一派生机勃勃的景象:"阳春布德泽,万物生光辉。"这两句从大处着墨,包举无遗。在这光辉极盛之中,却蕴含着未来的干枯衰竭。诗人乃至这大地的百草千花都为此而耽忧:"常恐秋节至,焜黄花叶衰。"植物如此,人生的光阴呢? 正像滔滔不绝的逝水,一去无回:百川东到海,何时复西归?"八句诗里,从小小葵叶上的露珠,到春天蓬勃生长的万物,到百川归流的浩浩壮观,它们大小相悬,何啻天壤!然而盛时不再,一往无回,却是它们的共同点,人生又何尝不然?那该怎么办?

这里可以有两种截然相反的态度。和这首《长歌行》同一时期的《古诗十九首》里有过鲜明的反映。

人生忽如寄,寿无金石固。万岁更相送,贤圣莫能度。服食求神仙,多为药所误。不如饮美酒,被服纨与素。

无可奈何,只有及时行乐,"今朝有酒今朝醉,明日愁来明日愁。"这是一种。

和这种态度相反,正因为人生短暂,更要把握时间,立德立功立言,垂名青史:"人生非金石,岂能长寿考?奄忽随物化,荣名以为宝。"显然,这种积极的态度是正确的。这首《长歌行》的结尾两句从反面表达了这样的内容。"少壮不努力,老大徒伤悲。"如果不抓紧当前,及时努力,那末时间一过,追悔莫及。这结语何等警动,振聋发聩。无怪乎这两句变成了人生的格言,起着教育青年奋发向上的巨大作用。

从诗歌的艺术上看,汉魏乐府,本以醇厚见长。看起来都是些口头语,文从字顺,好像没有什么深文奥义;但是慢慢咀嚼,却愈嚼愈有味,在平常的语句中有一种不平常的气韵。就如这首诗,看来平平淡淡,实则有几个起伏回旋。头两句是一层,先扬后抑,从小处着墨。中四句是一层,前两句扬,后两句抑。对第一层说,空间忽然拓开,时间从一天到一年。七八两句顺流直下,时间却扩展到往古来今,比中四句又进一步,情绪落到最低处。而结尾两句却如潜蛟掉尾,一跃而起,一扫上面的低沉气氛。作者使用假设语气,表面上沿用"伤悲"字眼,但实质在用少壮的努力来防止这种无益的伤悲,和"常恐"句相呼应。这结尾两句和前八句构成一个大转折,而前八句中又有几个小起伏。王安石评张籍的乐府诗说:"看似寻常最奇崛,成如容易却艰辛。"读汉魏乐府诗,也该作如是观。

(原载《读常见书札记》)

会当凌绝顶　一览众山小

胡耀邦同志在庆祝建党六十周年讲话中,引用了杜甫《望岳》的末两句,形象化地比喻我党目前的处境和对未来事业的必胜信念。

杜甫的全诗只有八句,是他早期的名作。全诗是这样的:

岱宗夫如何?齐鲁青未了。造化钟神秀,阴阳割昏晓。荡胸生层云,决眦入归鸟。会当凌绝顶,一览众山小。

第一句用设问引起了下文("岱宗"就是指泰山)。第二句用"齐鲁青未了"表明山之广大。在古代齐鲁之境一片青青,望不到边。第三句写其奇特,好像泰山是天地间的神秀之气凝聚而成,得天独厚。第四句用夸张手法写出山之高峻,好像昼夜就以泰山来分割,山南是晓,山北就是昏。那么山之高大奇特就可以想见了。五六两句写当时登山的感觉。此时作者的立足点已到半山,平时仰望的白云在天空,此时却在胸际回荡。这是近景。纵目远眺,百鸟归林,尽入眼底。作者为了饱餐景色,不觉目眦都快张裂了。这当然也带有夸张的味道。如果是安于小成的人,这"荡胸生层云,决眦入归鸟"的境界也可以满足了。但当时的诗人正是对前途充满乐观情绪,他不满足于这点享受,他仰望绝顶,层峦叠嶂,还不知要过多少险阻,这使他对自己提出了更高的要求:"会当凌绝顶,一览众山小。"题目叫《望岳》,这两句就是望而欲登其巅。

传说中孔子登东山而小鲁,登泰山而小天下。作者暗用这个典故回应首句,表现出岱宗的特色,俯视群山,所谓"众山拱立如儿孙"。这"一览众山小"是作者追求的目标,要达到这目标,必须要不畏艰难险阻而"凌绝顶"。这"会当"二字,看似虚设,实际表现了作者的豪情壮志,同时对"凌绝顶"的困难也有所估计。今天"决眦入归鸟"已到傍晚,来不及了,为明天提出了目标。杜甫后来实现了这个愿望,登上了观日峰(过去以为最高,实测略低于玉皇顶。请参看拙作《也谈〈望岳〉的立足点》(原载《南京大学学报》1980年第4期,本书有收录)。

前人评诗要有理趣,就是说在形象描绘中给人一种哲理上的启示。杜甫这最后两句正和王之涣(或朱斌)的"欲穷千里目,更上一层楼"一样给人以哲理的启示。而王诗只谈登楼,意在不满足于二层所见。杜诗不但体现了登临的决心,估计了"凌绝顶"的困难,而且预见了达到目的时的开阔胸怀。

我们正在从事的是我们历史上从未有过的壮丽事业。我们过去的成绩只是在登山途中走过一些迂回曲折的道路,离开绝顶还有不小的距离。但是不管路途多远,山形多险,只要我们认定目标,不屈不挠,不骄不躁,一步一个脚印地勇于攀登,我们一定能如杜甫所说的那样"会当凌绝顶,一览众山小"。

我们的目的一定要达到,我们的目的一定能够达到。胡耀邦同志报告中引的杜诗就给我们这样的启发和鼓舞。

(《光明日报》1981年7月5日)

情意缠绵　言词委婉
——浅析张潮的《江南行》

茨菇叶烂别西湾，莲子花开(新)犹未还。妾梦不离江水上(上水)，人传郎在凤凰山。

初秋的水乡，一边茨菇葱翠，一边荷花鲜红。一个妙龄女郎默默地望着远方，心中思潮起伏，怎么也平静不下来：快一年了，他为什么还不回来？究竟滞留在哪里：我夜夜在梦里沿着江水寻找他的船儿，却一回也见不着。别人有些闲言闲语，说他变心了。这万万不能相信，但是为什么梦中都寻不到他的踪影呢？……女郎陷入了迷惘……这是水乡妇女常常遭遇的苦闷。张潮摄取了这个片断，写成了耐人寻味的《江南行》。

诗歌选择的是水乡景物，茨菇、莲子、采莲、掘茨菇等等也是水乡妇女惯有的生活。莲子花开，茨菇叶茂。再过些时，茨菇叶子也该烂了。他去的时节正是茨菇叶烂的时候，为什么现在还不回来！用"莲子"不用"菡萏"，是沿用《子夜歌》中惯用的谐音，以"莲"谐"怜"，更细腻地传达出思念之情。从结构看明是顺叙，从送别到望归；实是倒叙，从今天未归回忆当时情景，历历在目。

"妾梦不离江上水"，陡转一句，在人意中，又出人意外。情人远离,从别后,忆相逢,日有所思,夜有所梦,这是常情,在人意中。但通常的情况是:"梦见君王觉后疑"(王昌龄),"梦里分明见关塞,不知何路向金微!"(张仲素)这些沁人心脾的语句,传诵人口。而本诗"不离江上水"却一反常调,出人意外。他走时是乘船"别西湾",那末梦里相寻当然是在水上,说"不离"就暗含遍寻无着,寻错了地方,自然逗出下文:"人传郎在凤凰山。"千里来龙,至此结穴。"凤凰于飞,和鸣锵锵。"(《左传》引)《诗经》里就拿它象征夫妇唱随。"郎在凤凰山"暗指另有新欢。欲待不信,但为什么夜夜梦魂无觅处;相信吧,又怕是冷语伤人别有心。她陷入了迷惘,欲信不信,欲言难言,于是着上"人言"二字,人有此言,己未必信。这样委婉地表达出这种细腻的感情。两句话借水形山,借山指人。既表示了自己的耽心,又不致刺激对方的情绪。"言之者无罪,闻之者足以戒。"正是此诗的委婉含蓄耐人寻味之处。

这首小诗用委婉含蓄的措词,写出怀人思妇的苦衷。写的是这一个,代表的是那一批。这种苦闷在当时的江南水乡妇女中是有典型意义的。在张潮的其他诗中也可获得旁证。

"张潮,曲阿(今江苏丹阳)人。大历中处士。诗五首。"《全唐诗》中只有这寥寥数语。五首诗中,一首《长干行》互见李白和李益的诗中。另外一首《采莲词》七绝也是写妇女生活:"朝出沙头日正红,晚来云起半江中。赖逢邻女曾相识,并著莲舟不畏风。"还有两首乐府,都和《江南行》意思相通:

> 婿贫如珠玉,婿富如埃尘。贫时不忘旧,富时多宠新。妾本富家女,与君为偶匹。惠好一何深,中门不曾出。妾有绣衣裳,葳蕤金缕光。念君贫且贱,易此从远方。远方三千

里,思君心未已。日暮情更来,空望去时水。孟夏麦始秀,江上多南风。商贾归欲尽,君今尚巴东。巴东有巫山,窈窕神仙颜。常恐游此方,果然不知还。(《江风行》)

玉盘转明珠,君心无定准。昨见襄阳客,剩说襄阳好无尽。襄汉水,岘山垂,汉水东流风北吹。只言一世长娇宠,那悟今朝见别离。君渡青羌渚,知人独不语。妾见鸟栖林,忆君相思深。莫作云间鸿,离声顾俦侣;尚如匣中剑,分形会同处。是君妇,识君情,怨君恨君为此行。下床一宿不可保,况乃万里襄阳城。襄阳传近大堤北,君到襄阳莫回惑。大堤诸女儿,怜钱不怜德。(《襄阳行》)

上面两首篇幅较长,可以尽情吐露。《江南行》只有二十八字,可说是以少少许胜多多许。其妙全在三四两句,而尤其是运用"凤凰山"的联想。这种方式六朝乐府里就用过,但往往含蓄不足。在张潮前,杜甫的祖父杜审言的《送苏绾书记》说:

知君书记本翩翩,为许从戎赴朔边。红粉楼中应记日,燕支山下莫经年。

燕支也作胭脂,乐府里有"夺我燕支山,使我妇女无颜色"的诗句,胭脂是妇女的化妆品,也代指妇女。"燕支山下莫经年",表面上说不要在朔边滞留,实际上是规劝他不要迷恋北地胭脂而忘了家里计日望归的妻子。这些话,如果直说未免生硬而且易生误会。采用"燕支"、"凤凰"这类字眼使人联想。言者有心,听者会意。如嚼橄榄,愈久而味愈出。欣赏唐诗时对这类表现方式切不可轻轻放过。

(原载《读常见书札记》)

奇葩竞放,各有千秋
——洞庭君山三绝对读

望洞庭 刘禹锡

湖光秋月两相和,潭面无风镜似①磨。遥望洞庭山水色②,白银盘里一青螺。

注:①通行本作"未",此从《增修诗话总龟》卷五。
②通行本作"山水翠"或"山翠水",此从《增修诗话总龟》卷五。

题君山 一作洞庭诗 雍陶

烟波不动影沉沉,碧色全无翠色深。应(一作疑)是水仙梳洗罢①,一螺青髻②镜中心。

注:①通行本作"处",此依《增修诗话总龟》卷五。
②通行本作"黛",此依《增修诗话总龟》卷五。

君山 程贺

曾游方外见麻姑,说道君山此本①无。云是昆仑山顶石,海风吹落洞庭湖。

注:①《唐诗纪事》卷六十七作"自古"。

这三首七言绝句都是写洞庭湖君山景色的。提起洞庭湖,我们自然想到唐人诗中的名句,如:"气蒸云梦泽,波撼岳阳城"(孟浩然),"吴楚东南坼,乾坤日夜浮"(杜甫),"叠浪浮元气,中流没太阳"(刘长卿)等等。这些名句有一个共同特点,就是都着眼于洞庭湖的波澜壮阔,气势雄浑。可是,洞庭湖还有其极为秀丽娟静的一面,让人对她引起许多耍眇深微的遐想。上面举的三首绝句,都是和洞庭君山有关的。三人的着眼点有相同处,也有不同处,合而观之,倒可领略诗人状物命意遣词的一些苦心。

先谈刘禹锡。刘禹锡是中唐的大诗人,尤其长于七言绝句。他的《金陵五题》如"山围故国周遭在,潮打空城寂寞回"曾经使白居易等人搁笔,发出"吾知后之诗人不复措词矣"的赞叹。刘禹锡曾经被贬为朗州司马十年,洞庭湖是必经之地。他集子中有一篇《洞庭秋月》的七言古诗(卷二十六)从几个角度写洞庭秋月。从夜到晓,可谓淋漓尽致。这首七绝却只抓住月夜无风的特点对洞庭君山的秀丽做了生动的描绘。

"湖光秋月两相和",皎洁柔媚的秋月和秀丽沉静的湖光,十分谐和地相映成趣。这一句从大处点出了景色的特点。"潭面无风镜似磨"。古人用的青铜镜,要磨才光彩照人,玲珑剔透。这一句写近处深潭,月光照在上面一丝儿风也没有,但因为月夜的朦胧,所以就像一面古镜似磨未磨,着一"似"字更能传达出潭水在月光下的特色,"未"字太实了,味道就差些。这两句看起来平铺直叙,先写大处,再写近景。但首句的"两相和"和次句的"潭面无风"互相补充。"两相和"正由于静夜无风。"镜似磨"三字不细看以为只是写近处的潭水深静,其实它在有意无意之间引起下面的妙喻。

"遥望洞庭山水色,白银盘里一青螺。"着一"遥"字,忽然推向远方,大开大合,使人不觉。"山水色"是总写,有的本子作"山翠色"或"山色翠",我以为都不如"山水色",因为下文"白银盘"指水色,"青螺"指山色。这个比喻非常形象、生动。近处的潭水深碧,似镜磨未磨。远处呢？月光照着洞庭湖,水面反光,烂若白银,君山苍翠,正在湖水之中。"白银盘里一青螺"色彩相映成趣,已见精彩。尤应注意者,洞庭湖、君山均为十分壮观的景物。诗人偏偏以小喻大,好像白银盘里盛着妇女化妆用的一螺青黛。这里不仅是形象生动,而且看出诗人心胸的开阔。八百里洞庭只如一盘而已。可谓气吞云梦,笔挽万牛。妙在闲闲写来,举重若轻,全不费力,耐人寻味。银盘、青螺是旧社会上层妇女化妆用具。这和"镜似磨"的比喻又自然勾连,所以四句话构成一个整体。试想月夜之下,诗人袖手潭边,纵目远眺,洞庭壮观尽收眼底,而以妙喻出之,使读者把"鸟飞应畏堕"(许棠)的洞庭湖想象为妆台间物,没有广阔的心胸和雄浑的笔力是连想也不敢想的。

第二首雍陶的。雍陶是晚唐的诗人,时代稍后于刘禹锡,在唐诗中的地位也远不如刘禹锡。今天《全唐诗》他只有一卷(刘十二卷)诗132首。但是在当时,他做简州刺史,却以谢宣城(朓)、柳吴兴(恽)自比,很自负能诗。他最得意的《白鹭》诗:"立当青草人先见,行近(傍)白莲鱼未知。"实际上从咏物来说,粘皮带骨,决非好诗。倒是这首《题君山》(或作《洞庭诗》)反而远远超出上举的一联,而好像有意和刘禹锡争奇斗艳。这首诗和刘禹锡写的是同一景色,月夜里的洞庭君山,但着笔却各有千秋。

"烟波不动影沉沉",表示有月无风的夜晚。这个夜晚的月色不是那么皎洁。因为"烟波不动"表示无风,"影沉沉"表明有月而不甚明朗。这个"影"就是指的"君山",这是暗中点题。因为是近观,平时一碧万顷的湖水,就像看不见似的,而只看出君山浓翠的倒影,所以是"碧色全无翠色深"。两句字面都未提君山,而都写出君山在湖中倒影的特色。这首诗的精彩全在三四两句:"应是水仙梳洗罢,一螺青髻镜中心。"从现实的描述忽然跳到神话的境界。洞庭君山是和《九歌》中的湘君、湘夫人的传说联系在一起的。从君山的秀丽,连想到水仙(湘君、湘夫人)的发髻,于是出现这样奇丽的画面,水仙拿着一面镜子正在欣赏自己新梳的发髻。烟波不动的洞庭大湖变成了水仙的铜镜,娟秀特立的君山,成了镜中的发髻。多么美妙生动的比喻啊!它使读者自然联系到二湘的神话,如见其人,自然"发思古之幽情",浮想连翩。就这一点来比较,雍诗比刘诗前进了一步。刘诗从潭边写到"遥望洞庭山水色",发出了"白银盘里一青螺"的比喻。雍诗却只就君山着笔,除了"烟波"二字与湖有涉外,字面并无湖山字样,却句句暗示是湖山。刘的比喻是以小喻大,静止的;雍的比喻运用神话而使人不觉,同时这个比喻本身却含有动态。不但比喻生动,而且对君山来说,尤其贴切。君山的形状就很像美女的发髻。所以后来北宋的大诗人黄庭坚《雨中登岳阳楼望君山二首》之二说:

满川风雨独凭栏,绾结湘娥十二鬟。可惜不当湖水面,银山堆里看青山。

"银山堆里看青山"是写大风浪中洞庭君山的壮观,银山青山互相辉映。刘、雍两诗是写平静的月夜里君山的秀媚引人。两种况味,迥然不同,都不失为名诗。

程贺和刘禹锡、雍陶出身经历都不同。他原是崔亚的"厅仆",后来崔亚发现他有点文艺才能,就帮助他读书应考,中了进士。程贺的诗今天只存在这一首。他却就因为这一首诗得了个"程君山"的外号。

这首诗在刘、雍之外,别具一格,充满浪漫主义的气息。本来佛教传说里有所谓从灵鹫山飞来的灵隐寺边的飞来峰,程贺也许受到这方面的启发。刘、雍的诗都是从洞庭湖里有君山这个具体情况着笔,在比喻上发挥想象。程贺却异想天开,从题外着笔,去发掘君山的来历。他本人,他的诗句也一齐同君山从天外飞来。四句诗一气呵成,把眼前的君山和神话中的昆仑山联在一起。"云是昆仑山顶石,海风吹落洞庭湖",这个想象该有多奇特。为了增加这个设想的真实感,他牵出了《神仙传》里的麻姑作证。一个凡人怎么轻易能从麻姑那儿得到这个传闻呢?诗人自己原来也是"游方之外"的超凡人物。这首诗以它奇特的想象压过前面两首。

我们如果再细想一下,提到麻姑,人们自然会想到沧海桑田的故事。"云是昆仑山顶石,海风吹落洞庭湖。"君山是从昆仑仙山上吹来的一块巨石,那末君山的毓秀钟灵,缥缈欲仙就是理所当然的了。来历的不凡就足以说明山的奇特,这是一。洞庭湖距离昆仑千万里,海风可以把君山那么大的石头吹落到这儿,这风力该有多大!这变化又多么惊人。联系沧桑之变,使人在欣赏这首诗的奇特想象之外,自然会有变化无常的感慨,而妙在含而不露。这是二。这首诗完全以立意和气势取胜。如果从词句上琢磨,第一句"曾游",第二句"说道",第三句"云是",叙得来历分明,愈是实叙,愈增加幻想的美妙,这是以实衬虚的成功的例子。可是也还有粗糙的地方。第二句"说道",第三句"云是"用词多少有些重复。但是它的气势足以掩盖这点小疵,使人不觉,所以古人评诗特别强调"炼意"。这是三。

把三首诗放到一起玩味,我们领会到同样的题材可以有不同的表现手法,这在唐诗中屡见不鲜。程贺的诗还可以打开我们的思路:欣赏唐诗固然首先重视大家,但有些只留下几首诗的小诗人,有时却能给我们一种意外享受,也不能轻轻放过。

(原载《唐诗鉴赏集》)

唐人写早行的几首五律和温庭筠的《商山早行》

行役特别是早行,在古代诗歌里是常见的题材,《诗经》里就出现过;近体诗中也不乏这方面的作品。《增修诗话总龟》卷八引《青琐集》里这样一段话:

> 古有早行诗云:"主人灯下别,羸马月中行。"又王若云:"旅人心自急,公子梦犹迷。"惟江东逸人王举衮诗曰:"高空有月千门闭,大道无人独自行。"最为绝唱。

这一段评论其实很不确切。列举的几联诗,语言比较单薄、直率,在这类题材中决非上驷。我们可以按时代先后举出几首唐人写早行的五言律诗来作一比较。

早行　　　　　　　王　观
鸡唱催人起,又生前去愁。路明残月在,山露宿雨收。村店烟火动,渔家灯烛幽。趋名与趋利,行役几时休?

早行　　　　　　　刘郇伯
钟静人犹寝,天高月自凉。一星深戍火,残月半桥霜。客老愁尘下,蝉寒怨路傍。青山依旧色,宛是马卿乡。

商山早行　　　　　　温庭筠
晨起动征铎,客行悲故乡。鸡声茅店月,人迹板桥霜。

槲叶落山路,枳花明驿墙。因思杜陵梦,凫雁满回塘。

江行晓发　　　　　　　　齐　己
舟子相呼起,长江未五更。几看星月在,犹带梦魂行。乌乱村林迥,人喧水栅横。苍茫平野外,渐认远峰名。

晓发　　　　　　　　唐　求
旅馆候天曙,整车趋远程。几处晓钟动,半桥残月明。沙上鸟犹睡,渡头人已行。去去古时道,马嘶三两声。

陆机《文赋》说:"立片言以居要,乃一篇之警策。"律诗的警策多在中间的两联,虽然结尾和开头比中间更难见好。上面几首五律的颔联(第二联)差不多都用月、霜等景物来衬托早行,都超过《青琐集》里的摘句。比较之下,温庭筠的"鸡声茅店月,人迹板桥霜"应为冠军。王观的"路明残月在,山露宿雨收",刘郇伯的"一星深戍火,残月半桥霜"写得也很形象,但都只是诉诸视觉,有色而无声。齐己的"几看星月在,犹带梦魂行"很真切,但太浅露而少含蓄。唐求的"几处晓钟动,半桥残月明",一句耳闻,一句目睹,有声有色,但不够丰满,十个字只写了三样景物:晓钟、桥、残月。两个动词"动"、"明",虽然用了等于没用。而温庭筠的"鸡声茅店月,人迹板桥霜"和上面几联大不相同。十字之中,六样景物:鸡声、茅店、月、人迹、板桥、霜。一上(月)一下(桥)有声(鸡)有色(月、霜),境界开阔,笔势似平整而实跳宕。未着一个动词,而动作自在其中;未用一字抒情,而情感溢于言外。倾耳闻鸡,举头见月,"早"就用不着说了。月上冠以"茅店",可知从小村镇旅店登程,是客行而非辞家,荒凉凄苦,可以想见。桥上浓霜,霜上人迹,晨间赶路,尤觉清冷愁苦。

从人迹可见"莫道君行早,更有早行人",推己及人,可知为名为利奔逐迫促,比比皆然。王观《早行》的尾联已括在此中。无怪乎清朝的诗评家沈德潜说:"早行名句,尽此一联。"温庭筠诗本来就善于属对,如"回日楼台非甲帐,去时冠剑是丁年"(《苏武庙》),"蝶翎朝粉重,鸦背夕阳多"(《春日野行》"重"集作"尽"),久已脍炙人口。然就形象鲜明和内涵丰满来看都比"鸡声茅店月,人迹板桥霜"差多了。

北宋诗人梅圣俞、欧阳修也特别欣赏这一联。梅氏论诗主张:"状难写之景,如在目前;含不尽之意,见于言外。"这一联可以当之无愧。欧阳修不但在诗话中引梅圣俞的话来高度评价这一联,而且作诗时也模仿它:"鸟声梅店雨,柳色野桥春。"(《送张秘校归庄》)这个模仿痕迹太显著了,认真推敲,温诗鸡声与月相映皆状早行,欧诗鸟声和雨却没什么必然联系,并且柳色又装点春天,两句对仗不能算十分工稳,含意更不及温之深广。

也有人认为温诗此联出于刘禹锡"枫林社日鼓,茅屋午时鸡"(《秋日送客至潜水驿》)。刘比温时间早些,温有哭刘的诗,从句型结构看都是名词的组合而不着动词,也可能受到启发。但刘诗的"鼓"和"鸡"都只着眼于声,不如温诗之有声有色;刘诗的"茅屋"只泛写村景,温诗的"茅店"则点明客中早行的况味。如果温出于刘,也是青出于蓝,后来居上。

从上面的简单分析、对比,我们可以看出温诗此联的突出成就,确实不愧"一篇之警策"的名句。但是如果只此一联而全篇不能构成完整的意境,那末只是有句而无篇。拿花做比喻,一首完整的好诗,像一株有生命的盆花,鲜艳的花朵就是"名联",而枝叶根株必须能培养这朵花,才有生气,才是一棵活的鲜花。如果有句而无篇,那就像是折枝的瓶花,再鲜艳也不如整株的充满生气。温庭筠的《商山早行》是一株鲜花而不是一枝瓶景。我们不妨来看看它的整体,先简单地了解一下它的背景。

温庭筠(云)字飞卿,太原人。晚唐的著名作家,词极有名,诗也工丽,和李商隐齐名,并称温李,也一生坎坷。他恃才傲物,不拘小节,又好讥刺执政,所以虽然才华横溢,而考进士却屡遭黜落,为出路到处奔波,从山西一直到过浙江。由于宰相的妒忌,他曾经被贬为隋县尉和方城尉(详见夏承焘先生《唐宋词人年谱·温飞卿系年》),抑郁而终。这首《商山早行》既是某次仆仆风尘的片段实录,也可看成栖遑一生的典型概括。看吧:

晨起动征铎,客行悲故乡。鸡声茅店月,人迹板桥霜。

在一个暮春寒重霜浓的凌晨,诗人已经在上路的铃声中踏上征途。这时鸡刚叫,月亮还高悬在茅店的上空。踏过小板桥,上面印着行人的足迹,这是多么凄凉的羁旅况味啊!不由得不加深对故乡的怀念,由怀念而生悲感。"客行悲故乡"的"悲"字下得沉重,领起了全篇。"鸡声"一联有力地渲染了这种悲怆气氛。

"槲叶落山路,枳花明驿墙。"用商山的景物点明地域和季节,加深客行的悲感,使作者从昨宵乡梦回忆中惊醒过来,引出后文的结尾。槲叶落和枳花开都是在春暮。温集中《送洛南李主簿》云:"槲叶晓迷路,枳花春满庭。"洛南县属商州。唐人的打油诗有"倘教过客都来吃,采尽商山枳壳花"的语句,可见枳(壳)花是商山的特色。这两句写出客地风光,绝非故园。遥连"客行悲故乡"句,交代题中的"商山",这是承上;同时又转出尾联的乡梦,从眼前的山路景色,勾起昨宵乡梦的回味,含蓄不尽。

"因思杜陵梦,凫雁满回塘。"温庭筠是太原人,杜陵是在长安附近。过去士人为了出路都在长安活动过,杜陵可以作为故乡的代称。如大诗人杜甫是巩县人,在杜陵附近住过,也常以"杜陵野客"、"少陵野老"自称。温诗这里的"杜陵梦"也该活看。"凫雁满回塘"点明梦里的景物和山行景物对映,看似闲笔,实有深意。凫雁是候鸟,"穷秋南去春北归",现在它们能按时飞回北方,在曲岸回塘中自在停歇。而诗人呢?有家归不得,在远离故乡的旅途上奔波。这一对比,正好收足"客行悲故乡"的感情,融情于景,不着痕迹。这两句从眼前景推向梦中事,以梦中景结出眼前情。大开大合,馀味不尽。前面提到的其馀四首,不但警句不如温之形象,并且收处比较浅露,也不如温之丰实。

如上所析,《商山早行》不愧为一首好的早行诗。除了"客行悲故乡"一句点明情绪外,后面三联全是写景物来寄托感情,前人论诗所谓"不着一字,尽得风流",就是指的不用抒情的字眼而收到抒情的效果。

关于《商山早行》还有两点需要交代一下:过去有人一看到"霜"、"落叶"就以为是秋天,一看枳花就知道是春天,因此认为这首诗时令上前后有矛盾,只能算有句而无篇。其实呢,作者写的是真实的感受。槲叶落、枳花开是商山暮春的特有景色。至于"霜"呢?今日江淮间农谚还说清明断雪,谷雨断霜,何况商山在淮北呢?而且春晨浓霜,凄冷之情,过于秋朝,这样更外加重"客行悲故乡"的悲感,时令上并无矛盾。这是一。

其二"板桥",顾嗣立笺注本作"版桥",而且引《关中记》说:"版桥在商州北四十里。"又引《三洲歌》"送欢版桥湾"。这样注太执着了,不可从。诗中"茅店"、"板桥"对举,"茅店"是泛称,"板桥"当然也是泛称,温李都特别考究对仗精工,不会以地名对泛称,所以仍以宋人诗话所引作"板桥"为是。山路小板桥随处可见。只就眼边景物渲染凄凉,不必牵扯《关中记》、《三洲歌》等出处。"槲叶"顾本误作"槲叶",今从《全唐诗》。

这是一首律诗。律诗除了和古诗一样要注意立意谋篇等章法结构外,他还必须注意属对和平仄。中间两联属对易见精彩,如"鸡声茅店月,人迹板桥霜",千古传诵。中晚唐人对格律愈磨愈细。三四和五六两联的句法结构一般应避免重复。如此诗三四句式为二二一,五六句式就变成二一二,中间着一动词。这个动词必须用得生动,前人谓之"句眼",如"枳花明驿墙"的"明"字,我们可以想象在晨光熹微中走山路,驿墙原来是灰暗难辨的。忽然一些枳花开在边上,好像灰暗的驿墙一下子被照亮了。作者的沉思也好像被唤醒了,这确确实实是商山早行,和结尾乡梦里的景色区别很大!所以这个"明"字用得好,对比之下,上句槲叶落山路的"落"字就比较逊色。

律诗要讲究平仄,这是一首仄起的五律。一二和五六的平仄本来应该是仄仄平平仄,平平仄仄平。但这首诗两处都成为仄仄仄平仄,(平)平平仄平。这是中晚唐以来有意采用这种样式,在倒数第三字上平仄对换,拗一拗,别有风味。七律名句如赵嘏的"残星几点雁横塞,长笛一声人倚楼",许浑的"溪云初起日沉阁,山雨欲来风满楼","日"字和"风"字,"雁"字和"人"字的平仄有意互倒,这样可以避免平滑而从音节上给人一点冷峭的感觉。这首五律也是如此,读中晚唐人的律诗也应当注意到这种音节上的特点。

(原载《学林漫录》第六辑)

罗邺《赏春》浅析

芳草和烟暖更青,闲门要路一时生。年年点检人间事,唯有春风不世情。

"暮春三月,江南草长,杂花生树,群莺乱飞。"南朝的丘迟,曾经以江南春色打动陈伯之重新南归。春天花明柳暗,燕舞莺歌,在四季中最为人爱赏。许多诗人着眼于春天特有的景物,写出一些沁人心脾的诗句,如杜甫的"红入桃花嫩,春归柳叶新",韩翃的"春城无处不飞花",韩愈的"万般红紫斗芳菲",杜牧的"千里莺啼绿映红"等等,都是万口传诵。尽管他们所写的季节有迟早,范围有小大,但都离不开花鸟。晚唐罗邺的《赏春》一反众作,别开生面,欣赏的却是另一种境界。

"芳草和烟暖更青",好一派蓬勃的生机展现在读者面前。春回大地,绿草如茵。阳光明媚,光合作用旺盛,草上好像蒙着一层薄薄的轻烟,而草色却愈来愈浓,天气愈暖,生机愈旺。这"暖更青"三字看出诗人观察的细致。春暖花开,从"江南草长",很自然地想到"杂花生树,群莺乱飞",但诗人的眼光却只放在芳草上。芳草不像牡丹,只生在富贵人家的园林里,而是"闲门要路一时生",不分彼此,不计炎凉,这怎能不引起诗人的感慨?

提到"闲门",人们自然想到"门可罗雀"的冷落情况;而"要路"呢,宾从杂遝,群趋若鹜,何等繁荣。在人间世里这是鲜明对立的。厌弃闲门,奔走要路,这就是常人所叹息的人情冷暖,世态炎凉。春风芳草却不管这些差别,而是不先不后,"一时生",这样诗人的思想就从自然景物暗中转向人情世故了。

"年年点检人间事,唯有春风不世情。"全诗的精神就在这两句。"年年",有的本子作"年来",作"年年"意义深些,表示许多年来的观察体验,作"年来"只像是才觉察到,意思狭些,所以这里选用"年年"。着"唯有"二字,表示人间万事无不充满势利,所谓"世情"就是"世情看冷暖,人面逐高低"的趋炎附势的市侩气。这两句点明了题目"赏春",作者不是像一般赏春诗着眼于春光的明媚,而是欣赏春风的无私,换句话说是欣赏春天的大公无私的精神,而不是万紫千红的景色。欣赏春天这种精神,正反衬出厌恶人世间的势利,这样赏春就变成了讽世。

猛一看来,"赏春"和"讽世"是风马牛不相及的事,但四句诗却脉络分明,转换自然。从第一句的芳草茂盛,引出无处不生,而突出"闲门"、"要路"人间的冷暖相悬的地方,这样,结语"唯有春风不世情"的感慨就暗含此中。因此这首诗在构思上既是出人意表,生面别开;又是在人意中,条理井然。

"唯有春风不世情"是嘲讽世态炎凉。春风不避权要,她让春草生上要路,让它去滞碍豪贵的车轮马蹄;春风不弃寒素,让闲门里也能见到春光。作者多么希望对那些无法无天的权豪能予以制约,又多么希望呼告无门的贫士得到春风的煦拂啊!从"闲门要路一时生"引申出"春风不世情"来,可以留给读者想象,上面两层意思都可含在其中。比起"公道世间唯白发,年来也上贵人头"或"贵人头上不曾饶"式的讽刺来,罗邺这里却含蓄得多,所以这首诗既讽刺深刻而又耐人寻味。

"言为心声",罗邺赏春为什么发出这种感慨呢?我们联系他的身世就会理解了。罗邺和罗隐、罗虬是本家,晚唐时期的馀杭人。三人都很有才华,而因为缺乏奥援,屡举不第,当时并称为"江东三罗"。时世的混浊,自身的迍遭,使他们看穿了当时的世态。所以他们都以善写讽刺诗著名。罗邺这首《赏春》,就是若干年辛酸经历和观察体验人情世态的结晶。它既能别出心裁借题发挥,又能含而不露,回味无穷,所以不失为晚唐绝句中的名篇。

(原载《读常见书札记》)

细腻含蓄,别具一格
——读《才调集》中无名氏的杂诗

两心不语暗知情,灯下裁缝月下行。行到阶前知未睡,夜深闻放剪刀声。

这是韦縠《才调集》卷二选的无名氏的杂诗。从表现男女相悦之情的方式看,细腻含蓄,别具一格。我们先简略回顾一下这类题材:

"无郎无姐不成歌",爱情可以算是诗歌中永恒的主题。《诗经》、《楚辞》、汉魏六朝乐府古诗,随处可见。有的借以明志如《离骚》之求女,有的则实写闲情。"山有木兮木有枝,心悦君兮君不知。"(《越人歌》)"思公子兮徒离忧。"(《九歌·山鬼》)"求之不得,寤寐思服。悠哉悠哉,辗转反侧。"(《诗·周南·关雎》)"惟士与女,伊其相谑。赠之以芍药。"(《郑风·溱洧》)"静女其娈,贻我彤管。"(《邶风·静女》)或写相思,或写相悦。今天读起来还亲切感人。至如乐府《读曲歌》:"打杀长鸣鸡,弹去乌臼鸟。愿得连冥不复曙,一年都一晓。"这样炽热的感情,更是震人心魄。这是问题的一面。

"仲可怀也,父母之言,亦可畏也。"(《鄘风·墙有茨》)这是另一面,前儒美之曰"发乎情止乎礼义",《三百篇》中更是屡见不鲜。张籍的"还君明珠双泪垂,恨不相逢未嫁时",也许勉强可以归入这一类。李白《长干行》自是脍炙人口。青梅竹马两小无猜式的爱情,当然令人艳羡。可是离多会少,女方往往陷入思恋盼望的苦闷之中,却带有某种普遍性。至于男女思慕而着笔于男方的纯洁无邪的,唐人诗中就比较少见。李商隐、杜牧、温庭筠乃至罗虬等此类诗篇,大都为冶游之作,是不能冠以"爱情"之目的。诗人的悼亡,词曲里的多种描写,不属本文范围,可以存而不论。在唐人小诗中含蓄细腻地写出男女爱慕的纯洁心灵的,我以为上举的《才调集》里的杂诗,别具慧心,使人一唱三叹,拍案叫绝。

　　作者选择月下的一个片断,细腻地表现出他俩天真纯洁的恋情。"两心不语暗知情",他俩大约也象李白《长干行》的主人公,青梅竹马,早已心心相印,但谁也不好意思先行表白。这一句既可看出封建礼俗对青年男女相爱的制约,也可表现两人心地的天真无邪。口中愈是无法说,心里愈是丢不开。"灯下裁缝月下行",一个在灯下裁缝,也许在等着心中的他,而一个月下匆匆想去窥看动静。这两句双起双承,笔关两方而重点显然是"月下行"的男子一面。在"月下行"的动作中包含了男方多么复杂的内心活动,他也许想硬着头皮上门倾吐吧!读者也在期待着下面的发展。然而"行到阶前"他却又止住了脚步。既没有一往直前的勇气,又不能悄然无声地离开。他只有全神贯注地在阶前凝伫,直到夜深,听到女方放下剪刀的声音,才恍然大悟,她也没有去睡啊。"行到阶前知未睡,夜深闻放剪刀声。"这里该有多少潜台词!女方手里拿着剪刀,心里却在想着对方,呆呆出神,直到夜深才从沉思中醒来放下手中的剪刀,而男方也才悟到对方也未睡呢！这两句从男方写到女方，没有着一个字的心理情绪的描写，而使人如见其人，深知其心，真可算得"不着一字，尽得风流"。妙在"夜深闻放剪刀声"即戛然而止。下文如何呢，留给读者去想吧！这不由不使人想起《古诗十九首》中的"迢迢牵牛星"来。那里从第二句"皎皎河汉女"起，句句明写织女，暗系牵牛。而结尾却说："河汉清且浅，相去复几许！盈盈一水间，脉脉不得语。"也是戛然而止，引起读者的无限同情。而这首诗却引人无穷遐想。重点不同，各极其妙。这大概可算封建礼俗牢笼下的男女相恋的典型风格！读其诗，想其人，兼可明其俗，读者想不致河汉斯言吧！

（原载《读常见书札记》）

黯然一别,去住神伤

——柳永《雨霖铃》浅析

寒蝉凄切。对长亭晚,骤雨初歇。都门帐饮无绪,方留恋处,兰舟催发。执手相看泪眼,竟无语凝咽。念去去,千里烟波,暮霭沉沉楚天阔。　　多情自古伤离别。更那堪,冷落清秋节。今宵酒醒何处,杨柳岸晓风残月。此去经年,应是良辰好景虚设。便总(一作纵)有千种风情,更与何人说?

柳永是北宋的著名词人,当时作品的传播最广,南宋初叶梦得在《避暑录话》里就记载过"凡有井水饮处即能歌柳词"的说法。而柳词风格又以《雨霖铃》为代表,南宋人曾有"晓风残月柳三变,滴粉揉酥左与言"的谐语,直到清初诗人王士禛还慨叹:"残月晓风仙掌路,何人为吊柳屯田!"可见《雨霖铃》一词影响之深远。

《雨霖铃》所写的内容是词中习见不鲜的男女离别之情,但它的铺叙却别具匠心,出人意表,尤其突出者在于行者留者之情俱见于一篇之中。以之为赠别读既深切有味,以之为留别读亦复一唱三叹。让我们大致串一串看:

凉秋向晚,骤雨乍停,长亭相对,此时传来耳畔的是凄切的寒蝉哀吟。试想置身此间,何以为情。"寒蝉凄切。对长亭晚,骤雨初歇。"词一开头就给人一种凄断欲绝的感觉,同时点明了时令。那末究竟是在何处呢?"都门帐饮无绪",六个字补点了地点,别筵的气氛。"无绪"二字既是上文景色氛围衬托的必然,又是下文别肠千结,难分难舍而又不得不离别的先奏。"方留恋处,兰舟催发","无绪"之因在即将远别,真是挨一会好一会,而舟人却不管这些,着一"催"字,更外使人难堪。感情上不愿别,不忍别,事实上必须别而且一刻也不许留恋。那末该有千言万语彼此叮嘱吧!作者却接出这样的语句:"执手相看泪眼,竟无语凝咽。"一个"竟"字下得有千钧之力,"此时无声胜有声","无语凝咽"胜过千叮万嘱,"无语凝咽"之背后则思绪万千,不知从何说起。"念去去千里烟波,暮霭沉沉楚天阔。"从结构上看,一句宕开,思路从眼前想到别后,引起下半阕。地点,从都门到"楚天",时间由"长亭晚"到"暮霭沉沉"逐步推移。慢词上半结句和下半起句,在一篇转换中地位极为重要,开合变化,关键在此。乔大壮先生认为词的境界要从时间空间的转换上看。实为名言。

分别之愁,古今所共,所谓"黯然销魂","多情自古伤离别",猛看似以古排遣,而续以"更那堪冷落清秋节",则更加凄惨,与篇首几句遥相呼应。"今宵酒醒何处,杨柳岸晓风残月",是此词名句。单看"杨柳岸晓风残月"似乎景色颇幽,但月上着一"残"字,杨柳已是深秋,疏柳残月,离人孤舟,向晓风凉,吹醒宿酒,更吹醒离愁。追念及此,行者留者当何以为怀!这个境界写得如在现前,实际仍是上文"念"字一气直贯,悬想别后次晨之难堪。"此去经年,应是良辰美景虚设",一年之久又如何排遣:"便总有千种风情,更与何人说?"就"虚设"二字更进一层,知心一别,万端无绪。既见相知之深,更衬别离之难。去者留者皆包在其中。

前人评柳词"铺叙委婉,言近意远"(周济),"曲处能直,密处能疏,羃处能平,状难状之景,达难达之情,而出之以自然"。(冯煦)此词足以当之。离情别绪,男女愁肠,自《诗》、《骚》及汉魏唐人之诗,江淹之赋可谓刻画无遗。然前人赠行留别,口吻判然有别。此篇之特点,在于处处双关,无分行留。在诗词中实为鲜见。这一点常为评论家所忽略。有人认为这是柳永留别京妓之词,理由是,柳为崇安人,流落汴京,失意南返,而京妓外去,实难想象。但是柳永也曾设为妓女口吻,那首《定风波》的"针线闲拈伴伊坐"不就是明证吗?所以只从作者的身份是难以说服人的。我以为此词高处就在于它概括了这一类生活的特点,把去留两难的心情刻画得淋漓尽致。前面的"对"、"饮"、"相看"当然包括两方面。接着的"念"字,可以视为送者为行者的风波路遥而忧虑,也可视为行者悬揣孤舟漂泊的岑寂。结处既可理解为留者的从此无心风月,也可理解为行者的渴望重逢,决不另觅新欢。无论从留者说,从去者说都能一气贯注。读这首词,也应该注意这个特点。

(原载《教学通讯》1983年第6期)

随机变化　不主故常
——谈苏轼两首论书七古

苏轼是我国文学史上罕见的全才。《遁斋闲览》云：

> 苏子瞻尝自言，平生有三不如人，谓着棋、饮酒、唱曲也。然三者亦何用如人？（《苕溪渔隐丛话前集》卷四二）

这是符合当时实际的。诗、文，苏是大家，词是开派的人物，四六文也是高手，而画竹得文与可真传，书法居宋四家之首（苏、黄、米、蔡）。蔡原来应指蔡京，因为人品太坏，后人改指蔡襄，按年辈蔡襄长于苏轼，但习惯仍然以苏居首。正因为苏轼有多方面的艺术才能，特别是书画也卓绝，所以他有若干非常精辟的论画论书的意见见于诗中。如"交柯乱叶动无数，一一皆可寻其源"（《王维吴道子画》），今世画丛竹的仍然奉为圭臬。《和子由论书》说："貌妍容有矉，璧美何妨椭。端庄杂流丽，刚健含婀娜。"这种充满辩证观点的审美观，不但对书法，对各种艺术的欣赏，都给人以启迪。有两首专门论书的七古，尤为传诵：

> 人生识字忧患始，姓名粗记可以休。何用草书夸神速，开卷惝恍令人愁。我尝好之每自笑，君有此病何能瘳！自言其中有《至乐》，适意无异《逍遥游》。近者作堂名"醉

墨",如饮美酒销百忧。乃知柳子语不妄,病嗜土炭如珍羞。君于此艺亦云至,堆墙败笔如山丘。兴来一挥百纸尽,骏马倏忽踏九州。我书意造本无法,点画信手烦推求。胡为议论独见假,只字片纸皆藏收？不减钟、张君自足,下方罗、赵我亦优。不须临池更苦学,完取绢素充衾裯。(《石苍舒醉墨堂》,《苏文忠诗编注集成》)

兰亭茧纸入昭陵,世间遗迹犹龙腾。颜公变法出新意,细筋入骨如秋鹰。徐家父子亦秀绝,字外出力中藏棱。峄山传刻典刑在,千载笔法留阳冰。杜陵评书贵瘦硬,此论未公吾不凭。短长肥瘦各有态,玉环、飞燕谁敢憎！吴兴太守真好古,购买断缺挥缣缯。龟趺入座螭隐壁,空斋昼静闻登登。奇踪散出走吴越,胜事传说夸友朋。书来乞诗要自写,为把栗尾书溪藤。后来视今犹视昔,过眼百世如风灯。他年刘郎忆贺监,还道同时须服膺。(《孙莘老求墨妙亭诗》,同上卷八)

以上两首七古都是苏诗中的上品。两首诗的题目有相似处。石苍舒和孙莘老都是苏轼的朋友,都爱好书法,又都欣赏苏轼的字。醉墨堂和墨妙亭是两人爱好书法的具体表现。苏轼写诗时都未去看过,诗是在外地写了寄去的,所谓"寄题"。醉墨堂诗是熙宁二年(1069)八月在开封写的(依王文诰《苏诗总案》说,下同),墨妙亭诗是熙宁五年(1072)八月苏轼在杭州通判任上写的。这几年正是王安石积极变法,凡稍有不同意见的都受到压制排摈,苏轼正因为与王政见不合在开封受压后出通判杭州的。这段期间是苏轼诗歌风格形成的时期。就形式看,这两首诗又都是一韵到底的七古。如果是凡手,就难免在立意布局遣辞造语等方面有相似甚至雷同的毛病。苏轼这两首从立意谋篇到结束方式都能随机变化,不主故常。不妨简略地做一比较。

从谋篇布局的方式来看。《石苍舒醉墨堂》从反面入题,多用反语来表达正意。石苍舒字才美,"人谓得草圣三昧",是京兆(今西安市)人。苏东坡从开封到凤翔,从凤翔回开封,来回都住他家,交情很深。诗的开头既不言石的草书,也不谈两人的友谊,而是一反故常说:"人生识字忧患始,姓名粗记可以休。"这里暗用《史记·项羽本纪》"书足以记姓名而已"的话,为自己的牢骚服务。杜甫夸他的侄子杜勤说:"陆机二十作《文赋》,汝更小年能属文。总角草书又神速,世上儿子徒纷纷。"(《醉歌行》)苏又反其意说:"何用草书夸神速,开卷惝恍令人愁。"这四句开头,用了两个典故,一正一反,从反面引出"草书"来,识字只能带来忧患,草书更令人发愁,有什么用?要写这个题目,却先扫荡一番,认为无用。不但无用,"我尝好之每自笑,君有此病何能瘳!"再进一步,认为这简直是一种"痴病""瘤疾"。"自言其中有《至乐》,适意无异《逍遥游》。"又巧妙地运用《庄子》的两个篇名来表明石苍舒对书法的爱好。"近者作堂名醉墨,如饮美酒销百忧。"这里才点出题目。孔子说过"知之者不如好之者,好之者不如乐之者",石苍舒既然对书法如此爱好,应该就说他的造诣了,但是苏子瞻仍然就上文"君有此病何能瘳"立论说:"乃知柳子语不妄,病嗜土炭如珍羞。"这表面上的批评实际上是更深一层的表扬。"君于此艺亦云至,堆墙败笔如山丘。兴来一挥百纸尽,骏马倏忽踏九州。"这才正面赞美石的书艺之精。前两句暗用怀素笔冢的事写用功之勤苦,后两句写成功的水平,回应篇首"神速"字样。

"我书意造本无法,点画信手烦推求。"暗用曹景宗"作书字有不解,不以问人,皆以意造"的典故贬抑自己,而"胡为议论独见假,只字片纸皆藏收"两句,表面上承上两句贬抑自己,用"胡为"二字表示石的"错爱",实质上对照上文,也暗中借石以衬己。"不减钟、张君自足,下方罗、赵我亦优。"又用钟繇、张芝表扬对方,用罗晖、赵袭来自谦,化用张伯英(芝)自称的话"上比崔、杜不足,下方罗、赵有馀"。"不须临池更苦学,完取绢素充衾裯。"又是反用《三国志·魏书·韦诞传》注:"张伯英……凡家之衣帛,必书而后练之,临池学书,池水尽黑。"这样,我们可以看出这首诗着重从反面落笔,前人所谓"不犯正位"。

《孙莘老求墨妙亭诗》和上一首不同。苏轼《墨妙亭记》说:"熙宁四年十一月,高邮孙莘老自广德移守吴兴,其明年二月作墨妙亭于府第之北、逍遥堂之东,取凡境内自汉以来古文遗刻以实之。""是岁十二月,余以事至湖,周览叹息,而莘老求文为记。"(《经进东坡文集事略》卷四八)苏轼这首诗是八月写的,当时还未看过这个墨妙亭,孙觉来信请他写诗。这篇诗却是完全从正面写。"兰亭茧纸入昭陵,世间遗迹犹龙腾。"从唐太宗以《兰亭集序》真迹殉葬谈起,一起就接触"墨妙","颜公变法出新意,细筋入骨如秋鹰。徐家父子亦秀绝,字外出力中藏棱。峄山传刻典刑在,千载笔法留阳冰。"这几句就亭中的石刻名家作了极其鲜明而中肯的评价。按时间说,李阳冰应该在颜鲁公,特别是徐浩之前,苏有意把李阳冰的玉箸体放在后面,这是为了批评杜甫的书论而来的。杜甫根据唐初书体都较瘦的特点,在《李潮八分小篆歌》里说:"峄山之碑野火焚,枣木传刻肥失真。《苦县》《光和》尚骨立,书贵瘦硬方通神。"这个观点,因为出自杜甫,为后人所津津乐道,苏轼却借《峄山碑》、李阳冰篆的问题加以批评:"杜陵评书贵瘦硬,此论未公吾不凭。短长肥瘦各有态,玉环飞燕谁敢憎?"这几句话既有辩证的观点,又十分形象和幽默地用比喻代替直接的论述。这个比喻非常生动、贴切、有趣,使人无反驳的馀地,而却暗用《杨妃外传》中唐玄宗用赵飞燕身轻嘲笑杨贵妃的事,使人不觉。

"吴兴太守真好古,购买断缺挥缣缯。龟趺入座螭隐壁,空斋尽静闻登登。"这几句才提到"墨妙亭",但始终未加点明。"奇踪散出走吴越,胜事传说夸友朋。书来乞诗要自写,为把栗尾书溪藤。"这几句点出题目中的"求诗"。"后来视今犹视昔,过眼百世如风灯。他年刘郎忆贺监,还道同时须服膺。"看似由今天想到将来作结,强调各有所长,相互服善;但仔细一琢磨:"后之视今,亦犹今之视昔",是王羲之《兰亭集序》里的名言,这和篇首"兰亭茧纸入昭陵"句遥相呼应。而"过眼百世"和上文"千载"字也是相呼相应的。"须服膺"又扣着"此论未公吾不凭"来的。

这两首诗看似信笔挥洒,却又细针密线,看似平平说话而暗用典故使人不觉,所谓"善于使事而不为事使"。这都表现出苏诗的风格。纪昀对前一首只批"骂题格"三字,颇以为然,而对后一首却说:"句句警健,东坡极加意之作。"我们可以看出两诗立意谋篇重点不同。结构上前一首处处"我""君"对举,尊石而自抑,多采用反诘语气,一边扫荡,一边收拾。后一篇却多正面陈述情况,并不谦抑自己。前一篇借题抒发怀抱,后一篇却在论述书法见解。点题的方式也不相同。"近者作堂名醉墨,如饮美酒销百忧。"不但点了"醉墨堂",而且解释了它的含义,这"销百忧"和"人生识字忧患始"又是相映照的。后一篇通篇未见"墨妙亭"之名,而处处都在讲"墨妙","龟趺入座螭隐壁"暗指"亭"字。这篇是暗中点题,和前篇明点又不相同。两篇都讲

书法,都用到这一方面的典故,然而竟无一个典故是重复的。从这里我想至少可以得出两点教益:

一要博学,要有多方面的修养。赵克宜评第二首诗说:"宜按:公深于书,故评书有独到语。"(《苏诗评注汇抄》卷三)实际上,诗人要写某一方面的题目,必须具备这方面的真知卓见,才能不落常套。苏轼论书法如此,论画的一些诗也无不然。脍炙人口的如:"论画以形似,见与儿童邻。赋诗必此诗,定非知诗人。"所谓既要能深入,又要能超脱:"不识庐山真面目,只缘身在此山中。"第一首诗就是既入又出、出入自如的典型。

二要变化,不主故常,不拘一格,力避艺术手法的雷同。读苏诗同样题材的长篇都有这样的感觉:风格既一致又多样,变动无方而不失他的个性。像这两首诗,第一首可以说是用偏锋,不犯正位;第二首却用中锋,开门见山。同样的例子如《游金山寺》和《自金山放船至焦山》等,对比来读,可以益人神智。艺术上要想使自己的风格独特而又多样,当然不是轻而易举的事。但临文动笔要尽量避开熟路,力辟新径,才有可能通向多姿多变而又风格独特的道路。苏诗如此,大家莫不如此。这也是我们今天应该极力提倡的。

(原载《淮阴师范学院学报》1998年第3期)

借古伤今，因题见意
——读陈与义《巴丘书事》

　　三分书里识巴丘，临老避胡初一游。晚木声酣洞庭野，晴天影抱岳阳楼。四年风露侵游子，十月江湖吐乱洲。未必上流须鲁肃，腐儒空白九分头。(《陈与义集》卷十九)

　　这是陈与义建炎二年(1128)作的七律名篇，古今传诵。姚鼐《今体诗钞》也选入其中。诗题叫"书事"，究竟为何而书，所书何事，诗里好像没有明说，胡穉的笺注也未能触及，刘须溪的评点只说"晚木"一联"亦是极意壮丽而语少情"，也未搔着痒处。本文试图从《三国志》中与巴丘有关的记载联系建炎二年的时局来做一些探索。

　　"三分书里识巴丘"，从巴丘在汉末三国时的重要地位说起，这决不是泛泛叙述而是有政治军事含意。《三国志·周瑜传》里两处提到的巴丘分属两省。一在赤壁战前，"还定豫章庐陵，留镇巴丘"。这个巴丘今天属江西省。另一次是赤壁胜利之后，周瑜向孙权请求带兵取蜀，以图中原，"权许之，瑜还江陵为行装，而道于巴丘病卒"。这个巴丘就是巴陵，今天的湖南省岳阳市，正是陈与义写这首诗的地方。周瑜在病重的时候写封

信给孙权,举荐鲁肃代替自己,镇守当时的边境。在《鲁肃传》里记载如下:

> 周瑜病,因上疏曰:"当今天下方有事役,是瑜乃心所忧。愿至尊先虑未然,然后康乐。今既与曹操为敌,刘备近在公安,边境密迩。百姓未附,宜得良将以镇抚之。鲁肃智略足任,乞以代瑜;瑜陨踣之日,所怀尽矣。"

裴松之注引《江表传》周瑜病重日给孙权的笺旨意相同,文辞多异,不备录。孙权"即拜肃奋武校尉代瑜领兵"。从此鲁肃镇守这里,直到病死,边地未受关羽的侵陵。

知道三分书里巴丘这段史实,就可理解陈诗起句的深广含意,和末联紧相呼应,表达作者对周、鲁当年功烈的赞叹怀念;联系自身所处的环境,表现出对时势的关切和忧虑。诗里说的"识巴丘"不止是知道这个地方,而且更主要的是三分之时此地的英雄人物。

"临老避胡初一游"。看似淡淡一接,从过去读书的知识到今天身临其境的感受。但着了"避胡"二字,可见不是登山玩水,而是战乱流离。避胡何如防胡,防胡必须名将,就和首句周瑜、鲁肃有了联系。而且"投老避胡"又唤起五句的感慨。

"晚木声酣洞庭野,晴天影抱岳阳楼。"这一联写景意境壮阔,特别是"酣""抱"两字生动有力。秋冬之季,湖边野地,愈加感到风势猛烈,"晚木声酣"使人有动荡不定的感觉。岳阳楼点明此地胜景。在晚木声酣四围动荡之际,晴天影抱此巍然不动的古建筑,似乎又给人一点慰藉,但究竟能不能持久不已呢?两句明为写景物,而又和当时事若即若离。刘须溪评此联说:"极意壮丽而语少情。"少情之贬要非笃论。作者忧时之情隐在景色描写之中,耐人寻味,正体现出简斋句律的深沉。

"四年风露侵游子,十月江湖吐乱洲。"陈与义从宣和七年(1125)到陈留,接着就是靖康大乱逃亡,到写诗时首尾四年。四年句叙述流离道路风露侵陵的痛苦,和二句"避胡"呼应。十月点明到巴丘的时间,和晚木声酣相关。秋冬水枯,许多小沙洲都露出水面。"吐乱洲"三字不仅写景贴切形象,而且着一乱字又隐有时势之感。不有英雄,谁能收拾这样混乱的局面!所以引起下文。

其建炎二年七月当时抗金老将宗泽病亡,虽然年近七十,但当时声威远震。一旦病逝,好像中流砥柱顿倾。当年周瑜巴丘病亡,举鲁肃自代,孙吴江东赖以久安。今天谁能代宗泽抗金复国的重任呢?自己不在其位,尽言无路,只有忧心如焚"空白九分头",又何益于事!不说今日前线无鲁肃那样代替周瑜的统帅,而说今天的前线"未必"需要这样的人才,说得委婉哀怨。由鲁肃可以使人想到周瑜巴丘病亡。由当日的周瑜想到今天的宗泽。由宗泽感慨中兴乏人,鲁肃何在?这里主要是为国殷忧,而又有点中坚自命的意味。作者可能有所忌讳,不便直说,又不能不说,就在题目中着"书事"二字使人寻味。这是简斋诗的浑厚深沉之处,也可作为读诗必须注意题目的一个例子。

其建炎三年《再登岳阳楼感慨赋诗》云:

> 岳阳壮观天下传,楼阴背日堤绵绵。草木相连南服内,江湖异态栏干前。乾坤万事集双鬓,臣子一谪今五年。欲题文字吊古昔,风壮浪涌心茫然。

和《巴丘书事》同一感慨忧时之情,但说得较酣畅。刘须溪评"草木"句说"时事隐约",评末句:"写得至此气尽语达,乃不复可加。"似嫌偏颇。实则二诗合看,正见简斋诗律之精,面目变化多姿,不同一律。

附注:胡笺前附《简斋先生年谱》将《再登岳阳楼感慨赋诗》系于建炎二年,而将《书事》系于三年,实误。建炎三年九月别巴丘,而《书事》有"十月江湖"句,必为二年,而《书事》云"四年风露",《再登》"臣子一谪今五年"明《再登》后此一年。《登岳阳楼二首》则为建炎二年。《年谱》题用《登楼》而诗句却用《再登》,又系《书事》于三年均疏失,故本文就二年形势抉微如上。

(1983年9日1日于淮阴市,
原载《读常见书札记》)

气往铄古,辞来切今
——评胡夏客《昭君辞》

在汉族和匈奴的交往融合上,王昭君有过不可磨灭的贡献。《前汉书·匈奴传下》说:

> 单于自言愿婿汉氏以自亲。元帝以后宫良家子王嫱字昭君赐单于。单于欢喜,上书愿保塞上谷以西至敦煌,传之无穷,请罢边备塞吏卒,以休天子人民。

到《后汉书·南匈奴传》里对于昭君的美丽又加一段渲染:

> 昭君字嫱,南郡人也。初,元帝时以良家子选入掖庭,时呼韩邪来朝,帝敕以宫女五人赐之。昭君入宫数岁,不得见御,积悲怨,乃请掖庭令求行。呼韩邪临辞大会,帝召五女以示之。昭君丰容靓饰,光明汉宫,顾影徘徊,竦动左右。帝见大惊,意欲留之,而难于失信,遂与匈奴。

《西京杂记》又添出画工的问题:

> 元帝后宫既多,不得常见,乃使画工图其形状幸之。诸宫人皆赂画工,多者十万。王嫱不肯,遂不得见。后匈奴求美女,帝按图以昭君行。及召见,貌为第一。帝悔之,而名

籍已去。乃按其事,画工弃市。

昭君的本事见于较早的记载不过如此。但从西晋石崇开始,以昭君(避司马昭讳,名明君或明妃)为题的诗篇,何啻千百。以我所见,能够从广阔的历史背景下歌颂昭君历史功绩的,应该首推胡夏客《谷水集·王昭君辞四首》七绝。要了解它的特点,首先得回顾一下胡夏客以前关于这类题材的一些代表诗篇,看一看胡夏客的作品是怎样度越前人的。

宋朝郭茂倩《乐府诗集》卷二十九除石崇所作外,到唐朝为止,一共收四十四首,卷五十九另有八首(除王嫱外),这还是限于题目有"昭君"、"明妃"字样的。如杜甫那首"群山万壑赴荆门"的名诗也不在内。通观这五十几首诗,尽管语言各有特色,但基调都跳不出石崇所定的悲剧范围。石崇《王明君词并序》见于《文选》卷二十七,先录于下:

王明君者,本是王昭君,以触文帝讳改焉。匈奴盛,请婚于汉,元帝以后宫良家子昭君配焉。昔公主嫁乌孙,令琵琶马上作乐,以慰其道路之思。其送明君,亦必尔也。其造新曲多哀怨之声,故叙之于纸云尔。

我本汉家子,将适单于庭。辞诀未及终,前驱已抗旌。仆御涕流离,辕马悲且鸣。哀郁伤五内,泣泪湿朱缨。行行日已远,遂造匈奴城。延我于穹庐,加我阏氏名。殊类非所安,虽贵非所荣。父子见凌辱,对之惭且惊。杀身良不易,默默以苟生。苟生亦何聊,积思常愤盈。愿假飞鸿翼,乘之以遐征。飞鸿不我顾,伫立以屏营。昔为匣中玉,今为粪上英。朝华不足欢,甘与秋草并。传语后世人,远嫁难为情。

在宋朝以前的作者,命意都不出石崇的范围,或者加上《西

京杂记》的传说,中心都在渲染王昭君的悲惨思归情绪,不过语言技巧各有其妙而已。如大诗人李白云:

  汉家秦地月,流影照明妃。一上玉关道,天涯去不归。汉月还从海东出,明妃西嫁无来日。燕支长寒雪作花,蛾眉憔悴没胡沙。生乏黄金枉图画,死留青冢使人嗟。

杜甫的《咏怀古迹五首》脍炙人口。其咏昭君村说:

  群山万壑赴荆门,生长明妃尚有村。一去紫台连朔漠,独留青冢向黄昏。画图省识春风面,环珮空归夜月魂。千载琵琶作胡语,分明怨恨曲中论。

这首诗语言极其凝炼、形象,大开大合,跌宕起伏,回肠荡气,在杜甫七律中洵推上乘。然而从立意看,仍然是石崇一路。

七绝是唐人最广泛采用的体裁。万首唐人绝句中就有七千五百首是七绝。其中咏昭君的,如:

  日暮惊沙乱雪飞,旁人相劝易罗衣。强来前帐看歌舞,共待单于夜猎归。(储光羲《明妃曲四首》其三)
  自倚婵娟望主恩,谁知美恶忽相翻。黄金不买汉宫貌,青冢空埋胡地魂。(僧皎然《昭君怨》)
  满面胡沙满鬓风,眉销残黛脸销红。愁苦辛勤憔悴尽,如今却似画图中。
  汉使却回凭寄语,黄金何日赎蛾眉?君王若问妾颜色,莫道不如宫里时。(白居易《王昭君二首》)
  汉国明妃去不还,马驰弦管向阴山。匣中纵有菱花镜,羞到单于照旧颜。(杨凌《明妃怨》)
  毛延寿画欲通神,忍为黄金不为人。马上琵琶行万里,

汉宫长有隔生春。(李商隐《王昭君》)

北望单于日半斜,明君马上泣胡沙。一双泪滴黄河水,应得东流入汉家。(王偃《明君词》)

这些首绝句风神摇曳,一唱三叹,然而毛病也同前举各诗一样,都在石崇的范围内渲染悲怆气氛,未见新意。

北宋王安石《明妃曲二首》,开始创为新说,以为昭君远嫁未必不如汉宫幽处。其词曰:

明妃初出汉宫时,泪湿春风鬓脚垂。低徊顾影无颜色,尚得君王不自持。归来却怪丹青手,入眼平生未曾有。意态由来画不成,当时枉杀毛延寿。一去心知更不归,可怜着尽汉宫衣。寄声欲问塞南事,只有年年鸿雁飞。家人万里传消息,好在毡城莫相忆。君不见咫尺长门闭阿娇,人生失意无南北。

明妃初嫁与胡儿,毡车百辆皆胡姬。含情欲语独无处,传与琵琶心自知。黄金捍拨春风手,弹看飞鸿劝胡酒。汉宫侍女暗垂泪,沙上行人却回首。汉恩自浅胡自深,人生乐在相知心。可怜青冢已芜没,尚有哀弦留至今。

王安石这两首诗,立意翻新主要是两方面:一是翻《西京杂记》杀画工的案,来反衬昭君的美貌无法形容,"意态由来画不成,当时枉杀毛延寿"。二是从恩宠得失方面翻案,第一首说:"家人万里传消息,好在毡城莫相忆。君不见咫尺长门闭阿娇,人生失意无南北。"第二首更进一步说:"汉恩自浅胡自深,人生乐在相知心。"后来南宋胡仔极力称颂吕居仁诗:"人生在相合,不论胡与秦。但取眼前好,莫言长苦辛。君看轻薄儿,何殊胡地人!"(《苕溪渔隐丛话后集》卷四十)实际是王安石的翻版。

王安石的诗受到前辈欧阳修的赞赏,欧阳修曾经和他两首。黄山谷在年轻时也极口称赞:

> 荆公作此篇,可与李翰林、王右丞并驱争先矣。
> 庭坚以为语意深尽,无遗恨矣。

但是也招来一些非议。同时的朋友王深父(回),就认为"人生失意无南北"不合道理。后来南宋初年范冲对宋高宗就根据"汉恩自浅胡自深,人生乐在相知心"两句骂王安石"无父无君是禽兽也"。李壁为王安石诗做笺注,也只好说他好奇过了头:

> 公语意固非,然诗人务一时为新奇,求出前人所未道而不知其言之失也。然范公傅致亦深矣。(《王荆文公诗笺注》卷六)

从石崇以来,都认为昭君出塞是大不幸,王安石的翻案是说在汉失宠还不如在胡得宠,出塞并非昭君的不幸。立意虽新,但仍然着眼于个人恩遇,从这一点看,虽然在表面上推翻了石崇以来的说法,但实质上仍然是一脉相承,没有跳出石崇以来个人恩遇的大范围。顾文荐《负暄杂录》里有这样一段话:"明妃曲见于篇咏者多矣,刘屏山云:'羞貌丹青斗丽颜,为君一笑定天山。西京自有麒麟阁,画向功臣卫霍间。'语意不蹈袭。许梅屋云:'汉宫眉妩息边尘,功压貔貅十万人。好把深闺旧脂粉,艳收颜色上麒麟。'"这比王安石的诗进了一步,强调昭君的功劳。但只从昭君个人的角度来说。

和上面所引各诗相反,胡夏客一扫石崇以来对昭君和亲问题所散布的悲观迷雾,而在刘许的基础上特别强调昭君和亲对

两族人民的伟大历史功绩,这在几百年前是难能可贵的。《谷水集·王昭君辞四首有序》全文如下:

> 汉元帝时,单于来朝,请婚,以掖庭良家子王昭君配焉。单于益附汉。和亲之善,从来无讥。晋石崇忽造新曲,多哀怨之声。有殊类凌辱、苟生何聊诸句,岂能创乎?于蔡文姬诗中作贼耳。然五胡将乱,此音兆先矣。后人尚传其说,非论古正义也。昔娄敬建策,冯嫽滕远,皆开基拓境之主所行。乌可因季伦之有意立异,益增感叹,致不知世务小人有如薛昭遇者诵之误安危计哉?余另造四解,尽反众作,惟咏本事,故序其意,览者或有取焉。
>
> 旂裘款塞罢弯弧,欲立阏氏请汉姝。但就掖庭遴粉黛,至尊亲按美人图。
>
> 美人光艳六宫惊,为结单于当远行。竟别紫台将出塞,韦鞲稽颡后先迎。
>
> 出塞香车关路长,焉支妇女学宫妆。穹庐自此多颜色,草亦青青拒雪霜。
>
> 水草逐居驼马繁,拥妻几世款中原。他时甥舅今翁婿,绝域长亲大汉恩。

在序里,胡夏客首先根据历史事实,强调昭君和亲的作用,"单于益附汉,和亲之善,从来无讥"。接着一针见血指出石崇的诗并不是什么创造,而是硬把蔡文姬《悲愤诗》的内容栽到昭君身上,"于蔡文姬诗中作贼",我们把《悲愤诗》的有关语句对照一下,这个批评是切中要害。而后世之人习焉不察,推波助澜,不合历史事实。"非论古正义也"。说明他自己要作这几首《昭君辞》的动机,在宣传"论古之正义"。结语提出他的创作原则是"尽反众作,惟咏本事"。读了这个小序,我们可以看出胡夏客的才识,不受古人的限制,包括前文所引的大名鼎鼎的诗人在内,他要拨乱反正,"尽反众作"。这一组绝句也确实做到了这一点。

他写这组诗的目的是为了还历史的本来面目,所以四首诗的结构也完全按历史的顺序。

第一首,"旃裘款塞罢弯弧",破空而来,写出两个民族有和睦相处的愿望,呼韩邪愿罢"弯弧"侵战,"欲立阏氏请汉姝",而请为婚姻;汉元帝也表示出开明的态度,"但就掖庭遴粉黛,至尊亲按美人图",出于自觉选美女。这样一来,就把昭君和亲的问题实质点了出来,这是顺应两个民族和睦的历史潮流和两边代表人的愿望,是大好事,也就把《后汉书》、《西京杂记》等的穿凿附会之说推翻了,对石崇的诗来说,就把它的悲剧的基础扫荡了。

第二首强调昭君光彩动人和勇气出众,赢得匈奴民族上下的敬爱。"美人光艳六宫惊",七个字写够昭君的外形之美。"为结单于当远行",联系第一首,表明和亲的意义,"远行"二字从反面衬出要有勇气和毅力。第三句"竟别紫台将出塞,一个"竟"字有千钧之力,如此光艳动人的美女,竟然能够出塞,其能深明大义,远结单于,内心之美,尤足动人。"韦鞴稽颡后先迎",写出沿路和到达时受到匈奴合族上下的敬爱。我们如果拿杜甫"一去紫台连朔漠,独留青冢向黄昏"来对照,则一悲一喜,一怜一赞,各有千秋,而就历史意义来说,胡夏客后来居上。

第三首从妇女服装的侧面歌颂昭君传播汉族文明给匈奴民族带来的幸福生活。"穹庐自此多颜色,草亦青青拒雪霜",暗用"青冢"的典故,可谓出神入化。好像单调索漠的冰天雪地中,蓦然出现了满眼春色,草犹如此,人乐可知。"青冢"前人当做昭君冤魂的结穴,在这里成了昭君和亲功绩的历史见证。同时这种变化正暗示着和亲给匈奴民族带来丰富多彩的幸福生活,在章法结构上引起后文。

第四首从正面歌颂和亲的功绩,对匈奴民族说,可以安居乐业,"水草逐居驼马繁",对两族关系讲,几代和好"拥妻几世款中原",这就自然回应第一首"旃裘款塞罢弯弧,欲立阏氏请汉姝"。对这次和亲行动的长期历史功勋做了如实的反映。"绝域长亲大汉恩",自然有些大汉族主义思想,但这是不该苛求于胡夏客的。

有比较才能鉴别。拿这组绝句和他以前的同类题材作品相较,确实是"尽反众作":

石崇以来完全违背"昭君和亲"的历史事实,一味渲染悲怆气氛,情调是低沉的。胡夏客一扫石崇等的障翳,还昭君以历史本来的面目,情调是明快的:

石崇以来,作者的角度只在个人恩怨、幸不幸方面着眼,正说也好,反说也好,始终未离开一己的遭逢。胡夏客却站在历史潮流的高度,在汉族和匈奴族必须和睦相处的广阔历史背景下来叙述昭君和亲的历史功绩。比起以前诸人,站得高,看得远。(唐朝令狐楚虽曾有"剑戟归田尽,牛羊绕塞多"两句,但前首又言"萧关赤雁哀",可见认识仍未及胡氏。《才调集》韦庄七律《绥州作》有"明妃去日花应笑,蔡琰归时鬓已秋",只是顺带一句,非专咏昭君,全诗情调仍较低沉。)

这几首诗对以前诸诗说是翻案,但对历史事实说却又是实录。刘勰评《离骚》曾说:"气往轹古,辞来切今。"如果移来评写昭君题材的旧诗,胡夏客的《昭君辞》也可当之无愧。

胡夏客字宣子,一字鲜知,是明末著名学者胡震亨的儿子,事迹见陈光绎写的《胡宣子先生传》,附在《谷水集》的前面。胡震亨搜集编定《唐音统签》一千〇三十三卷,他是主要助手。胡震亨守定州,他在幕府中代草文书等,也有很大功劳。他在明朝是"诸生",明亡,隐居不仕,气节有足称者。明朝诗风,由于前后七子的提倡,文必秦汉,诗必盛唐,实际是高腔大调,读起来铿锵抑扬,内容上却是优孟衣冠、假古董。胡震亨独能留心中晚唐诗,如杜牧之、李商隐、皮日休、陆龟蒙等人,着眼于清新,反对肤廓。胡夏客也是走的这条路,诗歌主张是继承父风。

胡震亨在《唐音癸签》卷三里说:

> 诗人咏史最难,妙在不增一语,而情感自深。若在作史者不到处别生眼目,固自好,然尚是第二义也。

胡夏客这几首诗不但在咏昭君和亲的问题上值得称道;而且在咏史这类诗作中,正合乎胡震亨上述的理论,可以作为这类作品中的上乘,在今天也值得借鉴。

(原载《读常见书札记》)

纳须弥于芥子

——查慎行《舟夜书所见》的精湛技巧

月黑见渔灯,孤光一点萤。微微风簇浪,散作满河星。

这是清朝前期诗人查慎行《敬业堂诗集》里《春帆集》中的一首小诗。查氏早有诗名,《敬业堂诗集》五十卷,收诗 4257 首,词占二卷,共收 233 首,可以说是多产的作家。他的诗以五七言古诗见长。沈德潜评为"得力于苏(东坡),意无弗申,辞无弗达",缺点是蕴藉不够(《国朝诗别裁集》卷十九)。这首小诗在集中却别有一种幽深隽永的味道。

诗人三十八岁那年(1688)二月,他护送患重病的岳父由北京乘船回江南,走了四个月。他自己说:"舟中多暇,以诗送日。"把途中的所见所闻所感写下来,共得诗六十六首,编为《春帆集》。其中五言绝句只有三首,《舟夜书所见》是最精炼的一首。

月亮下去了,天空也没有星星,夜间一片漆黑。忽然远处出现了一盏渔灯,忽明忽暗,就像萤火虫的一点微光。微微的夜风,在河面上吹起了一层层小小的涟漪。这时向水面望去,竟然见到满河的星星,原来就是那一萤渔火在波纹的映射下造成的奇观。

诗人立刻把这个境界捕捉下来，写成了上面那首二十字的短诗。诗虽短，却很耐人寻味。"月黑见渔灯"，粗粗一看，平平而起，但是这"月黑"二字却是下文生发的根据。因为月黑，一星渔火才易被发现，也因为月黑，结句"散作满河星"也才有依据；如果是月白风清，这个境界就无法出现。同时，从诗人的心情看，护送病翁，孤舟夜泊，外间一片黑暗，心情之孤凄寂寞可以想见，这时多么渴望能见到一点光明呵！虽然是一盏渔灯，也使人感到分外亲切，真有点"空谷足音"的味儿。要是凡手，很可能就势发抒这方面的感情，但作者却欲扬先抑，拟吐还吞。"孤光一点萤"，作者似乎嫌它太微弱、太孤单，只像是一点忽明忽灭的萤火虫光，刚才那在黑暗中忽然见到光明的一缕欢意，似乎又要被微弱孤单的凄惋之感所吞没，读者们也要为此而深深怅惘。陡然间，一个壮观的景色呈现在读者面前："微微风簇浪，散作满河星。"这一萤渔火，竟有如许魅力，化出这样的奇观，诗人体物之细，状物之工，不能不令人叹服。一种欢快之情，跃然纸上。

二十字的小诗，正如题目所说只"书所见"，写眼前这点境界，未着一个抒情或议论的字眼，却有这样的抑扬起伏，可谓斫轮老手。在用词上，作者也有意作出对比："一点萤"，"满河星"，风簇，光散，相反相成，"一多相摄"，构成上述的境界。

少和多，小和大，短和长，在宇宙间，万事万物，总是相反相成。作者善写长古。这首诗如果尽情铺写，未尝不可成长篇。但作者却把它浓缩成二十个字，"纳须弥于芥子"，馀味不尽。欧阳修、梅圣俞论诗，认为好诗应该能"状难写之景如在目前，含不尽之意见于言外"，这首小诗可以当之无愧。

一萤渔火,借助微风簇浪,可以散作满河星斗;事物在条件许可下,其作用往往很难限量。这难道不能给人一种哲理的启示吗？读这首小诗,除了欣赏它的精湛的艺术技巧外,这方面也是值得深入玩味的。

(原载《诗词赏析》)